Daniela Gesing

Venezianische Verwicklungen

Die Autorin

Daniela Gesing, Jahrgang 1965, hat nach ihrer Ausbildung zur Erzieherin Komparatistik und Pädagogik studiert und bei einer örtlichen Familienzeitung gearbeitet. Die Autorin lebt mit ihrer Familie und ihrem Hund in Bochum. Die Leser lieben ihre Venedigkrimis mit dem sympathischen Ermittler Luca Brassoni.

Das Buch

Luca Brassoni – Kaffeeliebhaber, geschieden und der Ermittler mit dem besten Gespür bei der Polizei von Venedig – wird zu dem Fundort einer Leiche gerufen. Vor der Gallerie dell'Accademia am Südufer des Canal Grande liegt unter einer Plane der deutsche Kunstexperte Konstantin Becker. Der Professor reiste in Begleitung seiner jungen Mitarbeiterin und mit einem lukrativen Auftrag. Er sollte die Echtheit eines Picassos klären, der in der Sammlung Guggenheim aufgetaucht ist. Ein Gemälde, das viele Begehrlichkeiten weckt. Luca Brassoni lässt sich von der eleganten Kunstwelt nicht blenden, dazu kennt er die Menschen, vor allem seine Venezianer, viel zu gut.

Daniela Gesing

Venezianische Verwicklungen

Luca Brassonis erster Fall

Kriminalroman

MIDNIGHT

FSC
www.fsc.org
MIX
Papier aus verantwortungsvollen Quellen
FSC® C083411

Originalausgabe bei Midnight.
Midnight ist ein Digitalverlag
der Ullstein Buchverlage GmbH, Berlin
April 2016

Umschlaggestaltung:
ZERO Werbeagentur, München
Titelabbildung: © FinePic®
Druck und Bindearbeiten: CPI books GmbH, Leck
ISBN 978-3-95819-905-7

Für Ben

Prolog

Es war Nacht in den Gassen von Venedig. Ein feiner Regen nieselte auf den Asphalt, der einen Dunst wie leichten Nebel verströmte. Weit und breit war kein Mensch zu sehen.

Die Laternen erleuchteten die Piazza San Marco und tauchten alle Gebäude in ein goldenes Licht. Eine streunende, grau gefleckte Katze strich rastlos die Mauern und Säulen entlang auf der Suche nach Ratten und Mäusen. Plötzlich ertönte ein quietschendes Geräusch. Die Katze sah auf, machte einen Buckel, miaute leise und versteckte sich verängstigt im Hauseingang des Caffé Florian in einer dunklen Nische.

Kurz darauf bogen drei vermummte Gestalten um die Ecke, die eine alte Handkarre hinter sich herzogen. Sie überquerten den Platz, vorbei am Markusdom, dem fast eintausend Jahre alten Kirchengebäude mit den fünf Kuppeln und den prachtvoll verzierten Bögen und Fenstern, dem Campanile, von dessen Glockenstube aus man ganz Venedig überblicken kann, und dem Dogenpalast, dem früheren Machtzentrum der Politik und Gesetzgebung.

Die Räder des Handkarrens quietschten in unregelmäßigem Rhythmus alle paar Schritte anklagend vor sich hin. Die Ladefläche war mit einer Bootsplane abgedeckt. Die Fracht schien zu schwer für das alte Holzgestell. Einer der Männer, dessen rotbrauner Bart unter der Kapuze hervorquoll, fluchte leise vor sich hin, als ihm der Handkarren aus der Hand rutschte und er ihn erst im letzten Moment vor dem Umkippen bewahren konnte. Er hatte einen Stein übersehen, der auf der Erde lag.

Dann endlich war die seltsame Prozession am Canal Grande angekommen, wo ein Boot auf sie wartete. Hand in Hand hievten die drei Männer ihre wertvolle Fracht in das Innere des Bootes. Danach stiegen der Bärtige und ein großer, schlanker Mann in dunkler Jacke hinein, der dritte, kleinere, dickliche Helfer, bekleidet mit einem grauen Parka, verabschiedete sich per Handschlag und kehrte wieder um.

Das Boot nahm unverzüglich Fahrt auf, den Weg entlang des Kanals Richtung Accademia, linker Hand vorbei an der Kirche Santa Maria della Salute. Die prachtvollen Gebäude auf beiden Seiten des Kanals strahlten eine erhabene Würde aus. Das Wasser warf leise Wellen und glitzerte im Schein der Laternen. Die Fahrt ging schnell und ruhig vonstatten.

Unter der Plane begann sich unbemerkt etwas zu regen. Die Männer auf dem Boot unterhielten sich leise, aber angeregt. Keiner von ihnen beachtete die lebendig werdende Fracht. Sie diskutierten den weiteren Ablauf ihrer Mission.

Wo bin ich? Es ist so dunkel, dachte der Mann und versuchte, seine Augen zu öffnen.

Doch die Lider waren zugeschwollen von den vielen Schlägen. Langsam erinnerte er sich.

Das Atmen fiel ihm schwer. Wahrscheinlich haben sie mir ein paar Rippen gebrochen, dachte er. Wer waren diese Leute? Was hatten sie mit ihm vor? Ihm fiel ein, wie der Bärtige, kurz bevor er ohnmächtig geworden war, gesagt hatte: »Es reicht jetzt! Seht ihn an, er ist so gut wie tot.« Der Mann fing nun an zu zittern, sein ganzer Körper bebte leise. Vielleicht hielten sie ihn wirklich für tot. Er musste sich ganz ruhig verhalten. Wenn er doch nur wüsste, was sie mit ihm vorhatten. Vorsichtig versuchte er, seinen linken Arm zu bewegen, was ihm einen stechenden Schmerz einbrachte. Eine Welle von Übelkeit brach über ihn herein.

Er bemühte sich, an etwas Schönes zu denken, was ihm angesichts seiner Lage schwerfiel. Er musste durchhalten, einfach nur durchhalten. Eine Erschütterung zerriss urplötzlich seinen Körper.

Was war mit dem Bild? fragte er sich, bevor er wieder in tiefer Bewusstlosigkeit versank.

Kapitel 1

»Hab ich dir eigentlich schon gesagt, dass du im Schlaf so laut wie ein Bär schnarchst?«

Luca Brassoni öffnete schlaftrunken seine Augen, blinzelte zweimal vorsichtig gegen das helle Morgenlicht an, das durch die Öffnungen der Fensterläden schien und den Beginn eines neuen, verheißungsvollen Sommermorgens verkündete. Dann drehte er sich mürrisch auf die andere Seite seines Kissens, um sich aber gleich darauf aufrecht hinzusetzen und auf seine Uhr zu schauen.

»Verdammter Mist, schon halb acht! Warum hast du mich nicht eher geweckt?«

»*Madonna*, was schimpfst du mit mir, du hast geschlafen wie eine Baby, da wollte ich dich nicht wecken!«

Maria zog die Bettdecke etwas höher über ihre nackte Brust, rollte mit ihren dunklen Augen, wickelte sich schließlich komplett in das Laken, stand auf und marschierte mit gespieltem Beleidigt sein Richtung Badezimmer.

»Ich gehe mich duschen, du kannst ja schon mal einen Espresso aufsetzen. Ein Cornetto wäre auch nicht schlecht!«

Sie hauchte ihm einen Luftkuss durch den Türrahmen zu und verschwand hinter der Badezimmertür.

Der Commissario brummte verstimmt, schnappte sich dann aber seine Jeans und sein Hemd und schlüpfte in seine Schuhe. Nun musste er auch noch Cornetti beim Bäcker besorgen. Das hatte er davon, dass er sich mit einer Kollegin eingelassen hatte. Maria Grazia Malafante war die Sekretärin seines Chefs, bildhübsch, aber leider auch verheiratet und ausgestattet mit sehr viel Selbstbewusstsein. Ständig kommandierte sie ihn herum und hatte Sonderwünsche.

Ihr Mann Stefano, ein Anwalt, war für zwei Tage auf einer Fortbildung, so waren sie gestern Abend nach einem romantischen Essen am Canal Grande in seiner Wohnung gelandet.

Luca Brassoni konnte Marias Reizen einfach nicht widerstehen, aber er befürchtete, dass das Ganze zu keinem guten Ende führen würde.

Der Commissario war zweiundvierzig, geschieden, von kräftiger Statur, aber attraktiv. Zur Vollendung seines guten Aussehens fehlte ihm jedoch der kleine Finger der linken Hand, den er im Alter von zwölf Jahren in der Metzgerei seines Onkels Paolo verloren hatte, als sein Cousin Marco ihm demonstrieren wollte, dass er schon ebenso gut wie sein Vater große Fleischstücke mit dem Hackmesser zerteilen könnte.

Brassonis Hand hatte zu allem Unglück ein Stück zu nah neben dem Schweineschinken gelegen. Das war inzwischen vergeben und vergessen.

Seufzend schloss er die Wohnungstür im ersten Stock seines Apartments im Stadtteil Dorsoduro hinter sich zu. Er wohnte in der Calle del Degolin, einer ruhigen Straße nahe dem Zattere, der beliebtesten Uferpromenade der Venezianer.

Freundlich grüßte er die Nachbarin aus dem zweiten Stock, die ihr Einkaufswägelchen umständlich hinter sich herzog und wahrscheinlich auf dem Weg zum Billa-Supermarkt war, wie der Commissario vermutete.

»Guten Morgen, Signora Vasconti. Was für ein schöner Tag heute!«

Die alte Frau hob abwehrend die Hand.

»Diese Hitze, Commissario, in meinem Alter verträgt man das nicht mehr so gut. Deswegen gehe ich frühmorgens einkaufen. Den Juli und den August verbringe ich fast nur in der Wohnung. Sie sind noch jung, wenn ich in Ihrem Alter wäre, würde ich jeden Tag zum Lido rausfahren!«

Luca Brassoni schmunzelte.

»In meinem Alter hat man keine Zeit für den Strand. Die Arbeit ruft, und das sechsmal die Woche. Aber ich wünsche Ihnen trotzdem einen schönen Tag!«

Die alte Frau nickte ihm kurz zu und verschwand dann hinter der nächsten Calle.

Brassonis Laune hatte sich dank des kurzen Gesprächs und des herrlichen Wetters plötzlich um einhundert Prozent gebessert. Pfeifend betrat er den Bäckerladen, bestellte drei Cornetti und ein großes Baguette, plauderte angeregt mit Laura, der dicken blonden Verkäuferin, über die neuesten Artikel in der Tageszeitung und machte sich beschwingt auf den kurzen Rückweg zu seiner Wohnung. Immer wieder schaute er in den wolkenlosen blauen Himmel, atmete die unvergleichliche, würzige Luft Venedigs ein und sagte zu sich selbst, dass er ein glücklicher Mann war, hier leben zu dürfen.

Eine leichte Brise strich ihm zärtlich über den haarlosen, rasierten Kopf, während er auf sein Wohnhaus zulief. Er steckte den Schlüssel in die Haustür, ging durch den schmalen Flur die Treppe rauf in die erste Etage, öffnete seine Wohnungstür, zog sich die Schuhe aus, legte den Schlüssel auf die Ablage und betrat die Küche.

Aus dem Bad hörte er leise Musik. Dann wurde der Föhn angemacht, und Brassoni widmete sich wieder dem Frühstück. Für Maria Grazia machte er einen Espresso mit aufgeschäumter Milch, für sich selber schwarz mit viel Zucker. Die beiden Tassen, die Hörnchen und das Baguette sowie etwas Butter, Besteck und zwei Gläser Marmelade balancierte er auf einem Tablett zum Esstisch im Wohnzimmer.

Kurz darauf erschien Maria, lehnte sich liebevoll an ihn, zog sich einen Stuhl heran und nahm einen Schluck Espresso.

Ihre Haare waren noch feucht, sie duftete nach Duschgel und Shampoo. Brassoni betrachtete sie mit gemischten Gefühlen, während er sein Cornetto mit Butter und Marmelade bestrich. Es war manchmal schön mit ihr, aber er würde auch froh sein, wenn er seine Wohnung wieder für sich hatte. Schlimm genug, dass er auf der Arbeit so tun musste, als wären sie nur Kollegen. Auf Dauer wurde das Ganze anstrengend, aber er wusste nicht, wie er es ihr beibringen sollte. Sie war sehr impulsiv und er befürchtete ein großes Drama, wenn er mit ihr Schluss machte. Er hatte sich blitzschnell in sie verliebt, und genauso schnell hatte er erkannt, dass sie eigentlich nicht zueinanderpassten. Obwohl er Maria sehr gern mochte, wollte er weder ihre Ehe zerstören noch eine feste Beziehung mit ihr eingehen. Aber jedes Mal, wenn er das Thema ansprach, stellte sie sich auf beiden Ohren taub. Und er hatte auf keinen Fall vor, sie zu verletzen.

Maria tunkte ihr Cornetto in den Espresso, biss Stück für Stück genüsslich ab, wischte sich mit einer Serviette die Krümel vom Mund und stand dann auf.

»Caro, ich muss los, sonst komme ich zu spät. Wir sehen uns später im Büro. Danke für alles!«

Sie gab ihm einen langen, leidenschaftlichen Kuss, der nach Kaffee und Hörnchen schmeckte, dann war sie auch schon verschwunden.

Luca Brassoni atmete auf. Er würde sich schnell rasieren, unter die Dusche hüpfen, sich frische Sachen anziehen und dann zum Polizeirevier fahren.

Als er gerade tropfnass aus der Duschkabine stieg, hörte er sein Handy klingeln.

Rasch griff er sich ein Handtuch, trocknete sich notdürftig ab und lief, feuchte Fußabdrücke auf dem Holzfußboden hinterlassend, zu seiner Hose, die im Flur lag.

Er fischte sein Handy aus der Tasche und drückte im letzten Moment die Annahmetaste.

»*Pronto! Chi parla*? Ach, du bist es, Maurizio. Was gibt's?«

»Luca, wo bleibst du? Wir haben einen neuen Fall. Man hat unweit der Accademia-Brücke, direkt vor dem Eingang der Galleria dell' Accademia, einen Toten gefunden. Wie es aussieht ein Tourist, vermutlich Deutscher. Er kann nicht lange dort gelegen haben, du weißt ja, wie viel Betrieb in dieser Gegend ist. Trotzdem muss der Mord in einer Zeit passiert sein, als kaum jemand unterwegs war. Es gibt keine Zeugen. Der Kioskbesitzer hat ihn gefunden. Und der Tote ..., na ja, so was habe ich noch nicht gesehen. Er hat eine frische Tätowierung auf der Brust und ..., also, du solltest selber einen Blick darauf werfen!«

»Ich bin in zehn Minuten da, Maurizio. Sperrt alles weiträumig ab, bevor der Touristenstrom alle Spuren verwischt.«

»In Ordnung Luca, bis gleich!«

Brassoni legte das Handy auf den Esstisch, auf dem noch die Reste des Frühstücks warteten. Dafür war jetzt keine Zeit mehr, wegräumen würde er heute Abend. Eilig putzte er sich die Zähne, zog sich Unterwäsche, ein frisches Hemd und eine helle Hose an und machte sich zu Fuß auf den Weg zur Accademia. Die von Miozzi erbaute hölzerne Brücke war einer der Lieblingsorte des Commissario. Von dort aus hatte man einen herrlichen Ausblick entlang des Canal Grande auf die Kirche Santa Maria della Salute. Und an das Geländer der Accademia-Brücke hatte er vor vielen Jahren wie tausend andere Verliebte ein Schloss mit den Namen seiner damaligen Freundin und seiner Wenigkeit gehängt. Gehalten hatte die große Liebe trotzdem nur drei Monate, bis er für ein Jahr wegen des Studiums nach Deutschland gegangen war.

Luca Brassoni hatte deutsche Vorfahren. Seine Großmutter mütterlicherseits stammte aus der bayrischen Stadt Bad Tölz und hatte Ende der Vierzigerjahre einen italienischen Ingenieur aus Venedig geheiratet, der für einen großen Konzern in Süddeutschland arbeitete. Da seine Großmutter ihre Heimat und ihre Familie nicht verlassen wollte, entschied man sich, in Bad Tölz zu bleiben. Brassonis Mutter, das einzige Kind seiner Großeltern, zog es dagegen schon als junge Kunststudentin nach Venedig zurück, wo sie seinen Vater, einen bekannten Maler und Bildhauer, kennenlernte und schließlich heiratete. Als kleiner Junge hatte der Commissario jeden Sommer einen Teil seiner Ferien in der schönen Stadt an der Isar verbracht, Steine in den Fluss geworfen, Libellen gefangen und in der Küche seiner Oma vom Kaiserschmarrn genascht.

Als die Großmutter starb, war er 14 Jahre alt. Die schönen Erlebnisse in dem idyllischen Ort hatte er nie vergessen, und so entschloss er sich als junger Student, ein Jahr lang nach München zu gehen. Dort hatte er seine Leidenschaft fürs Kochen entdeckt. Eine Kommilitonin hatte ihm zahlreiche rustikale Rezepte beigebracht. Noch heute zauberte er neben dem guten italienischen Essen gerne deftige bayrische Gerichte wie Schweinebraten mit Knödeln oder aß ab und an eine gute Weißwurst, die er sich übers Internet von einem bayrischen Metzger schicken ließ.

Brassonis Gedanken wurden jäh durch das durchdringende Schluchzen einer jungen Frau unterbrochen, die am abgesperrten Tatort neben der zugedeckten Leiche stand.

Der Commissario tauchte unter dem Absperrband durch, grüßte Carla, die aparte Gerichtsmedizinerin, die sich über ihren Instrumentenkoffer beugte, und wandte sich neugierig Maurizio zu, seinem hochgeschätzten Kollegen.

Maurizio Goldini, ein studierter Kriminologe mit Doktortitel wie Brassoni, nickte dem Commissario zu und wies mit einer Hand auf die Leiche. Nebenan versuchte eine Streifenpolizistin die junge Frau, die ununterbrochen weinte, zu beruhigen.

Goldini steckte sich ein Stück Schokolade in den Mund, eine Marotte, der er mehrmals täglich nachgab. Selbst in der Sommerhitze der letzten Tage. Ohne Schokolade könne er nur halb so gut denken, behauptete er. Seiner durchtrainierten Figur sah man das zum Glück nicht an.

»*Buongiorno*, Luca. Schau dir das an, so hat man die Leiche heute Morgen gefunden. Unter einer Bootsplane, deswegen sind wohl auch einige frühe Spaziergänger achtlos daran vorbeigegangen. Du weißt ja, hier ist immer eine Menge los, außerdem ist in unmittelbarer Nähe die Vaporettostation. Der Kioskbesitzer wurde schließlich aufmerksam und warf einen Blick unter die Plane. Er hat uns angerufen.«

Brassoni betrachtete aufmerksam den Fundort der Leiche. Wie drapiert lag der Körper unter der blauen Abdeckung, direkt an der Mauer der Eingangsseite der Galleria dell'Accademia.

Nicht auszudenken, was passiert wäre, wenn der Touristenstrom schon unterwegs gewesen wäre, dachte er. Nachdem er sich vergewissert hatte, dass die aufgelöste junge Frau außer Sichtweite war, hob Brassoni vorsichtig die Plane ein Stück zur Seite.

Der Commissario hatte schon einige Leichen gesehen, aber diese hier bot auch dem hartgesottensten Kriminalisten einen erschreckenden Anblick.

»Sieh dir das an, Luca. Man hat dem armen Kerl die halbe Zunge abgeschnitten. Und auf der Brust hat er eine seltsame Tätowierung. Sieht aus wie die Worte: *pericolo di morte.*

Lebensgefahr! Was hat dieser Mann getan, dass er sich in Lebensgefahr gebracht hat?«

Goldini verzog die Mundwinkel zu einem Fragezeichen und wartete, bis der Commissario sich die Leiche eingehend angeschaut hatte. Dann wandte sich Brassoni erneut an seinen Kollegen.

»Hat Carla Sorrenti, die Gerichtsmedizinerin, schon den Zeitpunkt des Todes festgestellt? Und woran ist er überhaupt gestorben?«

Maurizio zuckte mit den Schultern.

»Der Tote ist offensichtlich gefoltert worden. Es gibt diverse Knochenbrüche, schwere Schlagverletzungen, und wie du unschwer erkennen kannst, hatte man ihm eine Schlinge um den Hals gelegt. Der Todeszeitpunkt könnte den ersten Erkenntnissen nach gegen zwei bis drei Uhr in der Nacht gewesen sein. Am besten sprichst du gleich mal mit Carla. Aber sieh mal hier, auf dem Boden rechts unter der Leiche. Es ist etwas verwischt, aber man kann immer noch ganz gut erkennen, dass jemand versucht hat, etwas auf die Steine zu schreiben.«

Brassoni ging runter in die Knie, bis er fast den Boden berührte und betrachtete neugierig die Schriftzeichen neben der Leiche.

»Was meinst du, Maurizio, könnten das ein C und ein V sein?«

»Ich denke schon. Die Spurensicherung hat alles fotografiert. Möglicherweise ist der Mann noch nicht tot gewesen, als man ihn hier ablegte, und wollte einen Hinweis auf seine Mörder geben. Was hältst du von der ganzen Sache?«

Der Commissario setzte sich mit einem Ächzen wieder auf, rieb sich die schmerzenden Knie und verzog den Mund zu einer zweifelhaften Grimasse.

»Tja, da muss ich erst mal passen. Ich kann mir keinen Reim auf die Tätowierung und die Buchstaben machen. Vielleicht sollten wir zuerst Fakten sammeln, die Untersuchungsergebnisse abwarten und uns ein Bild vom Opfer machen. Habt ihr schon seine Identität herausgefunden? Wer ist die junge Frau dort vorne, die unablässig vor sich hin weint? Eine Angehörige?«

Maurizio hob die Schultern.

»Sie heißt Evelyn Sanders, 28 Jahre alt. Eine Deutsche. Sie behauptet, der Tote wäre ihr Professor, ein gewisser Konstantin Becker aus München. Er sei Kunstexperte und wegen eines wichtigen Bildes hier in Venedig. Sie ist wissenschaftliche Mitarbeiterin und hat ihn hierher begleitet. Angeblich ist sie zufällig diesen Weg entlanggegangen, ein Spaziergang zum Supermarkt. Sie hat neugierig zugeschaut, wie wir den Tatort untersuchten und ihn an seiner Kleidung erkannt.

Sie hat sich so aufgeregt, dass sie fast zusammengebrochen ist.

Die beiden waren seit einer Woche in Venedig, sie haben Zimmer im Hotel Villa d'Oro. Sie hat ihn zuletzt gestern Abend gegen zweiundzwanzig Uhr gesehen, dann ist sie schlafen gegangen. Heute hatte sie frei. Wir überprüfen ihre Angaben noch.«

Brassoni nickte angespannt und zog die Plane wieder über die Leiche. Die Leute von der Gerichtsmedizin warteten schon, um die Leiche in die Pathologie abzutransportieren.

Der Commissario sah zu, wie der tote Mann in einen Leichensack gehüllt und von zwei Männern zu einem Polizeiboot gebracht wurde.

»Ich versuche noch mal, mit dieser Evelyn zu sprechen. Vielleicht erfahre ich noch ein bisschen mehr. Fahr du zurück zur Questura und bemüh' dich, die Tätowierung von den Experten entschlüsseln zu lassen. Wir sehen uns nachher im Büro!«

Goldini steckte seinen Notizblock und den Stift in die Jackentasche, sein Gesichtsausdruck war reglos, aber ernst. Er fuhr sich durch die dichten schwarzen Haare, warf einen letzten Blick auf den Tatort und murmelte im Gehen: »Mir schwant Böses, mein Gefühl sagt mir, dass wir mit diesem Fall in ein Wespennest stechen, das wir lieber in Ruhe gelassen hätten!«

Brassoni, der die Worte Goldinis gehört hatte, sah seinem Kollegen mit gerunzelter Stirn nach. So fatalistisch kannte er Maurizio gar nicht. Normalerweise arbeitete er mit professioneller Distanz, präzise und methodisch. Der Commissario überlegte kurz, ob Goldinis Vorahnungen berechtigt sein könnten, verwarf den Gedanken aber sofort wieder und wandte sich der Gerichtsmedizinerin zu, die ihre Utensilien bereits einpackte.

Die Zeugin musste noch einen Moment warten.

Carla Sorrenti sah nicht aus wie eine typische Italienerin und erst recht nicht wie eine Gerichtsmedizinerin. Sie war Anfang dreißig, blond, hatte ihre langen Haare zu einem kunstvollen Dutt aufgesteckt und trug ein einfaches weißes T-Shirt unter ihrem Kittel, dazu eine bequeme beigefarbene Baumwollhose.

Sie sah immer sehr sportlich aus, manchmal trug sie noch Reitstiefel, wenn sie unvermutet zu einem Tatort gerufen wurde. Der Commissario hatte gehört, dass sie in ihrer Freizeit gerne am Strand vom Lido entlang ritt, wo sie auch wohnte.

Sie lächelte Brassoni freundlich an, als er sie ansprach. Für einen kurzen Augenblick verlor sich der Kommissar in ihren großen, hellblauen, klaren Augen, die in ihrem fast ungeschminkten Gesicht einen wundervollen Kontrast zu der gebräunten Haut darstellten.

Der Commissario räusperte sich verlegen.

»Dottoressa Sorrenti, ich würde gerne von Ihnen hören, was Sie über die Todesumstände des Verblichenen herausgefunden haben?«

Die Gerichtsmedizinerin konnte sich ein Schmunzeln nicht verkneifen.

»Warum so gestelzt heute, Commissario? Aber gut, ich wiederhole noch einmal, was ich Goldini schon erzählt habe. Durch die multiplen Verletzungen ist es schwierig, die eigentliche Todesursache herauszufinden, das kann ich erst nach genauen Untersuchungen in meinem Labor sagen. Ich vermute – und ich betone, dass dies eine Vermutung ist –, dass der Mann an inneren Blutungen und einem Herzstillstand gestorben ist. Die Tätowierungen auf seiner Brust sind ganz frisch, die hat man ihm während der Misshandlungen zugefügt. Sein restlicher Körper hat im Laufe seines Lebens niemals eine Tätowiernadel gesehen, also war er vermutlich kein Fan dieser Art von Verschönerung.

Und ja, er hat vermutlich noch gelebt, als man ihn hier abgelegt hat. Reicht Ihnen das erst mal?«

»Natürlich!«, versicherte Brassoni beflissentlich und wusste selber nicht, weshalb er so unterwürfig auf diese Frau reagierte.

»Ich warte dann auf Ihren Bericht. Einen schönen Tag noch.«

Carla Sorrenti sah ihm kopfschüttelnd nach, als er sich zum Gehen anschickte, dann machte sie sich selber auf den Weg in die Gerichtsmedizin.

Luca Brassoni versuchte, seine Herzfrequenz herunterzufahren und sich wieder auf den Fall zu konzentrieren. Was war bloß mit ihm los heute? Auf Frauen reagierte er anscheinend allergisch. Das kam sicher durch sein kompliziertes Verhältnis zu Maria Grazia. Er musste so bald wie möglich mit ihr reden.

Kapitel 2

Nicht unweit vom Tatort beobachtete ein unscheinbarer Tourist, dessen Gesicht hinter einer riesigen Sonnenbrille versteckt war, die Aktivitäten der Polizei. Er war groß, kräftig gebaut, trug ein kurzärmeliges, kariertes Hemd und eine khakifarbene kurze Hose. Seine schmalen Lippen unter dem gestutzten rotbraunen Vollbart verengten sich, als die Leiche des ermordeten Mannes abtransportiert wurde. Irgendetwas war heute Nacht schiefgegangen. Diese Leute begreifen nicht, was noch auf sie zukommen wird …

Eine ältere Frau rempelte ihn an, um besser sehen zu können.

Instinktiv griff der Bärtige zu seinem Rucksack, in dem sich eine schallgedämpfte Pistole befand. Wütend und mit scharfem Blick drückte er die alte Frau zur Seite, die ihn erschrocken ansah.

Dann löste sich der Mann aus der Menschentraube und suchte sich einen besseren Platz, um sich für einen kurzen Moment das Erscheinungsbild des glatzköpfigen Commissarios einzuschärfen, der jetzt vor der weinenden jungen Frau stand.

Der Bärtige wusste, was als Nächstes zu tun war, und keine zwei Sekunden später war er in einer Seitengasse verschwunden.

Luca Brassoni fühlte sich inzwischen wie elektrisiert von dem Fall. Es war, als ob eine unsichtbare Macht von ihm Besitz ergriffen hätte und ihn aufforderte, das Schicksal des geschundenen Toten aufzuklären. Vielleicht hatte aber auch Maurizio ihn mit seinen Gedanken angesteckt, geradezu infiziert. Zugegeben, dieser Todesfall war ungewöhnlich.

Normalerweise war Venedig eine ruhige Stadt, die in nur geringem Umfang von Kapitalverbrechen heimgesucht wurde. Diebstahl, Einbrüche, ein Ehekrach, mit solchen Dingen hatte die Polizei häufig zu tun.

Brassoni war ein eigenwilliger, erfolgreicher Polizeibeamter, der sich oft von seinem Bauchgefühl leiten ließ. Seinen Ruf hatte er sich über die letzten Jahre unfreiwillig aufgebaut, die meisten Kollegen mochten ihn und hatten allergrößten Respekt vor seiner Arbeit. Er scheute sich vor keiner noch so schwierigen Ermittlung, konnte im Bedarfsfall gut im Team arbeiten und ließ jeden in seiner Umgebung die nötige Wertschätzung spüren.

Nun galt es, den Mord an dem Kunstprofessor schnellstmöglich aufzuklären.

Der Commissario versuchte, zu der immer noch völlig aufgelösten jungen Assistentin des Toten vorzudringen.

Einer der Sanitäter hatte ihr ein Beruhigungsmittel verabreicht und sie auf einen Klappstuhl gesetzt.

»Ihr Name ist Sanders, Evelyn Sanders?«, fragte Brassoni mit freundlichem Lächeln.

»Ich bin Commissario Luca Brassoni, ich spreche ein wenig Deutsch. Sind Sie so nett und erzählen mir noch einmal, was Sie über den Toten wissen? Sie kannten sich?«

Die junge Frau sah ihn erstaunt an. Sie hatte nicht erwartet, dass jemand in ihrer Muttersprache mit ihr reden würde, und dann noch so gut. Sie war verwirrt und hatte einen Schock erlitten.

Jetzt aber hielt sie für einen Moment inne, sortierte ihre Gedanken und wandte sich dem Commissario zu.

»Es ist so entsetzlich. Ich kann es nicht glauben. Er kann doch nicht tot sein. Wer tut denn so etwas?«

Immer wieder schüttelte sie den Kopf. Tränen liefen ihr über die Wangen. Ihr langes hellbraunes Haar war an den Seiten ganz feucht.

Brassoni legte ihr eine Hand auf den Arm.

»Beruhigen Sie sich, Signorina. Es ist ganz wichtig, dass Sie mir alles sagen, was zur Aufklärung des Falles beitragen kann. So können Sie Ihrem Kollegen letztendlich zumindest zur Gerechtigkeit verhelfen. Wir werden alles tun, um die Täter zu finden.«

Evelyn Sanders stieß einen tiefen Seufzer aus.

» Er ist tot, was soll ihm da noch helfen?«

Brassoni winkte beschwichtigend ab.

»Erzählen Sie mir, was er für ein Mensch war. Wie er den gestrigen Abend verbracht hat. Ist Ihnen etwas aufgefallen? Woran hat er gearbeitet?«

Der Kommissar sah die junge Frau erwartungsvoll an. Er konnte ihr Gehirn hinter ihrer Stirn förmlich arbeiten sehen. Schließlich ließ sie ergeben die Schultern fallen.

»Also gut. Ich will Ihnen alles erzählen, was ich weiß. Ich arbeite seit anderthalb Jahren mit Professor Becker zusammen. Ich bin Doktorandin und zu so etwas wie seiner rechten Hand geworden.

Wir haben uns von Anfang an gut verstanden. Wir teilten eine große Leidenschaft für Kunst.«

Sie stockte einen Moment.

»Nicht, dass Sie mich falsch verstehen, Professor Becker war verheiratet, sehr glücklich sogar, er und seine Frau haben erst vor Kurzem ein Kind bekommen. Unsere Beziehung war rein professioneller Natur.«

Sie blickte den Commissario mit großen Augen an.

Brassoni nickte verständnisvoll, er wollte Sanders' Gedankenfluss nicht unterbrechen. Er musterte kurz ihr Gesicht und ihre Figur. Auf den zweiten Blick war sie sehr hübsch, natürlich, mit großen braunen Augen, einer schmalen Taille und sehr weiblichen Formen.

Ob der Professor wirklich seine Finger von ihr gelassen hatte? Brassoni wagte dies zu bezweifeln. Er kannte nur wenige Männer, die solch einer Versuchung widerstehen konnten.

Und Evelyn Sanders schien den Professor förmlich angebetet zu haben.

»Wirklich, Commissario, er half mir bei meinen Recherchen. Er war so ein guter Mann. Er hatte ein großes Herz, war immer für seine Studenten zu sprechen. Als er mir anbot, ihn auf diese Studienreise zu begleiten, habe ich keine Sekunde gezögert. Venedig ist so eine wundervolle Stadt. Wir sind seit sechs Tagen hier und haben uns bereits einige wichtige Kunstwerke angesehen. Heute war mein freier Tag. Professor Becker hatte private Dinge zu erledigen und brauchte mich deswegen nicht.«

Ihre Stimme brach, und erneut flossen Tränen aus ihren Augenwinkeln.

»Signora, wissen Sie, um welche privaten Dinge sich der Professor hier in Venedig kümmern wollte?«

Evelyn Sanders schüttelte den Kopf.

»Ich habe keine Ahnung, das hat er mir doch nicht erzählt.«

Sie bekam einen Weinkrampf, schlug die Hände vor ihr Gesicht und schluchzte laut auf.

Ihr Körper schwankte hin und her, bis sie in den Augen des Commissarios gefährlich nah dran war, zur Seite wegzukippen.

Brassoni trat verlegen von einem Fuß auf den anderen. Besser er brach die Vernehmung jetzt ab. Er würde die junge Frau am Nachmittag noch einmal aufsuchen, wenn sie sich etwas erholt hatte. Mit einer Hand hielt er sie an der Schulter fest und redete beruhigend auf sie ein. Dann gab er dem Sanitäter ein Zeichen, der die Szene bereits beobachtet hatte und unverzüglich herbeieilte, um sich um die junge Frau zu kümmern. Der Commissario verabschiedete sich höflich von ihr.

»Gehen Sie jetzt erst mal auf Ihr Zimmer, und legen Sie sich hin. Wir haben Ihre Personalien und Ihre derzeitige Adresse aufgenommen. Ich werde mich im Laufe des Tages noch einmal bei Ihnen melden. Wir sprechen weiter, wenn es Ihnen besser geht.«

Brassoni blieb noch eine Weile am Tatort stehen und spielte in Gedanken den möglichen Tathergang durch. Er ließ die Bilder auf sich wirken, versuchte sich in die Lage des Opfers und dann in die Motive des oder der Täter rein zudenken. Es musste mehr als ein Täter gewesen sein, die den Professor an diesen Platz gebracht hatten. Worin hatte man ihn transportiert? Waren sie zu Fuß oder mit einem Boot gekommen? Es gab keine Schleifspuren, sodass man davon ausgehen konnte, dass das Opfer entweder getragen oder auf eine andere Art transportiert worden war. Welche Verbindung hatte Konstantin Becker zu Venedig? Die junge Frau hatte behauptet, der Professor habe privat etwas zu erledigen gehabt. Luca Brassoni betrachtete noch einmal eingehend den Ablageort der Leiche. Dabei fiel ihm auf, dass man in unmittelbarer Umgebung sporadisch Spuren von schmalen Reifen erkennen konnte, dort, wo der Regen nicht alles verwischt hatte. Er machte mit seinem Handy ein Foto von den Abdrücken und hoffte, dass die Spurensicherung schon an der Identifizierung dieser Reifenabdrücke arbeitete. Da es in Venedig naturgemäß eher weniger Fahrräder gab, konnten die Abdrücke nur von einem Einkaufswagen oder einem Handkarren stammen.

Der Commissario steckte das Handy wieder in seine Hosentasche und machte sich betont langsam auf den Weg zur Questura. Er ging zu Fuß, genoss die warmen Strahlen der Sonne, schaute den rastlosen Touristen beim Erkunden seiner schönen, geheimnisvollen Heimatstadt zu und freute sich, dass er Teil eines – wenn auch nicht immer gut funktionierenden – Systems war, das den Menschen Sicherheit und Gerechtigkeit brachte.

Dieser Mord würde in den Medien für negative Schlagzeilen sorgen, schon alleine deshalb mussten die Täter so schnell wie möglich gefasst werden. Brassoni konnte gut auf die Massen an

Touristen verzichten, die tagtäglich durch die Gassen strömten, aber er wusste auch, dass Venedig das Kapital brauchte, das die Besucher der Stadt einbrachten. Was er am meisten bedauerte, war der fortwährende Wegzug von Einheimischen und das unaufhörliche Schließen der alteingesessenen Geschäfte, die durch Touristenläden, die Taschen oder Kunstartikel aus China verkauften, ersetzt wurden. An manchen Ecken gab es gar keine Bäcker oder Metzger mehr, die Wege zu den modernen Supermärkten, von denen es nur wenige in Venedig gab, waren oft weit. Und trotzdem liebte Brassoni seine Stadt und wollte nirgendwo anders leben.

Ein Spaziergang durch die Gassen, so wie jetzt gerade, machte seinen Kopf frei und gab ihm die Möglichkeit, sich weitere Gedanken zu seinem Fall zu machen. Er durchquerte den Stadtteil San Marco, vorbei am Campo Santo Stefano. Spontan entschloss er sich, für eine Viertelstunde in einem der vielen Cafés eines der größten und schönsten Plätze Venedigs einzukehren, um einen Espresso zu trinken und sich die Statue des Schriftstellers Nicolo Tommaseo, der 1848 den Aufstand gegen die Österreicher angeführt hatte, anzuschauen, die in der Mitte des Campo stand. Der Commissario überlegte, warum man den toten Professor ausgerechnet neben der Galeria dell'Accademia abgelegt hatte. Bestand eine Verbindung zu seinem Beruf als Kunsthistoriker? In der Galeria gab es rund 800 Werke zu sehen. Er würde genauer herausfinden müssen, an was der Professor in Venedig gearbeitet hatte. Obwohl Brassonis eigener Vater ein recht bekannter Maler und Bildhauer war, fehlte dem Commissario das ganz große, leidenschaftliche Interesse an der Kunst. Er stand auf, und plötzlich wurde sein Gang zur Questura etwas zügiger, denn nun wollte er doch keine Zeit mehr verlieren, den Mordfall aufzuklären.

Kapitel 3

Evelyn Sanders lag auf dem dünnen Laken ihres Hotelbettes. Sie war für eine Stunde in einen unruhigen Schlaf gefallen; als sie aufwachte, dröhnte ihr der Kopf von den Medikamenten und der heißen Luft im Hotelzimmer. Die Klimaanlage war wieder einmal ausgefallen. Sie stöhnte leise auf, als sie ihre Beine auf dem Boden aufsetzte, und rieb sich die Stirn mit der rechten Hand. Mit zittrigen Fingern tastete sie nach der Wasserflasche auf ihrem Nachttisch. Schon nach dem ersten Schluck der abgestandenen Flüssigkeit wurde ihr speiübel. Sie rannte zum Badezimmer und übergab sich über der Kloschüssel. Danach ging es ihr zu ihrem eigenen Erstaunen schnell wieder besser. Es war, als wenn all der Druck, der seit heute Morgen auf ihr gelastet hatte, mit dem Mageninhalt aus ihr heraus gespült worden wäre.

Erleichtert wusch sie sich mit dem kalten Wasser am Waschtisch das Gesicht, putzte sich gründlich die Zähne und zog sich ein neues T-Shirt über.

Ihre Gedanken schweiften sofort wieder zu den Ereignissen des heutigen Morgens zurück.

Tot, Konstantin war tot. Bei dem Gedanken an den Professor huschte unwillkürlich ein Lächeln über ihre Lippen. Er war ihr Mentor, ihre Inspiration, er hatte sich so sehr für sie eingesetzt und sie mit seiner herzlichen Art und seiner Begeisterung für seine Arbeit sofort in den Bann gezogen, vom ersten Tag an.

Sie presste die Lippen zusammen und wünschte sich, an einem anderen Ort zu sein. Das konnte alles nicht wahr sein. Ein Frösteln durchzog ihren Körper. Sie setzte sich auf den Stuhl am Fenster und lehnte sich erschöpft gegen die Fensterbank. Von draußen vernahm sie die Rufe der Gondoliere, das Klatschen des Wassers gegen die Hauswand und das Klappern der Teller im Restaurant nebenan.

Evelyn Sanders fuhr mit den Fingern über die Maserung der Stuhllehne. Bis gestern Abend hatte sie gedacht, das Leben wäre ein Traum. Venedig, diese wunderschöne Stadt. Die vielen Kunstwerke, die sie sich zusammen mit Konstantin ansehen wollte. Und am wichtigsten – das vor Kurzem aufgetauchte unbekannte Bild von Picasso, das sie im Palazzo Venier dei Leoni unter die Lupe nehmen sollten. Die Peggy Guggenheim Kollektion in Venedig war berühmt für ihre hochkarätige Auswahl an klassischen Werken der Moderne. Kandinsky, Chagall, Klee, Dali, Magritte, Giacometti und eben auch Picasso. Das Guggenheim Museum hatte sich an Professor Becker gewandt, weil er ein ausgewiesener, weltweit bekannter Experte war. Sie beide hatten der Untersuchung des Bildes entgegengefiebert. Wenn es echt war, wäre das eine Sensation. Und sie wäre Teil dieses geschichtlich bedeutsamen Vorgangs gewesen.

Evelyn Sanders schauderte. Unter diesen Umständen würde sie den Picasso nicht mehr zu sehen bekommen. Wer wohl diese Aufgabe übernehmen würde? Ob der Tod des Professors mit dem Bild zusammenhing?

Von einer Sekunde zur nächsten schlug ihre Stimmung um. Ihr Kopf wurde klarer, ihr ganzer Körper füllte sich mit neuer Energie. Sie würde alleine recherchieren.

Die Polizei durfte nichts von dem Bild wissen. Sie war es Konstantin schuldig, seine Mörder zu finden. Sie würde ihren Aufenthalt in Venedig verlängern, damit sie genug Zeit hatte, herauszufinden, was wirklich passiert war.

Commissario Brassoni stand gegen halb elf endlich vor seiner Bürotür. Beim Gang durch den Flur am Sekretariat vorbei hatte Maria Grazia ihm verschwörerisch zugelächelt. Der Commissario hatte etwas unsicher zurückgelächelt. Es war ihm eine Herzensangelegenheit, die Dinge auf den richtigen Weg zu bringen, und zu Maria weiterhin eine freundschaftliche Verbindung zu behalten. Denn von Tag zu Tag fühlte er sich mit der Situation unwohler. Die ganze Heimlichtuerei um diese verbotene Affäre belastete ihn mehr, als er vorher gedacht hatte. Aber hinterher ist man ja immer schlauer.

Sicher, er hatte von Anfang an gespürt, dass es für ihn nicht die ganz große Liebe war und nur eine rein körperliche, aber sehr leidenschaftliche Anziehungskraft bestand, aber er hatte nicht mit der Konsequenz gerechnet, dass seine Geliebte eine längerfristige Bindung daraus entstehen lassen wollte. Er dachte, es wäre eine einmalige Sache, auch von ihrer Seite aus. Aber nun hatte sie wohl mehr Gefühle für ihn entwickelt, wollte ihren Mann verlassen und mit ihm zusammenleben. Allein dieser Gedanke verursachte ihm Magenschmerzen. Er musste sobald als möglich ein klärendes Gespräch mit ihr führen. Besser, sie beendeten die Beziehung, bevor sie sich noch tiefer in diese Affäre verstrickten.

Die Dienststelle des Commissarios befand sich in der Nähe des Campo San Fantin, des kleinen Platzes mit der Renaissance-Kirche San Fantin aus dem 16. Jahrhundert, der »Scuola« aus dem 17. Jahrhundert und mit dem berühmten Opernhaus »La Fenice« an der Westseite. Die Bürogebäude waren erst vor Kurzem renoviert worden, ein Novum in der langjährigen Geschichte der Questura. Die Wände waren in einem hellen, freundlichen Beige gestrichen worden, es gab gut funktionierende Klimaanlagen für den Sommer und wärmende Heizungen für die Wintermonate. Außerdem hatte Brassoni sich einen ergonomisch geformten Bürostuhl aussuchen dürfen, der angeblich diversen Rückenproblemen vorbeugte.

Der Commissario vermutete, dass der Dienststellenleiter, der – wie hinter vorgehaltener Hand gemunkelt wurde – ein Cousin des zuständigen Beamten war, dafür gesorgt hatte, dass diese wundersame Renovierung so schnell und unbürokratisch genehmigt wurde und vonstattenging. Aber es wird ja viel geredet.

Luca Brassoni betrat sein Büro und freute sich über die angenehme Kühle des Zimmers.

Wieder spürte der Commissario sein lädiertes rechtes Knie, das ihm seit einem Kreuzbandabriss vor einigen Jahren Probleme bereitete. Brassoni hatte es geliebt, Fußball zu spielen, seit seiner Operation begnügte er sich jedoch damit, ein glühender Fan des AC Mailand zu sein, und verpasste kein Spiel seiner Lieblingsmannschaft.

Er hatte sich kaum in seinen neuen Stuhl gesetzt, da klopfte Maurizio Goldini, sein Freund und Mitarbeiter, an die Tür. Kurz darauf stand er schon bei ihm im Zimmer. Brassoni betrachtete den Kollegen, der seine Unterlagen sortierte, für einen Moment. Goldini strahlte immer eine ungeheuer positive Aura aus. Er war tatkräftig, energiegeladen, nie schlecht gelaunt und liebte seinen Beruf genauso wie Brassoni. Noch dazu sah er geradezu unverschämt gut aus mit seinen dichten schwarzen Locken, dem naturgebräunten Teint, den dunklen Augen und der feinen, fast aristokratischen Nase. Heute trug er ein hellgraues kurzärmeliges Hemd und eine neue Jeans. Goldini spürte die Blicke des Commissario auf sich und grinste ihn an.

»Was ist los, Luca? Habe ich vergessen, mir den Hosenschlitz zuzumachen, oder bewunderst du einfach nur mein gutes Aussehen?«

Brassoni wurde verlegen, weil Maurizio Goldini den Nagel fast auf den Kopf getroffen hatte.

»Bilde dir mal nicht zu viel ein. Erstens bin ich fast zehn Jahre älter als du, da hadert man schon mal mit seiner eigenen Erscheinung, und zweitens habe ich gerade über unseren Fall nachgedacht. Ich glaube, diese junge Deutsche verschweigt uns irgendetwas. Ich habe das Gefühl, sie kannte den Professor besser und näher, als sie zugibt. Da müssen wir noch mal nachhaken. Was hast du herausgefunden? Gibt es schon erste Ergebnisse von der Spurensicherung und der Gerichtsmedizin?«

Goldini wedelte mit den Papieren.

»Du wirst erstaunt sein, was ich in der kurzen Zeit alles zusammengetragen habe. Zuallererst habe ich mich über die beruflichen und privaten Lebensumstände des Professors informiert. Konstantin Becker war achtundvierzig Jahre alt, geboren in Lindau am Bodensee, Abitur, Studium, verheiratet seit dreiundzwanzig Jahren mit Charlotte Becker, geborene Kramer, vierundvierzig Jahre alt. Die Ehe der beiden war bis vor circa anderthalb Jahren kinderlos, dann kam eine Tochter, Julia. Die Ehefrau hat ebenfalls viele Jahre an der Uni als Dozentin im pädagogischen Bereich gearbeitet, seit der Geburt der Tochter ist sie wohl nur noch zu Hause. Die beiden haben ein Haus am Münchner Stadtrand. Becker hat sich im Laufe seiner Lehrtätigkeit als Kunstexperte einen Namen gemacht, deshalb wurde er relativ oft von bekannten Museen als Gutachter eingesetzt. Becker war regelmäßig hier in Venedig. Er hat einen tadellosen Ruf, aber aus dem Gespräch mit einem seiner Kollegen konnte ich heraushören, dass er vielleicht doch nicht so ein unbescholtener Knabe war, wie uns seine Assistentin weismachen wollte. Es gibt da ein paar Gerüchte über Affären mit Studentinnen und einer jüngeren Kollegin, aber bewiesen ist nichts. Er war wohl sehr beliebt, weil er immer ein offenes Ohr für die Studierenden hatte und sehr locker in seinen Vorlesungen und Seminaren war.«

Brassoni unterbrach seinen Freund und Kollegen mit einer harschen Handbewegung.

»Hast du herausgefunden, in welcher Angelegenheit der Professor hier privat unterwegs war? Diese Evelyn Sanders hat doch angedeutet, dass er ihr freigegeben hatte, um private Dinge zu regeln.«

Goldini zuckte mit den Schultern.

»Das kann ich bisher nur vermuten. Beckers Ehefrau meinte, er wollte sich eine Wohnung im Stadtteil San Marco anschauen. Sie hat eine Erbschaft von ihrer Tante gemacht, damit wollten sie offensichtlich ein Feriendomizil in Venedig erwerben. Und der Professor hätte eine Unterkunft gehabt, wenn er in Venedig arbeiten musste. Seine Frau kommt übrigens schon am Abend in Venedig an. Sie hat darauf bestanden, weil sie ihren Mann unbedingt sehen will. Dann kannst du persönlich mit ihr reden. Ich habe ihr gesagt, sie soll sich unter deiner Telefonnummer melden.«

Luca Brassoni verdrehte die Augen.

»Wohin soll das noch führen, Maurizio? Bald gibt es gar keine Wohnungen für Einheimische mehr. Vor zwanzig Jahren hatte Venedig noch zweihunderttausend Einwohner, heute sind es gerade mal um die fünfzigtausend, wenn das so weitergeht, habe ich letztens in einer Studie gelesen, sind wir im Jahr 2030 bei null. Das hier wird eine Geisterstadt, ein Disneyland für Touristen. Irgendjemand muss das doch verhindern, die Venezianer sollten geschlossen dagegen protestieren. In meiner Nachbarschaft werden auch immer mehr Wohnungen und Palazzi verkauft, an reiche Amerikaner, Europäer oder sonstige gut betuchte Touristen, die die Wohnung bis auf wenige Wochen das ganze Jahr über leer stehen lassen. Da dreht sich mir der Magen um!«

Maurizio Goldini nickte dem Commissario beifällig zu. Es gab kaum noch junge Leute in Venedig, weil sie in der Stadt keinen Job mehr fanden. Viele seiner Bekannten waren aus Venedig weggezogen. Und seiner Tante und seinem Onkel war nach 25 Jahren die Wohnung gekündigt worden, weil der Besitzer sich durch eine Renovierung und einen Verkauf eine bessere Rendite versprach. Einheimische konnten die übertrieben hohen Kosten nicht bezahlen, daran war gar nicht zu denken. Diese Probleme kannte jeder, der in Venedig aufgewachsen war.

Für eine Weile schwiegen Brassoni und Goldini, bis ihre Laune sich etwas gebessert hatte.

Der Commissario ging zum Fenster, zog die Jalousie hoch, öffnete es weit und ließ die Vormittagssonne ein paar Minuten in das Zimmer scheinen. Dann schloss er es wieder, drehte kurz an der Klimaanlage und war wieder bereit für den Fall.

Goldini hatte unterdessen eine Flasche eisgekühltes Mineralwasser aus dem Kühlschrank des Aufenthaltsraums besorgt und schüttete sich und dem Commissario ein großes Glas davon ein. Die beiden Kommissare saßen sich gegenüber und genossen das kühle Getränk. Luca Brassoni ergriff als Erster wieder das Wort.

»Wir müssen rekonstruieren, wohin dieser Konstantin Becker allein unterwegs war, was er hier Privates vorhatte. Ich glaube nicht, dass es allein um eine Ferienwohnung ging. Das hätte er seiner Assistentin sicher erzählt. Ich werde sein Hotel aufsuchen und mit den Angestellten reden. Vielleicht kann mir jemand einen Hinweis auf seinen letzten Aufenthaltsort geben. Bei der Gelegenheit spreche ich noch mal mit seiner Assistentin. Ich hoffe, sie hat sich etwas von dem heutigen Morgen erholt. Auch bei ihr hatte ich das Gefühl, dass sie mehr weiß, als sie zugibt. Kümmere du dich bitte um seine Auftraggeber hier im Museum und finde heraus, an was genau der Professor gearbeitet hat, welche Bilder er begutachten sollte.«

Maurizio Goldini nickte zufrieden. Er liebte Museen und interessierte sich auch privat für alte und moderne Kunst. Auf diesem Terrain hatte er einige Kenntnisse, die ihm vielleicht nützlich werden könnten.

»Ich mach mich sofort auf den Weg. Wir sehen uns am Nachmittag wieder. *Ciao*, Luca.«

Goldini stand auf und wollte gerade aus der Tür gehen, als diese nach einmaligem Klopfen aufgerissen wurde und er Maria Grazia Malafante geradezu in die Arme lief.

»*Oh, scusa,* Signor Goldini, ich wollte nur kurz zu Lu.., äh, Commissario Brassoni!«

»*Non fa niente*, Signora Malafante, das macht nichts, man stößt nicht jeden Tag mit einer schönen Frau zusammen!«

Die Sekretärin wurde rot.

Goldini zwinkerte dem Kollegen im Hinausgehen zu und konnte sich ein Lächeln nicht verkneifen. Die beiden glaubten wirklich, in der Questura hätte noch niemand etwas von der Affäre bemerkt. Dabei war es unübersehbar, wie Maria Grazia den Commissario anschaute und ihn anhimmelte. Es sah aus, als wollte sie ihn am liebsten mit Leib und Seele verspeisen.

Der arme Luca, dachte Goldini, als er aus dem Gebäude trat und sich auf den Weg zum Museum machte.

Kapitel 4

Maurizio Goldini ging den Weg zum Guggenheim-Museum zu Fuß. Er liebte es, sich in dem Strom der Touristen treiben zu lassen und trotzdem mehr über seine Stadt und ihre Geheimnisse zu wissen. Die Mittagssonne hatte inzwischen all ihre Kraft entfaltet. Der Kriminalbeamte verharrte einen Moment auf der Accademia-Brücke und genoss den Anblick des glitzernden Wassers, der kleinen und großen Boote und der prächtigen Gebäude zu beiden Ufern des Canal Grande. Die Peggy Guggenheim Kollektion hatte er sich privat schon mehrmals angesehen. Der Palazzo Venier dei Leoni, der die Kunstsammlung beherbergte, war in der zweiten Hälfte des 18. Jahrhunderts gebaut worden, aber leider unvollendet geblieben, weil der Eigentümerfamilie Venier vermutlich das Geld ausgegangen war. Steinerne Löwenfiguren an der Seite der Terrasse zum Canal Grande hin erklärten den Namen des Gebäudes. Angeblich hatte die Familie zur damaligen Zeit einen Löwen im Garten gehalten. Später, im Jahr 1949, wurde der Palazzo von Peggy Guggenheim erworben, die dort ihre bedeutende Kunstsammlung unterbrachte und auch bis zu ihrem Tod 1979 in dem Gebäude lebte. Erst 1980 wurde der Palazzo als Museum für das Publikum geöffnet.

Goldini seufzte, als er in die Nähe des morgendlichen Tatorts kam. So viel Brutalität in so einer schönen Stadt. Und doch wusste er, dass sich das Schlechte im Menschen nie ausmerzen lassen würde. Der Gedanke an ein fortwährend friedliches Miteinander war nur eine schöne Illusion. Deswegen hatte er ja schließlich seinen Beruf gewählt. Er setzte seinen Weg fort durch die gepflegten Gassen, bis er das Museum erreicht hatte. Er hatte sich von der Questura aus beim Direktor angemeldet, der ihn bereits mit bleichem Gesicht am Eingang erwartete.

»*Buongiorno*, sind Sie der Commissario, der vorhin angerufen hat?«

Der Direktor streckte Goldini seine schmale Hand entgegen und sah ihn ängstlich an. Er war von schmächtiger Gestalt, nicht größer als eins fünfundsiebzig. Er trug einen braunen Maßanzug, und in seinem Gesicht fielen Goldini zuallererst die großen grünen Augen mit den buschigen Augenbrauen auf, die nicht zu den ansonsten feinen, fast weiblichen Gesichtszügen passten.

»Signor Pallucci? Dottor Goldini von der Questura. Wie ich Ihnen schon am Telefon sagte, geht es um den deutschen Professor Konstantin Becker, der für Sie gearbeitet hat.«

Der Direktor wurde noch eine Spur blasser, als er den Namen des Professors hörte.

Seine Stimme zitterte, als er den Commissario ansprach.

»Ist es wirklich wahr, dass er ermordet wurde? Wir hatten heute Nachmittag einen Termin.«

»Ja, es tut mir leid, Ihnen das sagen zu müssen. Den Termin wird er wohl nicht mehr wahrnehmen können. Aber vielleicht können Sie mir dabei behilflich sein, seine Mörder zu finden.«

Der Direktor nickte betreten und bat Goldini, mit ihm ins Museum in sein Büro zu kommen. Dort sei es kühler, und man könne ungestört reden. Der Commissario folgte Pallucci in einen hellen, klimatisierten Raum, der mit modernen Möbeln und einigen interessanten Kunstwerken eingerichtet war. Goldini betrachtete schweigend eine goldene Skulptur, die den Körper einer athletischen Frau darstellte. Der Direktor bat ihn,

Platz zu nehmen, woraufhin der Commissario sich in einem bequemen schwarzen Ledersessel niederließ.

Goldini griff zu einer Praline, die neben vielen anderen auf dem Schreibtisch des Museumsleiters in einer Glasschale lag. Seiner Schwäche für Schokolade gab er zu gerne nach.

»Ich darf doch?«

Pallucci nickte und sah ihn fragend an.

»Wie kann ich Ihnen helfen?«

Im Hotel Villa d'Oro stand Evelyn Sanders unterdessen unter der Dusche. Das Badezimmer war neu renoviert worden, blitzsauber und hatte eine schöne Atmosphäre. Jeder Tropfen des warmen Wassers ließ ihren Kopf freier werden und füllte ihren Körper mit neuer Energie. Sie musste den Direktor des Museums überzeugen, sie das Bild anschauen zu lassen. Das würde nicht einfach werden, aber schließlich handelte es sich bei dem Gemälde um ein zweifelhaftes Objekt, das dem Museum auf nicht gerade rechtmäßigem Weg zugespielt wurde. Dann musste sie herausfinden, wer alles von dem geheimen Bild wusste.

Möglicherweise hatte man den Professor ermordet, um zu verhindern, dass das Gemälde begutachtet wurde. Womöglich war es eine Fälschung?

Evelyn nahm sich das Badelaken von der Toilette, trocknete zuerst ihren Körper und dann ihre Haare damit ab und stellte sich vor den Badezimmerspiegel. Ihr Mut sank augenblicklich, als sie ihr müdes Gesicht im hellen Schein der Lampe betrachtete.

Lohnte es sich wirklich, den Umständen von Konstantins Tod auf eigene Faust nachzugehen?

Für einen kurzen Moment sah sie das strahlende, enthusiastische Gesicht des Professors vor sich, als er erfahren hatte, dass es ein bisher unbekanntes Bild von Picasso gab.

Er hatte Evelyn erzählt, wie es aussah: Eine badende Frau mit feuerrotem Haar an einem Strand. Er wollte es gemeinsam mit ihr anschauen, eine Ehre für eine junge Doktorandin, dass ihr Professor ihr so viel Vertrauen schenkte. Evelyn hätte ihm damals vor Freude um den Hals fallen können, aber sie beherrschte sich und himmelte ihn von da an nur noch umso mehr an. Sie hatte keiner Menschenseele von dem Gemälde erzählt.

Nein, sie konnte jetzt nicht einfach nach Hause fahren.

Seufzend nahm sie ein schlichtes weißes Kleid aus dem Schrank, zog es über ihre Unterwäsche, föhnte und bürstete ihre langen Haare, überprüfte den Inhalt ihrer Handtasche und schloss schließlich leise die Zimmertür hinter sich ab.

Ihr Blick wanderte über den Flur in der zweiten Etage. Um diese Zeit waren alle Hotelgäste unterwegs, es war ruhig und leer auf dem Gang. Alles war im venezianischen Stil eingerichtet, angefangen von der geschmackvoll gestreiften Tapete bis hin zu den Lüstern an der Decke, dem weichen blaugrauen Teppich und den Stühlen in den Nischen. Von den Hotelangestellten war ebenfalls niemand zu sehen. Als sie dem Weg zur Treppe folgte, stieß sie in der Kurve urplötzlich mit einem Mann zusammen, der wie aus dem Nichts aufgetaucht war.

Durch den heftigen Aufprall verlor sie ihre Handtasche, und als sie sich fluchend danach bücken wollte, umfasste der große, kräftige Mann blitzschnell ihren Oberkörper und drückte ihr ein übel riechendes Tuch auf Mund und Nase. Er hielt sie in seinem Griff gefangen, bis ihr die Sinne schwanden. Seine Arme schienen aus Stahl zu sein. Verzweifelt versuchte sich Evelyn Sanders zu befreien, aber das Betäubungsmittel wirkte so schnell, dass ihre Muskeln innerhalb von Sekunden erschlafften. Das Letzte, was sie sah, waren sein rotbrauner Bart und seine schmalen Lippen. Als der Mann sich sicher war, dass sein Opfer nicht mehr bei Bewusstsein war, warf er die junge Frau, ohne mit der Wimper zu zucken, die lange, steile Treppe hinunter und verschwand genauso unbemerkt, wie er in das Hotel gekommen war.

Kapitel 5

Luca Brassoni stand vor dem Hotel Villa d'Oro und betrachtete die Fassade des Gebäudes. Das Hotel war hell gestrichen, hatte grüne Fensterläden und einen roten Baldachin direkt vor dem Eingang. Brassoni fand es sehr einladend und konnte verstehen, dass der Professor gerne hier abgestiegen war, wenn er sich in Venedig aufhielt. Der Blick auf die Calle XXII Marzo, die zentrale Lage, die romantischen Gondeln, all das hatte seinen speziellen Charme. Der Commissario betrat das Hotel. Es war Mittagszeit, und die Rezeption war wohl kurze Zeit nicht besetzt gewesen, denn eine junge Frau tauchte erst einige Sekunden nach seinem Eintreten auf, strich sich die letzten Essensreste vom Mund und lächelte ihn dann freundlich hinter der nussbaumvertäfelten Theke an. Sie war kaum älter als Anfang zwanzig, hatte glänzende dunkle, lange Haare und ein hübsches, ungeschminktes Gesicht.

»*Buongiorno*, was kann ich für Sie tun? Entschuldigen Sie die kurze Wartezeit, ein Kollege ist überraschend ausgefallen, und ich habe nur kurz etwas gegessen. Meine letzte Mahlzeit war heute Morgen um sechs, ich hoffe, Sie haben dafür Verständnis.«

Luca Brassoni hob die Hände und winkte beschwichtigend ab.

»Kein Problem, Signorina, ich habe keine drei Sekunden hier gewartet. Mein Name ist Luca Brassoni, ich bin Commissario und bearbeite den Fall Konstantin Becker. Der Professor hat hier bei Ihnen gewohnt, ebenso seine Assistentin Evelyn Sanders. Ich würde mir gerne sein Zimmer anschauen und mit Frau Sanders sprechen. Ist sie im Haus?«

Der Commissario zeigte seinen Dienstausweis und beobachtete interessiert, wie die frische Farbe aus dem Gesicht der jungen Angestellten wich.

»Ja, ich weiß, eine schreckliche Sache. So etwas gab es noch nie bei uns im Hotel. Ich kannte den Professor schon seit drei Jahren. Er war immer so freundlich und gab jedes Mal ein großzügiges Trinkgeld. Er hat bei all seinen Besuchen in Zimmer 11 gewohnt, ein schöner Raum mit Blick auf den Kanal. Es liegt in der ersten Etage. Und – einen Moment –, ja, der Schlüssel von Frau Sanders hängt hier. Sie müsste dann oben sein, Zimmer 22, zweite Etage.«

Die junge Frau reichte dem Commissario den Schlüssel. Brassoni kniff die Augen zusammen, um den Namen auf ihrem Schild zu lesen, das an ihre rosafarbene Bluse geheftet war.

»*Mille grazie*, Emma. Können Sie mir sonst noch etwas über den Professor erzählen?

Seine Gewohnheiten, was er hier in Venedig privat gemacht hat? Und ob er vielleicht eine Affäre mit seiner Assistentin hatte?«

Die Rezeptionistin schüttelte betrübt den Kopf.

»Ich glaube nicht, dass er eine Beziehung zu Frau Sanders hatte. Ich habe die beiden nie in einer verfänglichen Situation gesehen. Er war ein durchaus attraktiver Mann, gebildet, humorvoll. Ich glaube, dass er in Venedig eine Wohnung gesucht hat. Er wollte ein Eigentum erwerben, um mehr Zeit hier zu verbringen. Möglicherweise hatte er schon etwas gefunden, er sprach einmal von einer schönen Dachgeschosswohnung in San Polo. Auch in San Marco hat er sich ein Apartment angeschaut. Er liebte die Stadt, das hat er oft gesagt. Und er muss Bekannte in Venedig gehabt haben, denn er bekam manchmal Nachrichten oder Anrufe hier aus Venedig und erzählte auch, dass er verabredet war. Aber ich weiß nicht, mit wem.«

Sie zuckte entschuldigend die Schultern und widmete sich dann dem Telefon, das schon zum zweiten Mal klingelte.

»Danke noch mal, ich schaue mir dann das Zimmer an und spreche mit Evelyn Sanders«, verabschiedete sich der Commissario.

Luca Brassoni ging zuerst auf den Aufzug zu, entschied sich dann aber spontan anders und nahm die Treppe. Das Hotel war um die Mittagszeit menschenleer, sämtliche Touristen waren unterwegs zum Mittagessen oder zu Besichtigungen. Brassoni machte sich Gedanken darüber, wie sinnvoll es war, in dieser Gluthitze die Stadt zu erkunden. Hätte er die Wahl, würde er mittags ein gepflegtes Nickerchen halten und erst wieder vor die Tür gehen, wenn die Sonne tiefer stand. Außer er wäre am Lido und könnte unter dem Sonnenschirm ein spannendes Buch lesen und sich ab und an im Wasser der Adria abkühlen.

An seinen freien Tagen widmete er sich zudem gerne seinen beiden Rosenstöcken, die er im Garten seines Wohnhauses gepflanzt hatte. Ein so schöner Garten wie der, der zu seiner Wohnung gehörte, war eine Seltenheit in Venedig, und er liebte den Duft den die prachtvollen rosa- und pinkfarbenen Blüten im Frühjahr und Sommer entwickelten.

Gedankenverloren stieg er die Treppen zur ersten Etage hoch und rang mit sich, ob er zuerst das Zimmer des Professors anschauen wollte oder ob er in die zweite Etage zu Evelyn Sanders gehen sollte. Er entschied sich spontan für Letzteres, weil er die Unterkunft des Mordopfers immer noch in Ruhe unter die Lupe nehmen konnte.

Das Hotel war gut klimatisiert, und so nahm er mit Schwung die Kurve zum zweiten Stock.

Der unerwartete Anblick der grotesk verdrehten Frau auf der

Hälfte der Stufen vor ihm versetzte ihm einen kurzen Schock, dann erkannte er das leichenblasse Gesicht der Assistentin des Professors.

»Madonna, Signorina Sanders!«, entfuhr es ihm. Er beugte sich hinab zu dem leblosen Körper, fühlte den Puls am Hals der jungen Frau und griff erleichtert zum Handy.

»Hier Commissario Brassoni, schicken Sie sofort eine Ambulanz zum Hotel Villa d'Oro, und informieren Sie die Kollegen der Spurensicherung. Ich denke, es gab einen Anschlag auf eine Zeugin!«

Er wusste selbst nicht ganz genau, warum er sich so sicher war, dass Evelyn Sanders nicht von alleine die Treppe hinuntergestürzt war, aber sein Instinkt sagte ihm, dass es keinen Grund gab, dass die Frau, die er heute Morgen kennengelernt hatte, von alleine so einen schweren Sturz erleiden könnte. Außerdem hatte er bemerkt, dass ihr Gesicht leicht nach Äther roch und unter ihren Fingernägeln Spuren von Blut und Geweberesten zu sehen waren, Anzeichen für eine Abwehrreaktion oder einen Kampf.

Er wartete ab, bis die Ambulanz eintraf. Da er sich nicht sicher war, ob die Doktorandin Verletzungen im Wirbelbereich erlitten hatte, wollte er sie nicht bewegen. Hoffentlich kam sie durch. Als der Notarzt und die Sanitäter sie schließlich in mühevoller Arbeit auf die Trage gelegt hatten, war sie immer noch bewusstlos und trug eine unterstützende Halskrause.

»Wie sieht es aus, Dottore, kann man schon etwas über ihre Verletzungen sagen?«, fragte Brassoni vorsichtig.

Der Notarzt schüttelte den Kopf.

»Alles, was ich sagen kann, ist, dass sie mit Sicherheit einige gebrochene Rippen, einen gebrochenen Arm und ein schweres Schädeltrauma hat. Was die Wirbelsäule angeht, da müssen wir sie im Krankenhaus erst genauer untersuchen. Sie wird jetzt stabilisiert, und dann sehen wir weiter.«

Der Commissario bedankte sich mit einem Kopfnicken.

Vielleicht würde er ja schon bald mit ihr reden können. Da steckte doch eine Menge mehr hinter der Sache, als er am Anfang gedacht hatte. Und der oder die Täter hatten offenbar keine Skrupel, jeden aus dem Weg zu räumen, der ihnen zu nahe kam. Er würde eine Wache im Krankenhaus für Evelyn Sanders abstellen lassen, falls irgendjemand auf die Idee käme, sein Werk vollenden zu wollen.

Brassoni erledigte ein paar Anrufe, dann machte er sich auf den Weg zum Zimmer des Professors. Den Tatort würde er erst einmal der Spurensicherung überlassen und sich später auch Sanders' Zimmer ansehen.

Maurizio Goldini spielte ungeduldig mit einer Schachtel Streichhölzer, die neben ihm auf einem Beistelltischchen gelegen hatten.

»Signor Pallucci, mich interessiert alles, was mit Professor Becker zu tun hat. Welche Arbeit hat er für Ihr Museum geleistet, wie gut kannten Sie ihn, was war sein letztes Projekt?

Sie wissen schon, jedes kleine Detail kann von Bedeutung sein. Die Bilder in Ihrem Museum besitzen zum Teil einen hohen Wert. Gab es in letzter Zeit Vorkommnisse, die mit der Ermordung Beckers in Zusammenhang stehen könnten?«

Der Direktor blickte seltsam abwesend. Er sah aus, als sammelte er seine Gedanken.

Goldini spürte nicht zum ersten Mal, dass dieser Mann mehr wusste, als er nach außen hin zugab.

Pallucci räusperte sich kurz, strich seine Anzugjacke glatt und richtete seine Krawatte.

Eine Gestik, die Goldini als Verzögerungstaktik deutete. Aber dann, endlich, nach einigen stummen Sekunden, die dem Commissario wie Minuten vorkamen, ertönte die leicht zittrige Stimme Palluccis.

»Nun, wie soll ich sagen ..., ich fange am besten von vorne an. Ich lernte Professor Becker vor einigen Jahren auf einem

Kongress in der Schweiz kennen. Er hielt dort einen Vortrag über zeitgenössische Kunst, und ich war sofort von seiner Art, seinem Fachwissen und seinem Enthusiasmus begeistert. Wir unterhielten uns viel und lernten uns so näher kennen, und ich war mir sicher, dass er ein hervorragender Kunstexperte war, der uns bei der Auswahl und Beurteilung unserer vielen Kunstwerke helfen konnte. So kam eine Geschäftsbeziehung zustande, die bis heute gehalten hat. Er war immer zuverlässig und hatte ein hohes Maß an Sachverstand. Das habe ich sehr an ihm geschätzt.«

Pallucci starrte für einen Moment aus dem Fenster. Seine Mundwinkel zuckten, als er erneut zum Sprechen ansetzte.

»Ich kann nicht glauben, dass man ihn ermordet hat.«

Goldini beobachtete seine Mimik und ließ ihm einen Moment Zeit, bevor er weiter nachhakte. Die Gefühle des Direktors schienen echt zu sein. Goldini hatte schon viele Befragungen durchgeführt und war inzwischen Experte darin geworden, die Mimik und Gestik seines Gegenübers zu studieren und zwischen den Zeilen zu lesen.

»Signor Pallucci, was für einen Termin hatten Sie heute mit dem Professor? Worum wäre es bei Ihrem Treffen gegangen?«

Pallucci erbleichte erneut und starrte den Commissario unverwandt an. Er bemühte sich, die Kontrolle über seine Gesichtsmuskeln zu behalten, aber er konnte nicht verhindern, dass seine Stimme nur mühsam krächzend herüberkam.

»Der Picasso, es ging um den Picasso …«, sagte er stockend.

Er verstummte und schluckte angestrengt.

Goldini sah überrascht auf.

»Welcher Picasso, um welches Bild handelt es sich?«

»Es ist …, es ist ein wahrscheinlich unbekanntes, altes Werk von Picasso, dessen Echtheit Professor Becker bestätigen sollte. Es kam auf nicht gerade rechtmäßigem Weg in unseren Besitz, deshalb durfte niemand etwas davon wissen.«

»Und welchen Wert hätte es, wenn es echt wäre?«

»Geschätzte 15 Millionen Euro.«

Goldini stellten sich die Nackenhaare auf. Dann entfuhr ihm ein tiefer Seufzer.

»Genug Geld, um jemanden dafür zu ermorden.«

Kapitel 6

Maria Grazia Malafante schaute auf ihre Armbanduhr, nahm sich die Nagelfeile aus ihrer Schublade und beschloss, dass es Zeit für eine Mittagspause war.

In der Questura war es ruhig, ihr direkter Vorgesetzter, der Dienststellenleiter Dottor Roberto Morandi, war für den Nachmittag zu einem auswärtigen Termin außer Haus.

Maria Grazia nahm sich ein Tramezzino, belegt mit Salami und etwas Salat, sowie ein paar Kirschen aus ihrer Kunststoffbox und kaute gedankenverloren und ohne Appetit vor sich hin.

Ab und zu spuckte sie einen Kirschkern zurück in die Box und dachte dabei an ihre Beziehung zu Luca Brassoni. Oder hatten sie etwa gar keine Beziehung? Maria Grazia war sich nicht sicher, wie der Commissario ihr Verhältnis sah. Die Nacht mit ihm war schön gewesen, aber am nächsten Morgen hatte sie eine Veränderung an ihm bemerkt. Fast so, als wäre er froh gewesen, als sie seine Wohnung wieder verließ.

Etwas unwirsch ließ sie den Rest der Kirschen zurück in ihr Behältnis fliegen. Luca sollte sich mal nicht einbilden, dass er sie so einfach abservieren konnte. Schließlich hatte er ihr wochenlang nachgestellt und ihr schöne Augen gemacht. Und sie riskierte ihre Ehe für ihn.

Ihr Mann Stefano ahnte nichts von ihrer Affäre, und das war auch gut so, Er vergötterte sie, aber er war auch ein Langweiler.

Ständig war er mit seiner Kanzlei und seinen Klienten beschäftigt. Luca hatte ihr Aufmerksamkeit geschenkt und Zeit mit ihr verbracht. Aufregende, heimliche Zärtlichkeiten, die ihr Leben bereicherten. Und fast unmerklich hatte sie Gefühle für ihn entwickelt, die er vielleicht gar nicht erwiderte.

Manchmal konnte sie sich sogar vorstellen, ihren Mann für Luca zu verlassen und mit ihm zusammenzuleben.

Maria Grazia stützte ihr Kinn auf ihre Hand, strich sich die glänzenden schwarzen Haare aus der Stirn und lächelte beseelt vor sich hin. Sie und Luca, sie waren doch ein schönes Paar.

Sie würde ihn schon noch um den Finger wickeln. Vielleicht sollte sie mal etwas für ihn kochen, um ihn von ihren Qualitäten zu überzeugen. Alle Männer aßen gerne, und ihre Lasagne und ihre Kalbsschnitzel suchten Ihresgleichen.

Luca hielt sie womöglich für einen leichten Fang, eine nette Abwechslung, und er glaubte, dass ihre Beziehung keine Chance hätte wegen ihrer Ehe, aber sie würde ihm beweisen, dass sie mehr war als eine gelegentliche Geliebte.

Entschlossen und voller Zuversicht schloss sie ihre Schreibtischschublade, zog ihren Lippenstift nach und machte sich auf den Weg zum Cafe auf dem Campo, um ihren Siegeszug dort zu feiern. Beim Gang durch die Sonne genoss sie jeden Männerblick, der wohlgefällig auf ihre Figur fiel. Luca konnte froh sein, dass er sie bekommen würde.

Commissario Luca Brassoni öffnete vorsichtig die Tür zum Hotelzimmer von Evelyn Sanders im zweiten Stock. Sie war nur angelehnt, weil die Kollegen von der Spurensicherung schon ihre Arbeit taten. Bevor er das Zimmer der jungen Frau aufgesucht hatte, war er im Hotel herumgelaufen, um sich in jedem Winkel nach dem Täter umzusehen, obwohl ihm bewusst war, dass dieser sich vermutlich schon lange aus dem Staub gemacht hatte. Auch die junge Frau an der Rezeption hatte niemanden gesehen, und das ältere Pärchen aus der ersten Etage, das er im

Flur getroffen hatte, war gerade erst von einer Erkundungstour durch Venedig gekommen und konnte nichts zu den Ermittlungen beitragen. Allerdings waren sie höchst beunruhigt durch die Vorgänge im Hotel und hatten beschlossen, sich eine andere Unterkunft zu suchen.

Wer auch immer der unbekannte Täter war, Brassoni hoffte inständig, dass es Evelyn Sanders bald besser ginge und sie eine Aussage zu dem Tathergang machen konnte. Vielleicht konnte sie den Täter ja sogar beschreiben.

Der Commissario schaute sich im Zimmer der Assistentin von Professor Becker in aller Ruhe um. Es war hell, sauber und aufgeräumt, nichts deutete darauf hin, dass der Täter diesen Ort durchsucht hatte, bevor oder nachdem er die junge Frau angegriffen hatte.

Brassoni betrachtete die gestreiften Tapeten, den weichen graublauen Teppich und die Lüster an der Decke. Zur rechten Seite stand ein typisch venezianisches Bett mit Intarsien und einem blau-gold gemusterten Baldachin.

Trotzdem musste es etwas geben, was von Bedeutung für den Fall war. Wenn man Evelyn Sanders mundtot machen wollte, musste sie etwas wissen. Irgendetwas hatte sie auch dem Commissario verschwiegen. Nur leider hatte er nicht die geringste Ahnung, was es war.

»Nunzio, habt ihr irgendetwas gefunden, was uns weiterhilft?«, fragte er den Chef der Spurensicherung.

»Scusa, Luca, hier ist alles so rein wie in Schneewittchens Kämmerlein. Keine ungewöhnlichen Spuren, keine geheimen Dokumente. Den Laptop müssen wir erst noch untersuchen. Aber vielleicht möchtest du einen Blick in den Terminkalender von Signorina Sanders werfen.«

Commissario Brassoni hob in freudiger Erwartung seine Augenbrauen. Er nahm das in rotem Leder gebundene kleine Buch entgegen und öffnete es interessiert.

Nunzio Sposato tippte auf eine bestimmte Kalenderseite.

»Schau mal auf das heutige Datum, das hat sie dick eingekreist. Da steht ein M und ein P.

Was auch immer das heißt, es muss enorm wichtig gewesen sein.«

Brassoni schaute sich die Eintragungen an und blätterte ein paar Seiten vor und zurück.

»M, das könnte für Museum stehen, diese Eintragung gibt es öfters. Schließlich war Professor Becker als Berater des Museums hier in Venedig. Aber noch interessanter finde ich diese Eintragung – Essen mit K – versehen mit zwei Herzchen. K könnte für Konstantin stehen, der Vorname von Becker. Vielleicht hatten die beiden doch eine Affäre.«

Der Kriminaltechniker lächelte amüsiert.

»Oder sie hat einfach für ihren Professor geschwärmt. Das machen viele Studentinnen!«

»Wie dem auch sei, ich werde es herausfinden. Macht ihr eure Arbeit und schickt mir den Bericht so bald wie möglich zu. *Buona fortuna*! Viel Glück!«

Luca Brassoni warf noch einen Blick in den Kleiderschrank des Opfers, dann machte er auf dem Absatz kehrt und lief von der zweiten Etage in die erste. Vielleicht hatte er im Zimmer des Professors mehr Glück. Der Raum war noch versiegelt, er löste den Klebestreifen ganz vorsichtig, darauf achtend, dass er ihn unbeschadet wieder anbringen konnte.

Als das Band trotz seiner Bemühungen in der Mitte einriss, fluchte er laut und zog es mit einem Ruck vom Holz ab. Jetzt würde er sich ein neues Band von der Spusi besorgen müssen.

Als er das Zimmer betrat, stellte er schockiert fest, dass schon jemand vor ihm das Gleiche mit mehr Erfolg versucht hatte. Professor Beckers Zimmer war von Grund auf durchwühlt worden. Es sah aus, als hätte eine Bombe eingeschlagen.

Da hatte der Täter ganze Arbeit geleistet. Brassoni schimpfte laut vor sich hin und informierte per Handy seinen Kollegen

Nunzio, dass im Zimmer des ersten Opfers noch mehr Arbeit auf ihn wartete. Dann schaute er sich sehr vorsichtig die ganze Bescherung an. Schubladen waren mit Gewalt herausgerissen worden, lose Blätter aus Aktenmappen lagen auf Bett und Boden verstreut. Die Matratze des Bettes war umgedreht und aufgeschlitzt worden, die Anziehsachen im Kleiderschrank hatte man durchwühlt, und der gesamte Inhalt des Kulturbeutels des Professors lag ausgekippt im Waschbecken.

Der Commissario nahm ein paar der losen Blätter in die Hand und überflog sie. Was er sah, überraschte ihn nicht. Wissenschaftliche Texte über bestimmte Epochen und Maler. Alles handelte von Konstantin Beckers Fachgebiet. Brassoni konnte sich keinen Reim darauf machen, was der oder die Täter in seinem Zimmer gesucht hatten. Vielleicht war es Maurizio ja inzwischen gelungen, Einzelheiten über die Arbeit des Professors und mögliche Zusammenhänge mit dem Mord und dem Anschlag auf die Assistentin herauszufinden.

Brassonis Bauchgefühl sagte ihm, dass mehr dahinterstecken musste. Die Art, wie Professor Becker ermordet worden war, ließ persönliche Motive wie Hass oder Rache vermuten.

Brassoni war brennend daran interessiert, zu erfahren, ob Becker in Venedig bereits eine Wohnung gefunden hatte. Wenn noch niemand von der Wohnung wusste, könnte er dort geheime Unterlagen oder was immer den Einbrechern wichtig gewesen war, aufbewahren.

Vielleicht würde das Gespräch mit Beckers Frau, die bald in Venedig landete, mehr Aufschluss über sein privates Leben ergeben.

Der Commissario fühlte sich plötzlich müde und leer. Der Gedanke an Beckers Frau hatte ihn an sein eigenes Privatleben erinnert. Das ging gar nicht, dass er durch diese unselige Affäre jetzt schon in seinen Ermittlungen behindert wurde. Bisher hatte er sein Privatleben strikt von seinem Beruf getrennt. Es war an der Zeit, sich um diese Angelegenheit zu kümmern. Gereizt fegte er mit der Hand einen der Stifte von dem Tischchen vor dem Fenster. Als er sich anschließend schuldbewusst bückte, um den Stift wieder aufzuheben, fiel ihm eine Unebenheit im Parkett unter dem Fenster ins Auge. Brassoni benutzte den Stift, um das lockere Stück Holz etwas anzuheben. Und siehe da – unter dem Holzfußboden befand sich ein richtiges kleines Versteck.

Der Commissario hielt den Atem an, als er das kleine schwarze Kästchen darin öffnete:

Ein Schlüssel, tatsächlich ein Schlüssel, und allem Anschein nach auch noch ein Wohnungsschlüssel. Jetzt musste er nur noch die dazugehörige Wohnung finden, dann war er einen gewaltigen Schritt weiter, da war er sich sicher. Brassonis Herz jubilierte. Er hatte seinen Instinkt doch nicht verloren. Und mit Maria Grazia würde er sich schon irgendwie einig werden, ganz elegant.

Kapitel 7

Die Touristenströme hatte Venedig um diese späte Mittagszeit fest in der Hand. Trotz der großen Hitze ließen es sich die vielen Japaner, Amerikaner, Deutschen und sonstigen Besucher sowie unzählige andere Menschen aus aller Herren Länder nicht nehmen, die Stadt zu erkunden.

Brassoni erkannte an den Stufen der Accademia-Brücke zwei polizeibekannte Afrikaner, die besonders rüde gegen Touristen vorgingen, die ihre gefälschten Markentaschen nicht kaufen wollten. Das Geheimnis war, dass man einfach nicht hinschauen durfte, wenn einer dieser illegalen Verkäufer einem etwas unter die Nase hielt. Zeigte man Interesse, hatte man schon verloren. In diesem Fall war es schon öfter vorgekommen, dass die beiden Verkäufer die potenziellen Kunden bedrohten und ihnen schimpfend und spuckend hinterherliefen, wenn diese einen Kauf verweigerten. Eine heikle und unangenehme Situation für die Touristen, aber die Verkäufer tauchten trotz Verbots immer wieder auf und waren nur schwer dingfest zu machen. Auch jetzt fühlte Brassoni sich nicht dazu bereit, die Afrikaner des Platzes zu verweisen. Er würde Kollegen von der Streife vorbeischicken, die sich darum kümmern konnten. Der Commissario verspürte ein permanentes Hungergefühl und entschied, sein Mittagsessen in der Trattoria del Angelo ganz in der Nähe der Questura einzunehmen.

Einige Minuten später saß er in einer kühlen Ecke an seinem Stammtisch und bestellte beim Padrone *Maccheroni ai calamari*, Makkaroni mit Tintenfischsoße, als zweiten Gang *Grigliata mista di pesce*, eine gemischte Fischplatte vom Grill, und für den Abschluss eine klitzekleine *Cassata*, eine Eisbombe mit Früchten. Danach würde er wieder genug Kraft haben, um herauszufinden, in welchem Stadtteil der ermordete Professor eine Wohnung besaß, sei es nun in San Marco, wie seine Frau behauptete, oder in San Polo, wie die Rezeptionistin vermutete. Und er würde sich Gedanken darüber machen, wie Evelyn Sanders in den Fall verwickelt war. Vielleicht könnte er sie ja in einigen Stunden schon vernehmen.

Brassoni genoss gerade seine wunderbar gegrillten Fische, als sein Handy zwei Nachrichten ankündigte.

Widerwillig wischte er sich mit der Serviette Mund und Hände ab und schaute auf sein Display. Eine Nachricht von Maria Grazia und eine von Maurizio Goldini.

Er beschloss, erst in Ruhe zu Ende zu essen und sich dann um die Mitteilungen zu kümmern. Bevor die Cassata kam, hatte er jedoch bereits die Nachricht seines Kollegen gelesen.

Er sollte ihn um halb drei in der Gerichtsmedizin treffen. Es gab Neuigkeiten Professor Beckers Arbeit und seine Todesumstände betreffend.

Die Nachricht von Maria Grazia las er erst nach dem Eis, um sich seine Laune nicht zu verderben.

Sie lud ihn zum Essen ein, für heute Abend, sie versprach ihm ein »himmlisches Menü« mit anschließender »süßer Überraschung«. Brassoni rumorte plötzlich der Magen.

War denn ihr Ehemann immer noch nicht wieder da von der Fortbildung? Und dann wollte sie auch noch bei ihm kochen. Er musste sich etwas einfallen lassen, um diese Einladung abzusagen. Warum war er bloß so feige, wenn es um diese Frau ging? Sie hatte etwas Dominantes an sich, das er seit dem zweiten Treffen fürchtete. Er würde sich später Rat von seinem besten Freund und Cousin Stefan holen. Stefan, von allen nur Caruso genannt, weil er mit Leidenschaft italienische Arien sang, war Deutscher, der vor zehn Jahren nach Venedig gezogen war, um von hier aus als freier Journalist zu arbeiten.

Luca Brassoni genoss auf dem Weg zur Gerichtsmedizin wie immer den Spaziergang durch Venedigs Gassen. Wann immer es ihm möglich war, ging er zu Fuß und mied die übervollen Vaporetti und oft auch die Polizeiboote. Er liebte den morbiden Charme der alten Häuser und Prachtbauten. La Serenissima, die Lagunenstadt, hatte für ihn die Aura des unwirklichen, geheimnisvollen und zugleich des vertrauten und makellosen. Die wasserumspülten Paläste entlang der Kanäle strahlten zugleich Mondänität und Altehrwürdigkeit aus. Er fühlte sich sicher und geborgen in den unzähligen kleinen Gassen, die er seit seiner Kindheit kannte. Die Kunstschätze und architektonischen Besonderheiten zu erkunden, war ihm immer ein Vergnügen gewesen, und er konnte die Begeisterung der Touristen nachempfinden. Der Commissario war stolz, ein Teil dieser wundervollen Stadt zu sein.

Diese Gedanken zauberten ihm ein Lächeln ins Gesicht, das er mit in die kühlen Räume der Gerichtsmedizin nahm.

Carla Sorrenti, die Pathologin, schaute ihn erstaunt an, als er nach einem mehrmaligen Klopfen in den Raum trat. Sie sagte nichts, schüttelte aber belustigt den Kopf. Normalerweise herrschte in diesen Räumen eine eher unterkühlte Stimmung.

Brassoni fühlte sich von dem Blick ihrer meerwasserblauen Augen einmal mehr wie hypnotisiert und suchte unsicher nach Worten.

»Also«, stotterte er, » ich meine, man hat mir …«

Maurizio Goldini, der hinter dem Obduktionstisch stand, musste grinsen und lief Gefahr in ein schallendes Gelächter auszubrechen. Es sah zu komisch aus, wie sein Chef sich gebärdete. Schließlich übernahm er das Wort und sprang Brassoni zur Seite.

»Genau, wir sollten uns um halb drei hier treffen. Die Dottoressa hat Neuigkeiten für uns.«

Brassoni wendete den Blick ab und versuchte so zu tun, als wäre ihm die Situation gleichgültig, aber aus irgendeinem Grund klopfte ihm das Herz bis zum Hals. Er spürte, wie er trotz der Kälte langsam zu schwitzen anfing.

Carla Sorrenti ignorierte den Commissario, zog sich die Handschuhe aus und nahm sich ihre Notizen vor.

»*Attenzione*, meine Herren, falls Sie doch noch Interesse an meinen Ergebnissen haben, hier sind sie. Unser Opfer hat lange leiden müssen. Er hatte einen guten Allgemeinzustand, vor den Misshandlungen natürlich. Seine Blutwerte waren in Ordnung, ebenso sein Herz-Kreislauf-System. Er hätte gut und gerne noch dreißig Jahre leben können. Wenn er etwas mehr Sport getrieben hätte.«

Die Ärztin räusperte sich kurz und versicherte sich, dass die beiden Beamten ihr auch zuhörten.

»Wie ich schon bei der ersten Begutachtung erwähnt hatte, hat der Professor mehrere Knochenbrüche erlitten, unter anderem einen offenen Bruch am linken Unterarm und eine Schläfenbeinfraktur. Die Täter müssen mit roher Gewalt vorgegangen sein. Angesichts der Schläge könnte ein Baseballschläger als Tatwaffe benutzt worden sein. Man hat den armen Mann brutal gefoltert. An seinem Hals fand ich zudem noch Spuren einer Schlinge, die aber nicht zum Ersticken geführt hat. Vielleicht wollte er einfach nicht preisgeben, was auch immer der oder die Täter von ihm wollten. Dem Aufwand der Folterungen und des Auffindungsortes nach würde ich vermuten, dass mehrere Personen an der Tat beteiligt waren. Gestorben ist er letztendlich an inneren Blutungen und einem Herzstillstand. Er scheint aber noch einmal am Tatort zu Bewusstsein gekommen zu sein, denn er hat die beiden Zeichen auf der Erde mit seinem eigenen Finger gemalt, sehen Sie hier!«

Carla Sorrenti zog das weiße Laken beiseite und hob den

blutverschmierten rechten Zeigefinger des Professors in die Höhe.

Brassoni und Goldini starrten betreten auf das bizarre Beweisstück.

»Die Todesangst kann einem Menschen ungeahnte Kräfte verleihen, und in diesem Fall hat unser Opfer mit letztem Lebenswillen offensichtlich eine Mitteilung machen wollen. Es ist jetzt eure Aufgabe, diese zu entschlüsseln.«

Carla Sorrenti strich sich eine blonde Strähne aus dem Gesicht und deckte den Toten wieder zu.

Brassoni, dem die Gerichtsmedizinerin in dieser Position den Rücken zuwandte, starrte fasziniert auf die präzisen, geschmeidigen Bewegungen der jungen Frau, die so gar nicht in diese düstere Atmosphäre passen wollten. Wie selbstverständlich ging sie mit ihren »Patienten« um, jeder Handgriff saß, ausgeführt von ihren schmalen, feingliedrigen Händen. Der Commissario hätte zu gerne gewusst, was eine Frau von ihrem Format dazu gebracht hatte, ihr Leben in der Gerichtsmedizin zu verbringen.

Erst ein Räuspern Maurizio Goldinis riss ihn aus seinen Gedanken.

»Ich würde sagen, wir bedanken uns bei Ihnen, Dottoressa Sorrenti, und machen uns jetzt wieder auf den Weg zur Questura. Wir haben noch einiges zu besprechen.«

Goldini zwinkerte dem Commissario zu, der sich sichtlich ungerne von der Ärztin verabschiedete.

»Ja, natürlich, aber eine Frage hätte ich noch: Kann man etwas über den Ort, an dem Becker gefoltert und misshandelt wurde, sagen? Man kann doch davon ausgehen, dass er nicht erst am Fundort zusammengeschlagen wurde, oder?«

Carla Sorrenti nickte zustimmend.

»Das ist richtig. Dazu gab es zu wenig Blutspuren am Tatort. Seine Misshandlungen dürften aber, wie schon gesagt, über mehrere Stunden gegangen sein. Ich habe an seiner Kleidung

Meerwasserreste aus dem Kanal analysieren können, also könnte er z.B. mit einem Boot zur Accademia transportiert worden sein. Weiteres kann ich Ihnen aber erst morgen früh mitteilen, wenn ich alle Untersuchungen durchgeführt habe. Sie erhalten dann meinen Bericht.«

Die Gerichtsmedizinerin blickte den Commissario fragend an.

Wieder durchfuhr ihn ein ungewohnter Schauer.

»Danke, das war's auch schon«, brachte er heraus und hatte das Gefühl, sich wie ein Schuljunge benommen zu haben.

»Gut. Wir sehen uns dann bald wieder. Buona fortuna!«, hörte er Carla sagen und war ganz verwirrt, was sie damit meinte. Er drehte sich noch einmal um und fing ein herzliches Lächeln und ein Strahlen aus zwei himmelblauen Augen auf, das ihn den gesamten Rückweg auf Wolken zurücklegen ließ.

»Luca, warum lädst du sie nicht einfach mal auf ein Glas Wein ein?«, fragte Maurizio Goldini seinen Chef und Kollegen.

Der Commissario seufzte.

»Mauro, das ist alles nicht so einfach. Ich glaube, ich befinde mich zurzeit in einem ganz schönen Gefühlschaos. Ich weiß gar nicht, was mit mir los ist. Das ist nicht so wie bei dir und Sarah.«

Goldini lächelte.

»Liebe kann ganz einfach sein. Ich kenne Sarah schon seit der Uni, und ich kann mir gut vorstellen, mein ganzes Leben mit ihr zu verbringen. Ich verstehe die Leute nicht, die von einer Beziehung zur nächsten hüpfen und ständig Angst davor haben, etwas zu verpassen.

Wenn man einmal die große Liebe getroffen hat, dann sollte man sie festhalten. Und ich bin mit Sarah sehr glücklich. Andere Frauen interessieren mich nicht. Dir würde es auch guttun, in einer festen Beziehung zu leben. Du wärst viel ausgeglichener, glaub mir.«

Brassoni schüttelte traurig den Kopf.

»Du weißt doch, Mauro, ich bin ein gebranntes Kind. Elena,

meine Exfrau, hat mich mit ihrem Kollegen betrogen. Und das über ein Jahr lang. Ich habe lange gebraucht, um das zu verdauen. So einen Betrug, so eine Demütigung vergisst man nicht so leicht.

Ich habe mir geschworen, keine feste Beziehung mehr einzugehen. Ich will nicht wieder jemanden lieben, den ich dann verliere. Ich habe einfach keine Lust mehr dazu. Ich kann einer Frau nicht mehr trauen.«

»*Peccato*. Das ist schade. Du verpasst so viel. Das Leben macht sowieso, was es will, und vor Enttäuschungen ist man nicht gefeit. Außerdem gibt es mindestens genauso viele Männer, die ihre Frauen betrügen!«

Der Commissario nickte zustimmend. Dann schwiegen die beiden Männer für eine Weile und hingen ihren Gedanken nach. Auf dem letzten Stück des Weges tauschte Brassoni sich jedoch wieder eifrig mit Goldini über dessen Ermittlungsergebnisse aus.

In der Questura war der Commissario dann endlich wieder ganz auf den Fall konzentriert. Nun war ihm klar, dass es um eine Menge Geld ging, falls der Mord mit dem unbekannten Picasso zu tun hatte. Der Professor war Spezialist darin, teuren Gemälden die Echtheit zu bescheinigen. Vielleicht hatte er sich mit einer Kunstfälscherbande angelegt, oder irgendjemand wollte verhindern, dass das neue Gemälde der Öffentlichkeit preisgegeben wurde. Luca Brassoni war sich sicher, dass er in Beckers Wohnung einen Hinweis auf das Tatmotiv finden würde. Aber zuerst einmal musste er die Wohnung aufspüren.

Und das war nicht so einfach.

Er lehnte sich in seinem Bürostuhl nach hinten und sah den hochgewachsenen Goldini an, der gerade eine Akte aus einem der Regale zog.

»Was hältst du von Direktor Pallucci? Glaubst du, er hat dir alles erzählt, was er weiß?«

Goldini grinste lässig.

»Ich würde ihm nicht über den Weg trauen. Ich denke, ich hab' ihm ganz schön Dampf gemacht. Man konnte förmlich zusehen, wie ihm der Schweiß von der Stirn rann. Er war nervös wie ein Eichhörnchen. Aber den Mord an Becker traue ich ihm nicht zu. Er ist eher der Typ feiger Mitläufer. Möglicherweise steckt er in der ganzen Sache mit drin. Wir sollten ihn im Auge behalten.«

Für Brassonis Empfinden hätte ein Mann wie Pallucci, Direktor eines angesehenen Museums, redlich und unbestechlich sein sollen, doch hatte er im Laufe seiner Karriere gelernt, dass die meisten Menschen zu allen möglichen schlechten Dingen bereit waren. Man konnte niemandem hinter den Kopf gucken. Ehrgeiz, Neid, Habsucht, Gier, all diese Motive spielten eine Rolle neben Rache und anderen verletzten Gefühlen. Manche Täter waren einfach nur roh und brutal und hatten keinerlei Skrupel.

Brassoni stieß einen schwermütigen Seufzer aus.

»Ich hoffe doch mal, dass Evelyn Sanders in der Klinik optimal bewacht wird. Ich warte immer noch auf den Anruf des Arztes, der uns mitteilen wollte, wann sie wieder vernehmungsfähig ist.«

»Ich bezweifle, dass das noch heute sein wird«, sagte Goldini. »Immerhin musste sie am Rücken operiert werden und hatte einen schweren Schock. Lass uns auf Professor Beckers Frau warten, ich erhoffe mir von ihr Hinweise auf die geheime Wohnung des Professors. Sie wird in einer Stunde am Flughafen erwartet.«

Kapitel 8

Alberto Pallucci verließ das Museum durch einen Hinterausgang. Es war inzwischen halb fünf, und der Direktor hatte sich mit Unwohlsein entschuldigt und sich kurzfristig ein paar Tage freigenommen. Immer wieder wischte er sich mit einem Taschentuch durch das Gesicht. Die sommerliche Hitze machte ihm zu schaffen. Obwohl er in Venedig geboren worden war, ertrug sein zierlicher Körper die hohen Temperaturen von Jahr zu Jahr schlechter.

Am Canal Grande stieg Pallucci in ein privates Wassertaxi. Erschöpft ließ er sich in den Sitz fallen. Vom hohen Wellengang, verursacht durch die zahlreichen anderen Boote auf dem Kanal, wurde ihm wie immer übel. Nun hielt er sich das Taschentuch ängstlich vor den Mund. Am Piazzale Roma verließ er erleichtert das schwankende Taxi und bezahlte den Fahrer. Sein Auto stand im Parkhaus direkt gegenüber der Anlegestelle. Er hatte einen Dauerparkschein und steckte dem Parkwächter regelmäßig ein gutes Trinkgeld zu, damit dieser ein Auge auf seinen Wagen hatte.

In Gedanken versunken ging er ein paar Schritte, stieß aber immer wieder gegen irgendeinen schimpfenden Touristen. Er konnte sich nicht losreißen von seiner Angst, dass Beckers Mörder ihn womöglich auch zu fassen bekäme. Zu was hatte er sich nur hinreißen lassen? Er, der immer redlich und gewissenhaft seine Arbeit getan hatte. Seine grünen Augen blickten sich achtsam um, doch ihm wurde schwindlig angesichts der Hitze und seiner Furcht. Er wusste auch überhaupt nicht, wie Professor Beckers Mörder aussahen.

Er musste sich besser konzentrieren und darauf achten, dass niemand ihn verfolgte.

Der Piazzale Roma war um diese Zeit versunken in ein hektisches Treiben von ankommenden und abfahrenden Touristen. Zahlreiche Busse spuckten die bunt gekleideten Menschen zusammen mit ihren fahrbaren Koffern und Rucksäcken an den Haltestellen aus und sammelten andere wieder ein. Eine lange Schlange bildete sich am Ticketschalter der Vaporettostation.

Pallucci schob sich an den schwitzenden Körpern vorbei Richtung Zebrastreifen.

Hinter ihm zog ein bärtiger, rothaariger Mann langsam und bedächtig seinen Alukoffer hinter sich her und stellte sich dicht neben Pallucci. Daneben stand eine ältere Dame in einem eleganten Kostüm. Die Menschen vor dem Zebrastreifen mussten warten, weil ein Bus in hohem Tempo angerast kam, der viel zu spät dran war.

Alberto Pallucci fühlte sich unwohl in seinem durchgeschwitzten Hemd und sehnte sich nach der Kühle der Autogarage. Nur noch ein paar Minuten, dann hatte er es bis zu seinem Auto geschafft. Er würde über den Fahrdamm Ponte della Liberta aus Venedig verschwinden und sich für ein paar Tage in seiner kleinen Zweitwohnung in Treviso verbarrikadieren und überlegen, wie er sich aus dieser Angelegenheit herausmanövrieren könnte.

Als der Bus fast schon vor seiner Nase war, spürte Pallucci einen Druck in seinem Rücken und stolperte unglücklich nach vorn. Das Letzte, was er wahrnahm, war der scharfe Luftzug des Fahrzeugs und der entsetzte Blick des Busfahrers. Der Aufschrei der Leute hallte in seinen Ohren, ein starker Schmerz durchzog seinen Kopf und seine Brust, dann war alles still.

Während die aufgewühlte Menschenmenge wahllos durcheinanderredete und das Unfallopfer begaffte, zog der bärtige Tourist seinen Koffer langsam und bedächtig weiter Richtung Parkhaus. Niemand kümmerte sich um ihn, und so verschwand er ungesehen hinter den Mauern des Gebäudes.

Am Flughafen Marco Polo in Venedig landete das Air-Berlin-Flugzeug aus München mit einer halben Stunde Verspätung. Charlotte Becker stieg die Stufen der Gangway hinunter.

Sie war eine groß gewachsene Frau, schlank, attraktiv, mit feinen Gesichtszügen und seidig glänzenden, halblangen braunen Haaren. Sie trug eine leichte hellblaue Seidenbluse zu einem beigen Leinenrock, cremefarbene Sandaletten und in der Hand eine kleine Reisetasche.

Ihre Augen versteckte sie zügig hinter einer großen Sonnenbrille, als sie in sich auf den Weg zur Gepäckabfertigung machte. Nachdem sie erfahren hatte, was mit ihrem Mann passiert war, brach sie nicht etwa zusammen, sondern sie versuchte die Informationen zu verarbeiten und hatte dann den erstmöglichen Flieger nach Venedig gebucht. Charlotte Becker war eine starke Frau, eher kopfgesteuert als emotional, und trotz des großen Schocks hatte sie keine Sekunde gezögert, diese Reise anzutreten, um bei ihrem Mann zu sein und zu erfahren, was wirklich passiert war. Zum Glück hatten sich ihre Eltern sofort angeboten, das Kind zu nehmen und für ein paar Tage zu versorgen.

Vielleicht half ihr dabei, dass sie das Geschehene noch nicht als real betrachten konnte.

Sie und Konstantin hatten eine mustergültige Ehe geführt, und als Krönung war ihnen vor knapp zwei Jahren eine Tochter geschenkt worden. Hier und da hatte es in den dreiundzwanzig Jahren Ehe kleine Krisen gegeben, das empfand sie als normal, aber sie waren ein gutes Team, und sie konnte sich nicht vorstellen, wie es ohne Konstantin weitergehen sollte.

Ihre Augen füllten sich mit Tränen, die sie energisch niederkämpfte. Jetzt bloß nicht zusammenbrechen, nur nicht darüber nachdenken.

Sie nahm ihren Koffer vom Band und begab sich durch die große Menge der ankommenden und abfliegenden Passagiere eilends zur Vorderseite des Flughafengebäudes. Hier wollte sie ein Kommissar der venezianischen Polizei abholen.

Als sie suchend den Blick über die vielen Menschen gleiten ließ, blieben ihre Augen an einem gut aussehenden jungen Mann mit tiefschwarzen Locken hängen, der offensichtlich ebenfalls auf jemanden wartete und noch dazu vor einem Polizeiauto stand.

Das musste Commissario Goldini sein, der sie abholen sollte. Charlotte Becker spürte auf einmal einen Druck in der Magengegend und ein unangenehmes Ohnmachtsgefühl nahe ihrem Herzen. Jetzt wurde es doch zur Realität, und sie konnte es nicht aufhalten.

Sie nickte dem Mann kurz zu, der sie anlächelte und durch ein kurzes Winken aufforderte, zu ihm zu kommen.

»Signora Becker? Mein Name ist Maurizio Goldini von der Questura in Venedig. Ich habe Sie sofort erkannt. Mein herzliches Beileid. Geht es Ihnen nicht gut? Unter diesen Umständen wäre das kein Wunder.«

Besorgt blickte er in das blasse Gesicht der Frau.

»Ja ja, es geht schon. Ich bin nur ein wenig erschöpft. Wann kann ich meinen Mann sehen?«

»Signora, davon würde ich Ihnen abraten. Es wäre aber auch ohnehin noch nicht möglich, weil der Leichnam ihres Mannes noch in der Gerichtsmedizin ist und dort untersucht wird.

Ich bringe sie erst mal in ihr Quartier, und wenn Sie sich danach fühlen, unterhalten wir uns.«

»Vielen Dank, aber ich bin ja gekommen, um zu helfen. Sie können mich alles fragen, was wichtig ist. Ich komme in der Wohnung von Freunden in San Marco unter. Ich werde kurz mein Reisegepäck abstellen, dann können wir direkt weiter.«

Maurizio Goldini nickte und dachte bei sich, dass er selten eine so gefasste Ehefrau eines Mordopfers getroffen hatte. Er empfand es sogar ein wenig befremdlich. Aber man konnte niemandem hinter die Stirn schauen.

Das Polizeiauto fuhr die Insassen über die Ponte della Liberta Richtung Venedig bis zum Piazzale Roma. Kurz vor dem Ziel ging es auf einmal nicht mehr weiter, und Goldini kurbelte genervt das Seitenfenster runter, um sich anzuschauen, was den Stau verursachte. Er steckte den Kopf durchs Fenster und erblickte von Weitem einen Krankenwagen, einen Bus sowie eine Menschentraube, die sich um das Geschehen ballte.

»Einen Moment, Signora, da stimmt irgendetwas nicht. Ich werde mir kurz anschauen, warum wir nicht weiterfahren können.«

Hastig stieg er aus dem Auto aus und legte die restlichen zweihundert Meter zu Fuß zurück.

Am Zebrastreifen vor der Parkgarage angekommen, zückte er seinen Dienstausweis und bahnte sich einen Weg durch die Absperrung.

Plötzlich legte sich ihm eine Hand auf die Schulter.

»Maurizio, du kommst gerade richtig, es ist Pallucci, den es da erwischt hat. Es sieht wie ein Unfall aus, aber ich habe da meine Zweifel.«

Goldini sah sich um und blickte seinem Chef Luca Brassoni ins Gesicht.

»Luca, das kann doch wohl nicht wahr sein. Ist Pallucci tot?«

»Heilige Maria, ja, er war sofort tot.«

Brassoni deutete auf den leblosen Körper, der gerade in einen Leichenwagen geschoben wurde.

»Aber wir haben eine Zeugin, eine ältere Dame, die neben ihm stand und das Gefühl hatte, er wäre vor den Bus geschoben worden. Für eine Millisekunde hat sie eine Hand im Rücken des Direktors gesehen, aber sie kann sich nicht erinnern, wie der mutmaßliche Täter ausgesehen hat. Der stand wohl hinter ihr.«

»Dann solltet ihr euch so viele Personenbeschreibungen wie möglich von den Umstehenden geben lassen. Vielleicht ist etwas Verwertbares dabei.«

»Das habe ich schon veranlasst, Inspektor Trussardi vernimmt bereits alle Zeugen.

Hast du Beckers Frau am Flughafen eingesammelt?«

»Ja, sie sitzt da vorne im Auto. Eine seltsame Frau, wenn du mich fragst. Ziemlich kühl und selbstsicher. Ich wünsche mir, dass Sarah einmal trauriger ist, wenn mir etwas passiert.«

»Jeder Mensch ist anders, Maurizio. Manche verbergen ihre Gefühle einfach im Inneren.

Da kannst du nichts machen. Wir treffen uns später in der Questura! *Ciao*!«

Goldini spurtete zum Auto zurück, murmelte etwas von einem Unfall, nahm das Handgepäck der erstaunten Charlotte Becker und geleitete sie zu Fuß zum Piazzale, von wo aus er und die Frau des Professors in ein Polizeiboot umstiegen und dann gemächlich Richtung San Marco tuckerten, vorbei an all den Palast- und Kirchenfassaden. Am Anleger San Marco machte das Boot halt.

»Wenn Sie mich in einer halben Stunde hier wieder abholen könnten?«, fragte Charlotte Becker Goldini.

»Sicher, kein Problem«, antwortete der Commissario und sah der eleganten Frau zu, wie sie im Gewimmel der Menschen auf dem Markusplatz allmählich verschwand. Wahrscheinlich lag ihre Unterkunft in einer der Seitengassen von San Marco.

Goldini beschloss, in der Zwischenzeit im Krankenhaus anzurufen, um sich nach dem Zustand von Evelyn Sanders zu erkundigen. Womöglich befand sie sich in höchster Gefahr, wenn Pallucis Tod kein Unfall war.

Kapitel 9

Der kräftige rothaarige Mann schaute im Spiegel zu, wie seine Haare und sein Bart in immer größerer Menge zu Boden fielen. Nur einmal hatte Lorenzo, der schmächtige, etwas einfältige Friseur, ihn mit der Schere am Ohrläppchen erwischt und sich dafür eine saftige Backpfeife eingefangen.

»Lorenzo, *merde,* kannst du nicht aufpassen, du Tölpel?«, hatte der Rote gerufen und sich das blutende Ohr gehalten.

Verwirrt schaute sich der Friseur das Malheur an, das er gar nicht bemerkt hatte. Seine Augen waren nicht mehr die besten.

»*Scusa, scusa, mi dispiace!*«, stammelte er darauf ängstlich und griff in höchster Not zu einem Stück Küchenrolle, um die Wunde abzutupfen, aber da erwischte ihn auch schon der Schlag des kräftigen Mannes und warf den schwächlichen Lorenzo zu Boden.

»Sieh zu, dass dir das nicht noch einmal passiert und beeil dich gefälligst, ich habe noch einen Termin. Und du weißt, du hast mich hier nie gesehen, oder ich komm eines Nachts und hol dich, deine Rosa und deine drei nichtsnutzigen Kinder aus euren Betten. Du weißt, was dir dann blüht!«

»*Si, si, Signore,* ich werde schweigen wie ein Grab!«, rief Lorenzo ehrfürchtig und rappelte sich eilends wieder auf, um sein Werk zu beenden. Diesmal lief alles zur Zufriedenheit des Roten, dessen Schädel und Gesichtshaut am Ende der Prozedur glatt wie ein Babypopo waren.

Immer wieder strich der ehemals bärtige Mann über seine ungewohnt haarlosen Konturen und betrachtete sich im Spiegel. Diese Maßnahme war nötig geworden, um sich gefahrlos in das Krankenhaus schleichen zu können, in dem die Assistentin des Professors lag. Er musste diese übereifrige Deutsche endgültig zum Schweigen bringen. Mit Direktor Pallucci hatte er ein leichtes Spiel gehabt. Der feige Museumsdirektor hatte doch tatsächlich untertauchen wollen, obwohl er an Professor Beckers heimlichem Betrug beteiligt war. Der Rote und seine Komplizen hatten beschlossen, ihn zu beseitigen, weil er ihre Verbindung auffliegen lassen konnte, so willensschwach, wie er war. Früher oder später hätte die Polizei ihn zum Reden gebracht.

Die Zeit drängte, und er musste noch in sein Kostüm schlüpfen, seine »zweite Haut«, wie er es nannte, wenn er sich in eine andere Person verwandelte.

Dienstbeflissen hielt Lorenzo ihm eine Latexmaske, farbige Kontaktlinsen und neue Kleidung in Sichtweite vor die Nase. Die ehemalige Frau eines der Männer aus der Verbindung arbeitete als Visagistin am Teatro La Fenice im Stadtteil San Marco, und man hatte sie unter Androhung von Gewalt gezwungen, die Latexmaske nach Anatomie und Aussehen des Vorbildes herzurichten und zu bemalen. Der Friseur liebte das 1790 entstandene Operngebäude mit den stattlichen Eingangssäulen am Campo San Fantin, das 1836 von den Flammen zerstört worden war und 1996 wiederum durch einen Brand in Schutt und Asche lag. Es versetzte ihm einen Stich, dass ausgerechnet eine Mitarbeiterin des Theaters für die perfekte Verwandlung seines unliebsamen Kunden gesorgt hatte.

Grunzend nahm der Rote die Sachen entgegen und ließ sich bei einigen kleineren Handgriffen von dem Friseur helfen.

»*Perfetto, Signore!*«, lobte Lorenzo anschließend ehrfürchtig und versuchte, seine Furcht beim Anblick des kräftigen Mannes zu verbergen. Er bekam eine Gänsehaut, wenn er ihn anschaute, so täuschend echt sah er aus. Ganz wie der Mann auf dem Foto, das am Spiegel lehnte. Lorenzo kannte ihn nicht, hatte aber aus Gesprächen herausgehört, dass es sich um einen Commissario handelte, neben dem der Rote nun wie ein Zwillingsbruder aussah. Er betete im Stillen für das arme Opfer und bat den lieben Gott, ihn und seine Familie zu verschonen. Er würde zwanzig Ave-Maria in der Kirche beten, als Buße dafür, dass er diesem Verbrecher helfen musste. Das hatte er davon, das er sich bei einem Freund des Roten Geld geliehen hatte und in dessen Schuld stand.

Seufzend nahm er die fünfzig Euro entgegen, die der Mann ihm auf den Tresen warf, bevor er wortlos den Friseurladen verließ.

Er war ja auch nur ein Mensch und musste von irgendetwas leben, dachte Lorenzo entschuldigend bei sich und drehte das Schild an der Eingangstür wieder auf »*aperto*«, geöffnet. Vielleicht verirrte sich ja an diesem frühen Abend noch ein Tourist in seinen Laden.

Die kleinen Gassen in der Nähe seines Salons waren in der lauen Sommerluft noch immer voller Menschen. Man konnte das Salz des Meeres und den Geruch der Kanäle bis hierher riechen und schmecken.

Fast zur selben Zeit versuchte Maurizio Goldini, im städtischen Krankenhaus Santi Giovanni e Paolo jemanden zu erreichen, der ihm etwas über den Gesundheitszustand der Patientin Evelyn Sanders mitteilen könnte. Die Leitung war jedoch seit zwanzig Minuten ständig besetzt, und Goldini drückte fluchend auf die rote Taste seines Mobiltelefons.

Ungeduldig warf er einen Blick Richtung Markusplatz und hielt nach Professor Beckers Frau Ausschau. Doch es war noch zu früh für ihr Erscheinen, und die Anzahl der Touristen auf dem Platz hatte noch nicht abgenommen. Es war ein warmer, schöner Sommerabend, die Menschen fotografierten die imposanten Sehenswürdigkeiten, bestaunten den allgegenwärtigen goldenen Markuslöwen, der über dem Portal der Basilica Di San Marco wacht, genossen die Fahrt mit dem Lift in die Glockenstube des fast hundert Meter hohen Campanile und den anschließenden atemberaubenden Rundblick über Venedig, oder sie strömten in den Palazzo Ducale, den aus drei bis zu hundert Meter langen Trakten bestehenden Komplex aus dem vierzehnten und fünfzehnten Jahrhundert. Einige der Besucher ließen sich erschöpft auf den Bänken oder den Steinen nahe dem Anleger San Marco nieder, um eine Verschnaufpause einzulegen und das glitzernde Wasser oder die an- und abfahrenden Gondeln zu betrachten.

Goldini wählte abermals die Nummer des Krankenhauses, und siehe da – eine unfreundliche Stimme herrschte ein barsches »*Pronto, Ospedale Santi Giovanni e Paolo, Angela Moreno,* wie kann ich Ihnen helfen?« durch die Leitung.

»Maurizio Goldini, Polizei Venedig, können Sie mich bitte mit der Station verbinden, auf der Signora Evelyn Sanders liegt?«, fragte er betont höflich.

»Einen Moment bitte«, hörte er die Frau sagen, dann knackte es in der Leitung, und er befürchtete schon, sie hätte aufgelegt, aber kurz darauf ertönte eine jüngere, freundlichere Stimme, die ihn fragte, worum es gehe. Goldini erkannte in ihr seine Cousine Elisabetta, die seit fünf Jahren als leitende Stationsschwester auf der Chirurgie arbeitete.

»*Ah, buona sera*, Elisabetta, hier spricht Maurizo, dein Cousin. Ich wollte mich über den Gesundheitszustand der Patientin Evelyn Sanders erkundigen. Du hast bestimmt mitbekommen, dass sie in den Mordfall verwickelt ist, in dem wir ermitteln. Hast du gesehen, ob man inzwischen eine Wache vor ihr Zimmer gestellt hat?«

»*Buona sera*, Maurizio. Eigentlich darf ich am Telefon keine Auskunft geben, das weißt du, aber da ich dich kenne … Also, wir haben sie operiert, sie ist im Moment stabil, ob sie vernehmungsfähig ist, kann nur der Arzt entscheiden, da musst du dich an Dottor Favelli wenden. Sie hat ein Riesenglück gehabt, dass sie sich nicht das Genick gebrochen hat.

Und ja, vor ihrem Zimmer sitzt ein Polizeibeamter.«

»*Molte grazie*, Elisabetta, vielen Dank, das hilft mir schon mal weiter. Wir werden etwas später ins Krankenhaus kommen und mit dem Dottore sprechen. Ansonsten bis morgen, *a domani*, auf Großmutters Geburtstagsfeier. Du kommst doch mit deinem Mann und deinen Kindern?«

»Sicher, wenn ich keine zusätzliche Schicht aufgebrummt bekomme. Von sechs Stationsschwestern sind drei krank. Wir arbeiten am Rande unserer Kräfte.«

Er hörte sie laut seufzen, dann verabschiedeten sie sich herzlich.

Der Gedanke an die bevorstehende Geburtstagsfeier seiner Großmutter väterlicherseits ließ für einen Augenblick ein warmes Glücksgefühl in ihm aufleben.

Die ganze Familie würde sich treffen, Tanten, Onkel, Cousins und Cousinen samt Kindern, Enkeln und Urenkeln. Es war immer lustig, und das gemeinsame Essen ließ sein Herz höherschlagen. Spaghetti al vongole, Steinpilzrisotto, gegrillte Fleischspieße, hausgemachtes Tiramisu … Hoffentlich machte der aktuelle Fall ihm keinen Strich durch die Rechnung.

Er schaute wieder auf seine Uhr. Inzwischen war eine Dreiviertelstunde vergangen, aber von Charlotte Becker war immer noch nichts zu sehen. Er wollte sich um halb acht mit Commissario Brassoni in der Questura treffen und von dort noch zum Krankenhaus fahren.

Missmutig gab er dem Bootsführer Bescheid, dass er aussteigen musste, um nach der Signora zu suchen. Dummerweise hatte er sich nicht die Adresse der Wohnung geben lassen, in der Frau Becker unterkommen wollte. Ein Anfängerfehler, über den er sich maßlos ärgerte.

Brassoni würde ihn zur Schnecke machen, wenn Charlotte Becker untergetaucht war.

Und so irrte er ziellos etwa zwanzig Minuten lang durch einige nahe gelegene Seitengassen in der Nähe des Markusplatzes, entschied dann aber frustriert, sich lieber auf den Weg zur Questura zu machen. Die feine Signora Becker würde schon wieder auftauchen, schließlich war sie gekommen, um ihren Mann noch einmal zu sehen und bei der Suche nach der geheimen Wohnung zu helfen.

Mit zunehmend schlechter Laune und einem unguten Gefühl in der Magengrube näherte sich Goldini schnellen Schrittes seiner Dienststelle unweit des Campo San Fantin.

Doch plötzlich zögerte er einen Moment, bevor er das Gebäude betrat, in dem sich die Questura befand. War das nicht eben sein Chef Luca gewesen, der hinter der nächsten Seitengasse verschwunden war? Er hätte schwören können, ihn gesehen zu haben, aber oben im Büro brannte Licht, also musste er doch eher dort sein. Brassoni hätte ihm Bescheid gegeben, wenn sich etwas an dem Zeitplan geändert hätte.

Goldini öffnete kopfschüttelnd die Eingangstür und grüßte den diensthabenden Beamten.

Die Hitze und der neue Fall hatten ihm offensichtlich so zugesetzt, dass er schon Gespenster sah. Eilig stieg er die Stufen in die erste Etage hoch und öffnete, ohne zu klopfen, die Bürotür von Luca Brassoni.

Überrascht hob sein Chef, der in einige Unterlagen vertieft am Schreibtisch saß, seinen Kopf, sagte aber nichts.

»Entschuldige, Luca, ich habe gedacht, ich hätte dich gerade eben weggehen sehen. Eine komische Geschichte.«

»Wie du siehst, habe ich hier auf dich gewartet. Wo ist Signora Becker?«

»Das ist wieder eine andere Geschichte. Sie ist samt ihrem Koffer in den Gassen Venedigs verschwunden und nicht wieder aufgetaucht. Ich hielt sie für vertrauenswürdig und habe nicht nach der Adresse gefragt. Sie wollte nach einer halben Stunde wieder am Anleger sein.«

Brassoni verdrehte die Augen und blaffte seinen Kollegen gereizt an:

»Herrje, Maurizio, so einen Fehler macht nur ein Anfänger. Wie konntest du sie gehen lassen, ohne dir ihre Adresse aufgeschrieben zu haben?«

Goldini, der mit dieser Frage gerechnet hatte, zuckte nur mit den Schultern.

»Ich weiß nicht, warum ich dieser Frau vertraut habe«, erklärte er bedauernd.

»Kommt nicht wieder vor.«

»Wir leben nicht von Vertrauen, sondern von Fakten«, murmelte Brassoni leise vor sich hin.

Er war seit etwa einer Stunde im Büro und hatte sich immer noch nicht dazu durchringen können, mit Maria Grazia ein vernünftiges Gespräch zu führen.

Vor genau zwanzig Minuten, zu ihrem Dienstschluss, hatte sie an seiner Tür geklopft, war herein gehuscht und hatte ihm mit leuchtenden Augen verkündet, dass sie etwas Großartiges für ihn kochen wolle. Ihr Mann würde zwei Tage länger wegbleiben, da könne sie doch in seiner Wohnung auf ihn warten und noch zwei wunderbare Nächte mit ihm verbringen. Sie setzte sich aufreizend auf seinen Schreibtisch, ihr Rock rutschte ein Stück hoch und gab den Blick auf ihre wohlgeformten Beine frei.

Brassoni wurde es heiß und kalt bei dem Anblick, und seine Zunge verharrte wie angeklebt in seinem Mund. Verflixt, diese Frau hatte ihn verhext, er würde es niemals schaffen, ihr die Wahrheit zu sagen.

»Maria, das wäre wundervoll, aber ich habe heute noch so viel zu tun …«, fing er vorsichtig an.

Sie beugte sich vor, legte ihm ihren Zeigefinger auf den Mund und kam ihm ganz nah, sodass er ihr süßes Parfüm riechen konnte.

»Scht, mein Liebster, es ist egal, wann du nach Hause kommst.

Ich werde einfach auf dich warten. Und dein Essen kannst du jederzeit warm machen.«

Sie gab ihm einen langen, aufregenden Kuss, der ihm die Luft nahm.

Verzweifelt setzte er erneut an.

»Maria, wirklich, ich kann heute nicht … Caruso kommt noch vorbei …, wir haben etwas Wichtiges zu besprechen …«

Maria Grazia setzte sich kerzengerade hin, und ihre dunklen Augen blitzten zornig auf.

»Soll das etwa heißen, du ziehst diesen dämlichen Hobbysänger meinen Kochkünsten vor? Meiner berühmten Lasagne?«

Ihr Oberkörper bebte vor Wut, ihre Brüste hoben und senkten sich in gefährlichem Ausmaß.

»Gut, wenn du nicht willst, dann rechne nicht damit, dass ich noch einmal für dich kochen werde.«

Sie stand auf, schmiss sich ihre Handtasche mit einem Ruck über die Schulter, wobei sie seinen Locher vom Schreibtisch fegte. Luca rutschte ein Stück tiefer in seinen Schreibtischstuhl und erwartete ein weiteres Donnerwetter.

Doch zu seiner Überraschung drehte sie sich mit einem zitronensauren Lächeln zu ihm um und wünschte ihm noch viel Erfolg bei der Arbeit. Dann verschwand sie aus der Tür.

Brassoni atmete einmal tief durch und lockerte seine Schultern.

War doch gar nicht so schwer gewesen, sie abzuwimmeln. Es bestand die minimale Chance, dass sie selber einsah, dass aus ihnen beiden nichts werden würde.

Nachdem er über diesen Vorfall noch einmal nachgedacht hatte, konzentrierte sich Commissario Brassoni wieder auf seine Ermittlungen.

»Mir ist danach, so bald wie möglich Evelyn Sanders zu vernehmen. Es war ein langer Tag«, sagte er zu Goldini, der sich schon über die geistige Abwesenheit seines Chefs gewundert hatte.

»Dann lass uns aufbrechen, Luca. Ich habe vorhin mit dem Krankenhaus telefoniert. Wir müssen uns an Dottor Favelli wenden. Unterwegs kannst du mir erzählen, was mit Direktor Pallucci vom Guggenheim Museum passiert ist. Ich kann es immer noch nicht fassen, dass er bei einem Unfall getötet wurde.«

Brassoni senkte die Stimme.

»Ich glaube nicht an einen Unfall. Wir haben zwar nur ganz vage Zeugenaussagen. Es war heiß und zum Bersten voll mit Menschen an der Piazzale Roma. Aber zwei Leute wollen einen bärtigen, rothaarigen Mann bemerkt haben, der sich dicht hinter Pallucci hielt und eine ältere Frau meint sogar, gesehen zu haben, dass seine Hand kurz vor dem Zusammenstoß mit dem Bus auf Palluccis Rücken gelegen hat. Das könnte heißen, dass er ihn vor den Bus gestoßen hat. Absichtlich.«

Sein Kollege nickte zustimmend. Daraufhin verließen Brassoni und Goldini die Questura Richtung Castello. Zu Fuß war es einfacher, das Krankenhaus zu erreichen, außerdem tat ihnen der Spaziergang an der inzwischen etwas abgekühlten Luft gut.

»Hast du auch schon mit Carla Sorrenti, der Gerichtsmedizinerin gesprochen?«, fragte Goldini seinen Chef.

»Natürlich, sie hat Palluccis Tod bescheinigt und eine erste Diagnose gestellt.«

Bei dem Gedanken an die aparte Gerichtsmedizinerin flatterte Brassonis Herz wieder.

»Wir werden sie morgen früh gegen acht Uhr im Institut treffen, dann erfahren wir mehr.«

Die beiden Kommissare erreichten den Campo Santi Giovanni e Paolo, den Platz mit dem größten Gotteshaus in Venedig, in dem 27 Dogen bestattet waren. Kurz darauf standen sie vor dem Ospedale Civile, dem städtischen Krankenhaus.

»Wir müssen auf die chirurgische Station«, merkte Goldini an, als sie durch die Eingangstür traten.

»Ist gut, ich will nur noch eben nach der Zimmernummer

fragen«, sagte Brassoni und ging auf den Pförtner zu, der hinter seinem Tresen Zeitung las.

Der Commissario hielt dem Mann seinen Dienstausweis unter die Nase und forderte ihn mit strenger Stimme auf, ihm die Zimmernummer von Signora Evelyn Sanders mitzuteilen.

Erstaunt ließ der Pförtner, ein etwa sechzigjähriger Mann mit einem ansehnlichen Bauchansatz und Doppelkinn, die Zeitung sinken und starrte dem Commissario ins Gesicht.

Dann wurde er leichenblass.

»Was ist los, haben Sie ein Gespenst gesehen?«, fragte Brassoni ungehalten.

»Sie … sie waren d-d-doch eben schon mal hier«, stotterte der Pförtner verwirrt.

»Was soll das heißen? Ich sehe Sie das erste Mal, und ich war auch noch nicht hier.«

Luca Brassoni warf einen fragenden Blick zu seinem Kollegen Goldini, der inzwischen an seiner Seite stand. Der Pförtner war jetzt aufgestanden und gestikulierte wild mit den Armen.

»Doch, vor etwa fünf Minuten. Da kam ein Mann, der genauso aussah wie sie. Er behauptete, er sei von der Polizei und müsse zu der Signora. Heilige Maria, wer von Ihnen ist denn nun der echte Commissario?«

Goldini fuhr es eiskalt den Rücken herunter. Der Mann, den er vor der Questura gesehen hatte. Er war wohl doch keine Fata Morgana gewesen.

»Luca, Evelyn Sanders schwebt in höchster Gefahr. Da gibt sich jemand für dich aus. Komm, schnell, wir müssen zu ihr. Wenn es noch nicht zu spät ist.«

Kapitel 10

Evelyn Sanders war kaum wiederzuerkennen. Blass wie ein Leichentuch lag sie in ihrem Krankenhausbett, angeschlossen an Schläuche und Maschinen. Langsam öffnete sie die Augen. Blinzelnd versuchte sie sich an das grelle Licht im Zimmer zu gewöhnen. Sie war allein, das Bett neben ihr war leer. Vorsichtig versuchte sie sich ein Stück zu drehen, doch ein brennender Schmerz schoss sofort durch ihren Rücken. Sie schaute sich ein wenig um, sah den intravenösen Tropf in ihrem rechten Arm, den Monitor, der ihren Herzrhythmus und ihren Blutdruck überwachte. Sie fühlte, dass ihr Kopf mit einem dicken Verband bandagiert war. An einer Stelle am Hinterkopf pochte es bei jeder Bewegung heftig. Auf dem Nachttischchen standen eine Flasche stilles Wasser und ein Kästchen mit Tabletten.

Erschöpft schloss sie wieder die Augen und versuchte sich zu erinnern.

Was war passiert? Sie strengte sich an nachzudenken und hatte bald einige Bilder vor ihrem geistigen Auge. Konstantin, Konstantin Becker, er war tot. Sie fröstelte. Der Picasso, ihr Hotelzimmer, der Commissario von der italienischen Polizei, dann der bärtige Mann im Treppenhaus. Ja, er hatte sie gestoßen, die Treppe hinab. Ihr Herzschlag wurde schneller, so schnell, dass ihr der Schweiß ausbrach und der Monitor zu piepen anfing.

Von Weitem hörte sie Stimmen, die sich näherten. Es war die Schwester, die ins Zimmer trat, den Monitor begutachtete und

Evelyn die Hand auf die Stirn legte. Sie hieß Elisabetta und war sehr einfühlsam. Sie hatte kurze dunkle Haare, freundliche hellbraune Augen und weiche Gesichtszüge.

»Sie dürfen sich nicht aufregen, Signora. Ich gebe Ihnen jetzt etwas zur Beruhigung, dann können sie heute Nacht besser schlafen.«

Evelyn Sanders hob abwehrend den Arm, ließ ihn aber bald wieder auf die Bettdecke sinken.

»Durst«, flüsterte sie, »ich habe Durst.«

Die Krankenschwester schüttete etwa einhundert Milliliter der Wasserflasche in das Glas und setzte es behutsam an die Lippen der jungen Frau. Das Kopfende des Bettes war etwas höher gestellt, sodass die junge wissenschaftliche Mitarbeiterin mühelos einen Schluck trinken konnte. »Danke«, hauchte sie Elisabetta mit einem matten Lächeln entgegen.

»Schon gut. Wenn Sie etwas brauchen, drücken Sie auf den roten Knopf direkt neben Ihrer Hand dort. Ich komme dann sofort. Ab zweiundzwanzig Uhr ist Rosa für Sie zuständig, die Nachtschwester. Sie ist etwas resolut, aber auch sehr nett, keine Sorge.«

Sie blinzelte der Patientin verschwörerisch zu, überprüfte noch einmal ihren Blutdruck und verschwand dann leise aus dem Zimmer, nachdem sie dem Tropf ein Beruhigungsmittel zugefügt hatte.

Schon nach kurzer Zeit merkte Evelyn Sanders, wie sie die Müdigkeit übermannte und ihre Glieder immer schwerer wurden. Zum Glück wichen auch alle Furcht und alle schlechten Gedanken aus ihrem Kopf. Sie schlief zwei Stunden lang einen tiefen, erholsamen Schlaf, aus dem sie durch ein seltsames Geräusch geweckt wurde.

Als sie die Augen panisch aufriss, war es dunkel in dem Zimmer, und alle Vorhänge waren zugezogen. Wo war die Schwester, und wo zum Teufel war der Klingelknopf.

Sie spürte, dass sie nicht alleine im Zimmer war und fingerte hastig und unter Schmerzen am Rand ihres Bettes herum, ohne fündig zu werden. Dann wurde sie starr vor Angst.

Luca Brassoni und sein Kollege sahen sich hastig in der Eingangshalle des Gebäudes aus der venezianischen Frührenaissance um. Sie waren durch den Haupteingang, die Scuola, hereingekommen, und mussten den Durchgang zum hinter der Scuola gelegenen Hospital nehmen. Die Scuola war seit dem fünfzehnten Jahrhundert der Sitz einer schon 1260 gegründeten Laienbruderschaft gewesen.

Die beiden Kommissare rannten, so schnell sie konnten, den Gang entlang, hinter ihnen versuchte ein sichtlich aufgeregter Pförtner die chirurgische Abteilung telefonisch zu erreichen, um die Ärzte und Schwestern zu warnen.

Inzwischen stürzten Brassoni und Goldini die Treppe hoch, keuchend vor Anstrengung.

In seiner gesamten Karriere hatte Brassoni noch nie einen Fall erlebt, in dem ein Krimineller sich für ihn ausgegeben hatte. Wie hatte jemand so schnell die geeignete Verkleidung und Maskierung auftreiben können? Mit wem hatten sie es hier zu tun? Diese Gedanken schossen ihm durch den Kopf, während sie sich der Station näherten, auf der Evelyn Sanders ihre Verletzungen auskurierte. Brassoni konnte sich nur vorstellen, dass dieser Kriminelle ihn womöglich schon länger kannte und sich auf eine Konfrontation vorbereitet hatte. Vielleicht hatte er in einem seiner vorigen Fälle schon mit ihm zu tun gehabt.

Die beiden Kommissare standen nun vor der Glastür zur Chirurgischen Abteilung. Sowohl Brassoni als auch Goldini hatten ihre Dienstwaffen gezückt und öffneten vorsichtig die Tür.

Auf dem Gang war es ruhig, keine Menschenseele war zu sehen.

Goldini, der sich auf der Station auskannte, bedeutete Brassoni mit einer Kopfbewegung, ihm leise zu folgen. Evelyn Sanders' Zimmer musste sich der Nummer nach in einem hinteren Teil der Abteilung befinden. Schritt für Schritt tasteten sie sich den Flur entlang, hochkonzentriert, die Waffen im Anschlag, in der Hoffnung, der Täter möge sein Werk bei der jungen Frau noch nicht vollendet haben.

Als sie am Dienstzimmer der Ärzte vorbeikamen, hörten sie lautes Stimmengewirr und Gelächter. Brassoni klopfte leise an der Tür und flüsterte einer erschreckt dreinschauenden jungen Ärztin zu, alle Personen möchten im Raum bleiben und die Tür abschließen.

»Aber Dottor Favelli ist noch auf der Station unterwegs!«, protestierte sie leise.

Brassoni scheuchte sie in den Raum zurück und rief ihr nach, er werde sich darum kümmern.

»Hast du gehört, der Doktor läuft hier irgendwo rum. Wenn wir Pech haben, ist er auf dem Weg zu Sanders.« Goldini nickte. Er wusste, was das bedeutete.

Die Stationsinformation vor dem Schwesternzimmer war verwaist, das hieß, die Krankenschwester war höchstwahrscheinlich auch in den Zimmern unterwegs.

Brassoni tropften vor Anspannung einige Schweißtröpfchen von der Stirn, als sie sich dem Zimmer der Doktorandin näherten. Von dem diensthabenden Wachbeamten war nichts zu sehen. Der Stuhl vor dem Zimmer war leer.

»*Merde*, wofür setzen wir einen Polizeibeamten dorthin, wenn er nicht verhindern kann, dass der Patientin etwas passiert!«, fluchte Brassoni leise.

Plötzlich öffnete sich eine Tür gegenüber Evelyn Sanders' Zimmer, und Dottor Favelli, ein schlanker Mann Mitte vierzig mit dunklen, glatten Haaren trat auf den Flur und ging mit festen Schritten und den Patientenunterlagen in der rechten Hand auf Sanders' Zimmer zu.

Brassoni wedelte mit der freien Hand in der Luft herum und wollte dem Arzt klarmachen, wieder in das andere Zimmer zurückzugehen, aber dieser war so in seine Unterlagen vertieft, dass er die Situation gar nicht richtig wahrnahm und schon die Klinke des Zimmers herunterdrückte, um einzutreten. In diesem Moment hörten Brassoni und Goldini schon den durch einen Schalldämpfer gedämpften Schuss und sahen voller Entsetzen den Arzt rückwärts aus dem Raum taumeln und zu Boden gehen. Sein weißer Arztkittel war von Blut durchtränkt.

Evelyn Sanders' Augen hatten sich an die Dunkelheit gewöhnt, und jetzt erkannte sie die Konturen eines kräftigen Mannes, der zur linken Seite ihres Bettes stand. Sie hielt für einen Moment die Luft an vor Angst, er könnte sie durch ein Geräusch bemerken, was absurd war, weil er ja sowieso schon neben ihr stand. Wer auch immer das war, sie war ihm hilflos ausgeliefert, denn sie konnte sich keinen Zentimeter bewegen und schon gar nicht davonlaufen. Sie versuchte, sich ein bisschen aufrechter hinzusetzen, aber sofort spürte sie einen stechenden Schmerz in ihrem verletzten Rücken.

Unwillkürlich stöhnte sie auf, verstummte aber sofort wieder, um ihr Gegenüber nicht zu reizen. Sie könnte laut schreien, überlegte sie kurz, vielleicht würde ihr jemand zu Hilfe kommen, aber dann würde der fremde Mann ihr sicher sofort etwas antun. Ihr fiel ein, was sie mit Konstantin gemacht hatten. Tränen liefen ihr aus den Augenwinkeln.

Plötzlich stand der Mann direkt vor ihrem Bett.

Evelyn Sanders zögerte, ihn direkt anzuschauen. Seine äußere Erscheinung kam ihr irgendwie bekannt vor. Als sie ihn schließlich vorsichtig musterte, schlug ihr Herz vor Erleichterung einige Schläge schneller. Der Commissario, es war dieser Commissario, der sie vernommen hatte.

Mein Gott, er war einfach nur hier, um sie zu beschützen, und sie hatte sich vor Angst beinahe ins Hemd gemacht.

»Commissario Brassoni, was tun Sie hier im Dunkeln, Sie haben mir einen ganz schönen Schreck eingejagt«, sagte sie mit fester Stimme.

Doch der Polizeibeamte antwortete nicht. Ein längeres Schweigen folgte, und schließlich bewegte sich der Mann auf ihren Tropf zu. Die Doktorandin konnte eine Spritze in seiner Hand erkennen und starrte ungläubig auf die Szene. Ein Kommissar mit einer Spritze in der Hand? Hier stimmte doch etwas nicht.

»Halt, warten Sie, was tun Sie da?«, rief sie dem Mann mit brüchiger Stimme zu.

Doch der Commissario zog bereits die Kappe der Spritze ab und setzte dazu an, den Inhalt in den Tropf zu geben.

Plötzlich setzte ein ungeheurer Lebenswille einen Adrenalinstoß bei der jungen Frau frei. Verzweifelt riss sie sich den Katheder aus dem Arm, wobei der Schmerz sie fast ohnmächtig werden ließ. Ein Blutschwall ergoss sich über ihre Bettdecke, aber der falsche Commissario hielt sie sofort mit einem eisernen Griff auf ihrem Lager fest.

Sie erblickte eine schallgedämpfte Pistole und dachte, das sei ihr Ende, da schwollen auf dem Flur vor ihrer Tür auf einmal Stimmen auf, und sie sah im gleichen Moment, wie die schwere Tür ihres Zimmers aufgestoßen wurde und Dottore Favelli im Licht des Flures erschien.

Dann gab es einen Schuss, der Arzt verschwand wieder aus ihrem Blickfeld, und ein anderer Commissario Brassoni und noch ein Mann tauchten auf.

Sie hörte zwei weitere Schüsse, es gab einen kurzen Kampf, dann wurde ihr nach einem höllischen Schmerz im Rücken schwarz vor Augen.

Sie konnte nicht mehr sehen, wie der echte Kommissar vor ihrem Bett auf dem Boden lag und die inzwischen herbeigeeilten Ärzte sich über ihn und Doktor Favelli beugten.

Beide lagen reglos da, aus dem Mund des Arztes schäumte Blut.

Das Phantom aus ihrem Zimmer war schon längst in den dunklen Gassen Venedigs verschwunden.

Maurizio Goldini hatte die Verfolgung aufgegeben. Weiß der Teufel, wie dieser Verbrecher sich unsichtbar gemacht hat, dachte er. Brassonis Doppelgänger hatte sich im Krankenhaus den Weg freigeschossen und dabei den Kommissar getroffen und Goldini einen üblen Kopfstoß versetzt. Trotzdem hatte Goldini versucht, ihn zu verfolgen, was ihm aber nur über eine kurze Strecke gelungen war. Plötzlich war der Mann Richtung Campo Santa Maria Formosa verschwunden. Goldini, dem schwindlig war, konnte nirgends mehr eine Spur des Gesuchten ausmachen. Offensichtlich kannte er sich in den Gassen besser aus als der Commissario. Goldini hatte schon alle Einheiten der örtlichen Polizei informiert, die weiter nach dem Übeltäter fahnden würden. Frustriert machte er sich auf den Rückweg zum Krankenhaus, um sich nach dem Zustand seines Chefs und der anderen Verletzten zu erkundigen. Die Beule an seinem rechten Hinterkopf pochte, sodass er nur langsam gehen konnte. Als er endlich wieder am Ospedale Civile angekommen war, mühte er sich den Weg hoch zur Station. Dort waren immer noch alle in heller Aufregung. Er erfuhr, dass Dottor Favelli lebensgefährlich verletzt war, aber schon auf dem OP-Tisch lag und gute Chancen bestanden, dass er durchkam. Die Kugel hatte sein Herz um vier Millimeter verfehlt.

Der Beamte, der Evelyn Sanders bewachen sollte, war tot im Materialraum gefunden worden. Der Killer hatte ihn kurzerhand erdrosselt, um ihn ruhigzustellen. Goldini schluckte.

Er kannte den Mann nur flüchtig, wusste aber, dass er eine Frau und zwei Kinder hatte.

»Was ist mit dem Commissario und Signora Sanders?«, fragte er die junge blonde Ärztin, die ihm geduldig antwortete. Sie hatte sich als Dottoressa Flavia Pesaro vorgestellt.

»Ihr Kollege wird noch verarztet. Es war Gott sei Dank nur ein Streifschuss, aber er hat auch ein leichtes Schädeltrauma durch den daraus folgenden Sturz. Er war ein paar Minuten ohne Bewusstsein, jetzt geht es ihm aber wieder einigermaßen. Wir werden ihn über Nacht hierbehalten müssen.«

Sie wartete einen Moment, bis Goldini diese Neuigkeiten verarbeitet hatte.

»Sie dürfen gleich zu ihm. Was Signora Sanders angeht, sie steht unter Schock und hat eine Verletzung am Arm, wo der Katheder herausgerissen wurde. Wir haben sie sicherheitshalber auf eine andere Station verlegt.«

Goldini sah die hübsche junge Ärztin an und nickte. Sie lächelte freundlich zurück und führte ihn zu einem Stuhl vor dem Behandlungszimmer.

»Warten Sie hier, ich schaue mal nach, ob Sie schon zu Ihrem Kollegen können. Sollen wir uns Ihre Kopfwunde auch gleich ansehen?«

Goldini schüttelte den Kopf, so gut es ging, hob dann aber die Hand.

»Warten Sie, ist es auch möglich, mit Signora Sanders zu sprechen?«

Flavia Pesaro hob die Schultern.

»Höchstens ein paar Worte. Sie muss sich ausruhen. Eine längere Vernehmung können wir frühestens morgen gestatten.«

Dann war sie im Behandlungsraum verschwunden.

Nach etwa drei Minuten Wartezeit wurden die Stimmen hinter der Tür lauter und entwickelten sich zu einem handfesten Wortgefecht.

»Kommt nicht infrage!«, hörte er die Stimme seines Chefs bellen.

»Ich gehe nach Hause, auf eigene Verantwortung. Niemand hält mich hier im Krankenhaus fest. Ich bin fit wie ein Turnschuh!«

Goldini musste grinsen, und keine zwei Minuten später stürmte Luca Brassoni mit einem dicken Kopfverband an seinem Kollegen vorbei.

»Luca, warte, willst du mich hier sitzen lassen!«, konnte Goldini gerade noch vorwurfsvoll rufen, dann drehte sich sein Chef schon schwankend zu ihm um.

Goldini konnte ihn so eben noch auffangen. Sachte setzte er ihn auf seinen Stuhl.

»Ich bin froh, dass es dir gut geht. Jetzt fahr mal ein paar Drehzahlen runter. Ich bring dich gleich nach Hause, aber zuerst muss ich noch kurz mit Evelyn Sanders sprechen. Du weißt, was alles passiert ist?«, erkundigte er sich vorsichtig.

»Sicher, ich bin doch noch klar bei Verstand. Ich werde selber mit der Frau sprechen, sie ist schließlich Deutsche«, brummte Brassoni ungehalten.

»In Ordnung, dann machen wir uns gleich auf den Weg.«

Goldini hakte sich bei seinem unwilligen Chef unter, sodass die beiden von Weitem ein seltsames Pärchen abgaben, sich aber gegenseitig stützen konnten.

Gemächlichen Schrittes fanden sie den Weg zur inneren Abteilung und wurden von einer matronenhaften Krankenschwester nur ungern zu Evelyn Sanders' Zimmer geführt, vor dem inzwischen drei bewaffnete Polizeibeamte postierten.

»So etwas hier auf unserer Station!«, hörten sie sie schimpfen. »Das gefährdet doch alle anderen Patienten.«

Brassoni und Goldini ignorierten einfach die Worte der Krankenschwester, wiesen sich bei den Kollegen aus und betraten nach leisem Klopfen das neue Krankenzimmer der jungen Deutschen.

Sie sah entsetzlich blass aus unter der hellgelben Bettdecke und schaute den beiden mit großen, angstvoll geweiteten Augen entgegen.

»Keine Angst, Signora.«

Brassoni wusste immer nicht, ob er eine junge Frau Signorina oder Signora nennen sollte.

Bei Evelyn Sanders hatte er sich aber inzwischen für ein »Signora« entschieden, denn sie war schließlich erwachsen und keine achtzehn Jahre mehr.

Der Commissario konnte sehen, wie die junge Frau nur mit Mühe ihre Panik überwand.

Bei jedem Geräusch zuckte sie zusammen. Schließlich fing sie leise zu weinen an.

Brassoni strich behutsam über ihre Hand.

»Ist ja gut, wir werden Sie nicht lange belästigen. Ich weiß, wie schwer das alles für sie ist.«

Er war froh, dass er einigermaßen gut deutsch sprechen konnte, das erleichterte die Vernehmung ungemein.

»Ich … ich kann Ihnen nicht viel sagen«, schluchzte Evelyn Sanders leise.

»Der Mann sah aus wie Sie, aber ich habe gespürt, dass er etwas Böses im Schilde führte.

Er hat nicht gesprochen, nur einmal kurz geflucht, als Sie reinkamen. Aber er roch wie der Mann, der mich die Treppe runter gestoßen hat. Er hatte so ein aufdringliches Aftershave, ein ganz unangenehmer süßlicher Duft.«

»Können Sie den Duft identifizieren?«, hakte der Commissario nach. Goldini hatte auf einem Stuhl in der Zimmerecke Platz genommen und kühlte seine Beule mit einem Eispad, das er von der jungen Ärztin bekommen hatte.

»Ich weiß nicht, es roch ähnlich wie eine französische Marke, der Name fällt mir jetzt nicht ein. Ich bin so durcheinander. Es ist so schrecklich, was mit dem Arzt und dem Polizeibeamten passiert ist.«

Wieder liefen ihr Tränen über das Gesicht.

»Das macht nichts, schlafen Sie sich erst einmal aus. Sie sind jetzt in Sicherheit.

Wir reden morgen weiter. Vielleicht erinnern Sie sich dann an andere wichtige Dinge, die uns helfen, die Ermittlungen voranzubringen und den Täter zu fassen.«

Und so verließen Brassoni und Goldini das Krankenhaus nach einem langen, anstrengenden Tag und machten sich auf den Heimweg. Der Papierkram konnte warten.

Kapitel 11

Wutentbrannt schmiss der Rote sein Hemd in die Ecke des kleinen, engen Zimmers seiner Dachgeschosswohnung. Das Haus gehörte einer alten, adligen Venezianerin, aber es war heruntergekommen und außer der Eigentümerin, die im Erdgeschoss residierte, bewohnte nur er die oberste Etage.

Die Wohnung im ersten Stock stand schon lange leer. Da die alte Frau mit niemandem sprach, keine Verwandten hatte und außerdem stocktaub war, fühlte Cesare, so hieß der Rote mit richtigem Namen, sich in dieser Umgebung relativ sicher.

Er lebte jetzt schon seit fünf Jahren im Stadtteil Cannaregio, dem zweitgrößten Venedigs, in der Nähe des Campo dei Mori. Da in seiner Umgebung über ein Drittel der Bevölkerung Venedigs lebte, konnte er unerkannt unter den Einheimischen untertauchen und zielstrebig seinen Geschäften nachgehen.

Cesare begab sich in das Badezimmer, einen lieblos eingerichteten Raum ohne Fenster mit einer rostigen Badewanne und zahlreichen gesprungenen Fliesen.

Er zog sich vorsichtig die Latexmaske vom Gesicht und entfernte die restliche Schminke mit einem Stück Toilettenpapier. Dann wusch er sich das Gesicht und die Hände und schlüpfte in frische Kleidung. Aus dem Spiegel starrte ihm ein haarloses, müdes Gesicht entgegen.

Er verspürte keinerlei Gewissensbisse, Menschen Gewalt anzutun oder ihnen Angst einzujagen.

Er konnte sich gar nicht mehr daran erinnern, wie es gewesen war, ein anständiges Leben fernab von jeder Kriminalität zu führen.

Im Moment war sein einziges Ziel, den Picasso zu finden und jeden auszuschalten, der dies verhindern wollte. Der Professor hatte einfach nicht preisgeben wollen, wo er das Werk versteckt hielt. Es war nicht geplant gewesen, ihn umzubringen, aber Cesare und seine Geschäftspartner hatten ihn ein wenig zu sehr gefoltert, weil sie wütend über seinen Betrug und seine Verschwiegenheit waren.

Vielleicht war es doch keine gute Idee gewesen, dachte er, auch noch zu versuchen, die Assistentin Beckers aus dem Weg zu räumen. Er war im Krankenhaus in eine brenzlige Situation geraten, und möglicherweise wusste die junge Frau doch mehr über die Aktivitäten des Professors und würde sie letztendlich zu dem Bild führen.

Die Mühe der vergangenen Stunden hatte sich nicht gelohnt, die Erfolgsbilanz war mäßig.

Das Gurren zweier schnäbelnder Tauben auf dem Fenstersims des nebenan liegenden Wohnzimmers riss Cesare aus seinen Gedanken.

Er trat aus dem Badezimmer heraus an das Fenster des Wohnraums und sah auf die Straße.

Die Tauben stoben erschrocken auseinander, flogen ein Stück weiter bis auf den nächsten Dachvorsprung.

Ein Mann in schwarzer Kleidung näherte sich im Schein der Laterne seinem Haus und betrat es durch die Eingangstür, die auch zur Nachtzeit nie abgeschlossen war.

Cesare gefror das Blut in den Adern. Das war der Chef, ein Mann, dessen Identität nur er kannte. Wenn er ihn hier aufsuchte, würde das fatale Konsequenzen für ihn haben.

Ungläubig horchte er auf die knarzenden Schritte im Treppenhaus, die immer lauter wurden und kurz vor seiner Wohnungstür endeten.

Als er seinem Besucher die Tür öffnete, war alles Blut aus seinem Gesicht gewichen, denn er ahnte, was nun passieren würde.

Luca Brassoni knöpfte sich sein blutverschmiertes Hemd auf, zog es über die Arme und ließ es gleich darauf in den Wäschekorb fallen. Dann schlüpfte er aus seiner Hose, ließ im Badezimmer Wasser in die Wanne laufen und nahm sich in der Zwischenzeit ein Glas eiskaltes Wasser aus dem Kühlschrank. Er drückte eine Schmerztablette aus der Verpackung, gab sie in das Glas und sah zu, wie sie sich langsam auflöste. Dann trank er das Glas in einem Zug leer. Die Wunde am Schädel pochte leise vor sich hin. Der Commissario war wütend, dass dieser Kerl, der sich in seinen Klon verwandelt hatte, ihnen entkommen war. Bisher hatten sie nicht einmal eine heiße Spur zu den Tätern, die Konstantin Becker umgebracht und die Anschläge auf dessen Assistentin verübt hatten. Brassoni versuchte nachzudenken, aber seine Gehirnerschütterung und die Wunde am Kopf machten ihm einen Strich durch die Rechnung. Er hoffte, dass sich der Nebel in seinem Gehirn nach einem heißen Bad und der Wirkung der Tablette lichten würde.

Seine deutsche Großmutter hatte ihm Disziplin und Gründlichkeit beigebracht, zwei Eigenschaften, die ihm bei seiner Polizeiarbeit schon oft geholfen hatten. Aber jetzt war er erschöpft, hatte noch nicht zu Abend gegessen und haderte mit seiner eigenen Unfähigkeit.

Als er endlich in der Badewanne lag, konnte er ein wenig abschalten. Seine Gedanken schweiften zu Maria Grazia und zu der Gerichtsmedizinerin Carla Sorrenti, ein Gefühlswirrwarr sondergleichen, das ihn ebenfalls nicht glücklich machte. Was war bloß los mit ihm in letzter Zeit? Brassoni überlegte, ob er schon zu lange alleine lebte. Eigentlich fühlte er sich ganz wohl, er konnte tun und lassen, was er wollte, und musste niemandem Rechenschaft ablegen. Trotzdem war da irgendwie eine Leere, eine Lücke, die seit dem Weggang seiner Exfrau entstanden war. Früher hatte er von einer großen Familie und Kindern geträumt, vielleicht war es jetzt dafür schon zu spät. Welche Frau wollte schon auf einen Mann warten, der eigentlich mit seinem Beruf verheiratet war und zudem noch ständig in der Gefahr schwebte, verletzt oder gar getötet zu werden?

Das unerbittliche Klingeln an seiner Haustür zwang den Commissario dazu, sich aus der gemütlichen Wanne zu hieven, sich ein Badetuch umzuschlingen und dem Besucher zu öffnen.

»Stefan, *ciao*, schön, dass du noch gekommen bist.«

Sein Freund und Cousin Stefan begrüßte ihn herzlich, musterte ihn aber besorgt.

»Luca, du meine Güte, was ist denn mit dir passiert? Vorhin am Telefon hast du nur angedeutet, dass bei einem Einsatz etwas schiefgelaufen ist?«

»Ach, nur ein Streifschuss, und dann bin ich mit dem Kopf auf den Boden geknallt. Eine kleine Gehirnerschütterung, mehr nicht.«

Stefan, genannt Caruso, schüttelte den Kopf. Mit seinen ein Meter fünfundneunzig überragte er den Commissario um ein gutes Stück. Er war hager, fünf Jahre jünger als Luca und hatte ein fröhliches, intelligentes Gesicht unter dichten strohblonden Haaren. Er lebte schon seit über zehn Jahren in Venedig und arbeitete als freier Journalist für verschiedene renommierte Zeitungen in Deutschland. Stefan besuchte mit Leidenschaft Opern und sang mit seiner gar nicht so üblen Stimme die Arien nach, daher sein Spitzname, aber er war ein ebenso großer Fan von Rockmusik, insbesondere liebte er alle Songs von Freddy Mercury.

»Wie ich dich kenne, mein lieber Luca, bist du heute Abend nicht dazu gekommen zu essen.

Ich habe uns etwas mitgebracht, dabei kannst du mir die ganze Geschichte in Ruhe erzählen.«

Der Journalist drapierte einige Köstlichkeiten, darunter Salami, Parmaschinken, Käse, eingelegte Oliven und Weißbrot auf dem Wohnzimmertisch und öffnete eine Flasche guten Chianti dazu, während der Commissario sich rasch anzog.

Keine fünf Minuten später saßen die beiden entspannt in den weichen Polstern von Brassonis moderner Couch.

Der Commissario merkte jetzt erst, wie hungrig er war, und so verschlang er stillschweigend einen Großteil der von Caruso mitgebrachten Lebensmittel.

Sein Freund und Cousin dagegen aß nur wenig, schaute Brassoni aber amüsiert zu.

»Du solltest nicht so viel Wein trinken, mein Lieber. Schließlich hast du Medikamente genommen«, rüffelte er den Commissario nach einer Weile.

Brassoni setzte das Glas auf dem Couchtisch ab, unterdrückte die aufsteigende Luft aus seinem Magen und nickte ergeben.

»Du hast ja recht, Stefan, ab jetzt trink ich nur noch Wasser. Das Dröhnen in meinem Kopf fängt schon wieder an.«

»Dann erzähl mir mal von deinem neuen Fall, bevor du mir hier ins Koma sinkst«, lächelte der Journalist geduldig.

Luca Brassoni holte tief Luft und berichtete seinem Cousin von dem Fund der Leiche des deutschen Professors an bis hin zu den abendlichen Vorfällen im Krankenhaus.

Stefan, der den Allerweltsnachnamen Mayer trug, pfiff durch die Zähne.

»So etwas passiert hier in Venedig nicht alle Tage. Zum Glück«, setzte er hinzu.

»Ich habe gerade für eine Story über die vielen illegalen Taschenverkäufer recherchiert, aber deine Geschichte toppt natürlich alles, was ein Reporter sich nur vorstellen kann. Es wundert mich, dass die Presse noch nicht Wind davon bekommen hat.«

Brassoni, der wusste, dass er seinem Cousin alles erzählen konnte, ohne dass dieser sein Vertrauen missbrauchte, zuckte mit den Schultern.

»Der Dienststellenleiter hat all seine Beziehungen spielen lassen, damit nicht so viel nach draußen sickert und wir in Ruhe unsere Arbeit machen können. Schließlich geht es um einen grausamen Mord an einem ausländischen Touristen und ein millionenschweres Bild, das spurlos verschwunden ist. Dazu die Mordanschläge auf die junge Doktorandin, der tote Polizist und ein schwer verletzter Arzt …

Und zu guter Letzt haben wir bisher keine handfeste Spur zu den Personen, die an der Tat beteiligt sind. Maurizio hat sich heute die ersten Filme der Bildkameras angesehen, die die wichtigsten Plätze Venedigs rund um die Uhr aufnehmen. Wir haben da möglicherweise einige interessante Bilder von der Nacht am Markusplatz gefunden. Eine Gruppe von drei Männern zieht eine Handkarre hinter sich her. Ist ein bisschen ungewöhnlich für die Uhrzeit und den Ort. Die Ladefläche der Karre war mit Bootsplane abgedeckt, genau so eine Plane haben wir am Tatort gefunden. Die Leiche des Professors war damit abgedeckt.«

»Mhm«, erwiderte Stefan zuerst nur.

»Wissen die Touristen eigentlich, dass sie quasi unentwegt gefilmt werden? Gibt es da nicht ein Gesetz, das die Persönlichkeitsrechte schützt?«

Brassoni winkte ab.

»Die Kameras sind eine Riesenerleichterung für uns. Ich gebe dir recht, dass nicht jeder damit einverstanden sein wird und dass es rechtlich möglicherweise unverhältnismäßig ist, aber dieses System wurde genehmigt, und wir nutzen es. Wenn du mich fragst, ich wäre heilfroh, wenn ich bestohlen oder überfallen würde und man könnte mit Hilfe der Bilder den Täter identifizieren.

Stefan, der ein emsiger Verfechter von Gerechtigkeit, Ehrlichkeit und dem Schutz der Privatsphäre war, zog nur die Augenbrauen hoch.

»Nun gut, wollen wir es dabei belassen. Es wäre schön, wenn ihr den Tätern durch die Aufnahmen näher kommen würdet. Was diesen vagen Hinweis in Richtung Kunstfälscherbande angeht, über Vorgänge dieser Art habe ich in letzter Zeit einiges gehört.

Du weißt doch, dass ich einen Informanten aus dem Milieu habe, den kleinen Carmelo, diesen armen Tropf, der letztes Jahr bei einer Schießerei auf Giudecca sein rechtes Ohr verloren hat. Also wie wir letztens in so einer Spelunke in Cannaregio zusammensaßen und er mir über einige befreundete Taschenverkäufer berichtet hat, er wolle ein Zusammentreffen mit einem von ihnen organisieren, betrat so ein kräftiger, zwielichtiger Typ mit rotbraunem Vollbart die Bar und alle verstummten. Selbst Carmelo wollte nicht mehr weiter mit mir reden und schon gar nicht über diesen Mann. Er murmelte später nur etwas von »geheime Verbindung«, »alte Kunstwerke«, und er erwähnte Poveglia, du weißt schon, die »Insel des Wahnsinns«. Auf der sollen geheime Treffen dieser Bande stattfinden. Ich konnte richtig sehen, wie der arme Kerl bei dem Gedanken erschauerte. Selbst mir lief eine Gänsehaut über den Rücken. Ich hab' dann nicht weiter darin rumgestochert, weil ich ja eigentlich eher selten über das kriminelle Milieu schreibe.«

Der Journalist machte eine Pause und sah Brassoni neugierig an.

»Aber jetzt ganz was anderes. Sag mal, wie genau hat dieser Typ denn dein Aussehen kopiert? Ich sag's mal so – den kleinen Finger der linken Hand hatte er aber noch?«

Der Commissario schüttelte grinsend den Kopf, er war diese Art von makaberem Humor bei seinem Freund gewöhnt.

Stefan brauchte eine Weile, bis sein Lachanfall vorüber war.

»Entschuldige bitte, aber du wirst zugeben, dass dieses Detail nicht ohne Bedeutung ist. Wenn er ihn sich nicht abgehackt hat, ist er auch kein Profi.«

Wieder gluckste er, fing sich aber nach kurzer Zeit und hatte Brassoni mittlerweile ebenfalls zum Lachen gebracht.

»Du hast recht, trinken wir auf diesen Idioten. Mich kann man einfach nicht kopieren.«

Der Commissario erhob sein Wasserglas und prostete seinem Cousin zu.

»Aber was diese Gerüchte um Poveglia angeht, da müssen wir noch mal genauer ins Detail gehen. Vielleicht ist es ein Hinweis, der zu unseren Ermittlungen passt.«

Brassoni war nicht wohl bei dem Gedanken an die seit rund fünfzig Jahren unbewohnte Insel in der Lagune von Venedig. Er war noch nie dort gewesen, aber jeder hier in Venedig kannte die gruseligen Geschichten um das Eiland.

Im 16. Jahrhundert wurden dort die Pestopfer begraben, später waren es Menschen, die wegen ansteckender Krankheiten oder geistiger Verwirrtheit nach Poveglia verbannt wurden.

Eine ganze Zeit lang danach beherbergte die Insel eine Heilanstalt für psychisch Kranke, an denen schreckliche Experimente von einem wahnsinnigen Arzt ausgeführt worden sein sollen. Poveglia galt als Ort, der von den Geistern derer wimmelt, die dort verstorben waren.

Zurzeit war die Insel wieder in den Schlagzeilen, weil Italien sie versteigern will, um seine Finanzen aufzubessern, die Venezianer sich jedoch dagegen wehren – die verfluchte Insel soll so bleiben, wie sie ist, und nicht mit einer Luxushotelanlage zugebaut werden.

Wer würde auch schon gerne auf einer Geisterinsel Urlaub machen?

Brassoni dachte eine Zeit lang an die Bilder, die er kürzlich in einer Zeitung von den heruntergekommenen, verlassenen Gebäuden Poveglias gesehen hatte.

Es wäre durchaus möglich, dass sich dort eine Gruppe von Kriminellen unbemerkt traf.

Sobald er wieder fit war, würde er mit Goldini einen kleinen Ausflug dorthin unternehmen.

Dann sprachen die beiden Freunde noch ein wenig über Frauen, verabredeten sich für den nächsten Tag im Caffé Florian, und als Caruso endlich ging, fiel Brassoni todmüde ins Bett.

Kapitel 12

Am nächsten Morgen gegen sieben Uhr, als der Wecker auf seinem Nachttisch unerbittlich klingelte, erwachte der Commissario mit einem Brummen im Schädel. Schlaftrunken tastete er nach seinem dicken Kopfverband, erinnerte sich aber schnell wieder an die Ereignisse des letzten Tages.

Müde schlurfte er in sein erst kürzlich renoviertes Badezimmer. Die Wohnung gehörte ihm seit zwei Jahren, und er hatte vor, hier den Rest seines Lebens zu verbringen.

Brassoni hatte sie sich nur leisten können, weil er zum einen Geld aus dem Erbe seiner Großmutter angelegt hatte und zum anderen mit dem Hausbesitzer, der im Gegensatz zu vielen anderen am liebsten einen Einheimischen als Käufer haben wollte, einen guten Deal ausgehandelt hatte. Und so war er stolzer Besitzer einer vierundneunzig Quadratmeter großen Wohnung im Stadtteil Dorsoduro und schlüpfte jetzt in die riesige ebenerdige Dusche, natürlich nicht ohne vorher den Verband abzuwickeln.

Das heiße Wasser ließ den Druck aus seinem Kopf weichen, und hinterher fühlte er sich erfrischt und tatkräftig. Die Streifschusswunde am Kopf deckte er provisorisch mit einem Pflaster ab, gönnte sich einen kleinen Espresso, wie immer mit viel Zucker.

Auf dem Weg zur Gerichtsmedizin würde er sich ein Stück Gebäck besorgen, das musste reichen bis zur Mittagszeit. Großen Hunger hatte er ohnehin nicht.

Unten im Treppenhaus traf er auf Signora Vasconti, seine betagte Nachbarin.

»*Buon giorno*, Signora. So früh schon wieder unterwegs?«

»*Buon giorno*, Commissario. Länger als bis sechs Uhr kann ich sowieso nicht schlafen. Es wird wieder heiß heute, da dachte ich, ich bringe den Garten ein bisschen in Ordnung, bevor die Hitze zu groß wird.«

Das Haus besaß einen kleinen Hinterhof mit einem hübsch gepflegten Garten, um den sich die Signora ebenso wie der Commissario kümmerte. So ein Fleckchen Grün war ein Kleinod in der Lagunenstadt, und Brassoni freute sich, wenn er abends Zeit hatte, sich mit einem Glas Wein und der Gazzetta dello Sport in seinen Stuhl zu setzen und die Seele baumeln zu lassen.

Signora Vasconti lächelte ihn aus ihrem faltigen, gutmütigen Gesicht freundlich an.

Sie trug ein cremefarbenes Kostüm, ihre silbergrauen Haare waren vom Friseur in adrette Wellen gelegt. Sie sah immer aus wie aus dem Ei gepellt. Nur die Harke und die Handschaufel passten nicht zu diesem Bild. Brassoni wusste, dass die meisten venezianischen Frauen viel Wert auf ein gepflegtes, modisches Erscheinungsbild legten, soweit es ihr Budget zuließ. Signora Vasconti war die Witwe eines bekannten Richters und hatte früher selber äußerst erfolgreich als Anwältin gearbeitet.

»Ist Ihre …«, die Signora suchte nach dem passenden Wort, » reizende Freundin heute gar nicht zu Besuch?«

Brassoni musste schmunzeln, denn er wusste, was die alte Dame von Maria Grazia hielt. Er hatte die Blicke gesehen, mit denen sie sie gemustert hatte.

»Nein, Signora, und sie ist auch gar nicht wirklich meine Freundin.«

Signora Vasconti nickte zufrieden und wandte sich zum Gehen.

»Einen schönen Tag noch!«, rief Brassoni ihr nach.

»Ihnen auch, Commissario, und viel Erfolg bei der Verbrechersuche«, erwiderte sie fröhlich.

Pünktlich um acht Uhr traf sich Brassoni mit seinem Kollegen vor dem Eingang der Gerichtsmedizin.

»*Ciao*, Luca, du siehst ja schon besser aus!«, begrüßte ihn Maurizio Goldini, der ein leichtes, gestreiftes halbärmeliges Hemd trug.

»Ja, mir geht es auch gut«, antwortete der Commissario, der seinerseits ein neues, türkisfarbenes Polohemd anhatte, das ihm sehr gut stand. Er hatte sich heute Morgen extra viel Mühe gegeben und sogar Aftershave aufgetragen.

»Hast du Sarah erzählt, was gestern passiert ist?«

»Natürlich, ich kann sie nicht anlügen. Ich kann allerdings nicht behaupten, dass sie begeistert war. Sie hat geweint und gemeint, dass sie nicht wüsste, ob sie ewig mit der Angst leben kann, dass mir vielleicht etwas passiert. Ich habe sie beruhigt und ihr gesagt, dass so etwas wie gestern äußerst selten vorkommt und ich mich, falls wir mal Kinder haben, in den Innendienst versetzen lasse.«

»Und das hat sie dir geglaubt?«, fragte Brassoni und lächelte gepresst. Er konnte sich nicht vorstellen, ohne seinen Kollegen zu arbeiten. Er wollte sich nicht wieder an jemand neues gewöhnen.

Goldini zuckte mit den Schultern.

»Ich weiß nicht, ich weiß ja nicht mal, ob ich es selber glaube. Jetzt besucht sie erst mal für zwei Wochen ihre Eltern in Padua. Lassen wir das Thema und schauen wir, was Dottoressa Sorrenti für uns hat.«

Die beiden Kommissare gingen durch die Eingangstür und betraten die kühlen Flure, in denen sich die gerichtsmedizinischen Räume befanden.

Carla Sorrenti erwartete sie bereits. Sie trug diesmal ein lachsfarbenes, leicht glänzendes Shirt unter dem offenen weißen Kittel und einen kurzen weißen Rock zu ihren weißen, bequemen Sandalen. Brassoni kam nicht umhin, einen Blick auf ihre schlanken, perfekt geformten Beine zu werfen. Wie der Rest ihres Körpers waren sie leicht gebräunt und zeugten von regelmäßigem Aufenthalt an der frischen Luft. Ein Wunder bei diesem Beruf, dachte Brassoni bei sich.

»Guten Morgen, die Herren«, grüßte Carla, die die Blicke des Commissario natürlich bemerkt hatte, die beiden Männer.

Luca Brassoni spürte wieder eine aufsteigende Röte in seinem Gesicht sowie eine gewisse Scham wegen seiner despektierlichen Blicke, konnte sich aber in ihrer Gegenwart auch nie so benehmen, wie er eigentlich wollte. Irgendetwas ging immer mit ihm durch.

»*Buon giorno, come sta,* wie geht es Ihnen?«, fragten beide unisono höflich.

»*Grazie*, danke, es geht mir sehr gut«, antwortete die Gerichtsmedizinerin belustigt.

»Dem armen Direktor Pallucci ging es allerdings nicht so gut«, merkte sie an und wurde wieder ernst.

»Er hat aber zum Glück nicht lange leiden müssen. Der Bus hat ihn direkt erwischt, massiver Schädelbruch, dazu zahlreiche zerstörte Rippen – eine davon ist direkt in die Lunge eingedrungen. Er war sofort tot.«

Brassoni und Goldini betrachteten die Konturen des Körpers unter dem weißen Tuch.

Auch wenn sie das eine oder andere Mal im Fall eines Mordopfers ermitteln mussten, waren sie immer noch nicht an den Anblick der Leichen auf dem Seziertisch gewöhnt.

Brassonis Blick streifte nervös die Instrumente auf der Ablage neben der Ärztin.

»Nun gut, aber konnten Sie Spuren finden, die darauf hinweisen, dass der Mann vor den Bus gestoßen wurde?«, fragte er vorsichtig.

»Tja, wir haben da einen schwachen Bluterguss auf seinem Rücken gefunden, der könnte durchaus durch einen Stoß mit der Hand entstanden sein, sehen Sie hier.«

Carla Sorrenti zog das Laken beiseite und drehte Pallucci leicht auf die Seite. Brassoni und Goldini beugten sich nach vorn, um den Abdruck näher zu betrachten.

»Ich weiß nicht, ob dem Staatsanwalt das reicht«, murmelte Brassoni.

»Der Fleck könnte durch alles Mögliche entstanden sein.«

»Also ich werde in meinem Bericht schreiben, dass der Bluterguss frisch ist und der Mann gestoßen worden sein könnte. Ich hoffe, das hilft Ihnen weiter«, erklärte die Gerichtsmedizinerin, ohne zu zögern.

Dankbar schaute Brassoni sie an. Für einen Moment zog es ihn wieder in die Tiefen ihrer hellblauen Augen, dann hatte er sich wieder gefangen.

Wie schön und natürlich sie aussah.

»Dann danken wir Ihnen, Dottoressa, und machen uns wieder an die Arbeit.«

Carla Sorrenti nickte und hob die Hand zum Gruß.

»Wir sehen uns, meine Herren.«

Goldini ging zügig vor seinem Chef aus dem Raum und verschwand hinter der Glastür, sodass Brassoni ein Moment Zeit blieb, sich noch einmal umzudrehen und eine waghalsige Entscheidung zu treffen. Seine Gefühlswelt fuhr Achterbahn, und als er die Richtung änderte und erneut den Raum betrat, purzelten die Worte geradezu unfreiwillig in hastiger Reihenfolge aus seinem Mund.

»Carla, ich darf Sie doch Carla nennen, oder? Also ich habe mir schon lange überlegt, ob Sie nicht Lust haben, einmal mit mir essen zu gehen? Ganz unverbindlich natürlich, ohne Hintergedanken, Sie können auch Nein sagen …«

Überrascht und ganz still sah die blonde Gerichtsmedizinerin den Commissario an.

Sie kaute auf ihrer Unterlippe und schwieg einen Moment, der Brassoni wie eine Ewigkeit vorkam.

Du Idiot, dachte er. Was hast du da gesagt, gleich wird sie sich über dich lustig machen und dir eine Absage erteilen. Ihm wurde ganz schummerig, und sein Kopf pochte wieder.

Carla Sorrenti trat ein wenig näher an ihn heran und hob ihre rechte Hand an seinen Kopf.

Unwillkürlich wich er ein Stück zurück und erwartete eine wütende Ohrfeige.

»Was haben Sie da gemacht, Luca?«, fragte sie besorgt und strich behutsam mit sanften Fingern über das Pflaster.

»Ach, nur ein Streifschuss gestern Abend im Ospedale Civile«, stotterte Brassoni und sog den Duft ihres blumigen Parfüms ein.

»Sie haben einen gefährlichen Job«, konstatierte Sorrenti, schenkte ihm aber ein warmes Lächeln. Dann sah sie ihn prüfend an.

»Ich würde gerne mit Ihnen essen gehen. Rufen Sie mich in meiner Mittagspause an, dann machen wir etwas aus«, schlug sie ihm vor, und er hatte den Eindruck, dass ihr ebenfalls die Röte ins Gesicht gestiegen war.

Brassoni zitterten die Hände, als die beiden sich per Handschlag verabschiedeten.

Wie weich und kühl sich ihre Hände anfühlten. Am liebsten hätte er sie gar nicht mehr losgelassen. Beschwingt machte er sich auf den Weg zu Goldini, der vor dem Gebäude auf ihn wartete.

»Deinem seligen Lächeln nach zu urteilen hast du unserer schönen Ärztin also endlich einen Heiratsantrag gemacht«, spottete sein Kollege amüsiert, als er ihn sah.

Doch Brassoni schwieg dazu und schwebte voller Glücksgefühle den Weg zurück zur Questura.

Als die beiden dort ankamen und das Vorzimmer des Dienststellenleiters passierten, holte ihn der vorwurfsvolle Blick Maria Grazias sogleich auf den Boden der Tatsachen zurück.

Eigentlich hatte der Commissario sich bei seinem Chef wegen der Vorgänge am gestrigen Abend melden sollen, aber dessen Sekretärin sprang nun mit einer übertriebenen Geste auf, als sie die Verletzung an Brassonis Kopf bemerkte, und versperrte ihnen den Weg.

»Luca, was ist passiert? Ich habe schon gehört, dass es gestern im Krankenhaus eine Schießerei gab. Warum hast du mich nicht angerufen? Ich hätte mich doch um dich gekümmert.«

Dem Commissario war die Szene höchst peinlich, und er schwor sich zum wiederholten Male, nie wieder eine Affäre am Arbeitsplatz anzufangen. Zumindest nicht in derselben Dienststelle, korrigierte er sich in Gedanken.

»Maria, es ist halb so schlimm, ich wollte dich nicht damit behelligen. Wir sprechen später, ich muss jetzt erst einmal zum Chef. Unser Fall kann nicht warten«, erwiderte er und schob sie sanft beiseite.

Die Chefsekretärin, heute in eine atemberaubende rote Seidenbluse und einen engen schwarzen Rock gekleidet, verzog den perfekt geschminkten Mund, gurrte ihm aber hoffnungsvoll nach.

»Ich werde heute Abend für dich kochen und dich gesund pflegen, *caro mio*, verlass dich drauf!«

Brassoni rollte mit den Augen, als er an der Tür des Polizeidirektors, des Vice Questore Roberto Morandi, klopfte. Sein Vorgesetzter war ein sympathischer, moderner Chef.

Ihm war daran gelegen, die Kriminalitätsrate in Venedig so niedrig wie möglich zu halten.

»Guten Morgen, Commissario Brassoni, guten Morgen, Commissario Goldini«, begrüßte er seine beiden Mitarbeiter sichtlich erfreut.

Während Brassoni im Rang eines Commissario Capo, eines

Polizeihauptkommissars stand, bekleidete der jüngere Goldini den Rang eines Commissario ruolo ordinario, eines Polizeioberkommissars, was aber für keinen der drei Männer eine Rolle spielte.

»Ich bin froh, dass Ihnen beiden am gestrigen Abend nichts weiter passiert ist. Aber natürlich ist es eine Tragödie, dass wir einen Beamten verloren haben und der Arzt angeschossen wurde. Ich habe mich heute Morgen bereits nach ihm erkundigt, er ist stabil und befindet sich nicht mehr in Lebensgefahr. Und welch ein Glück, dass Ihre Cousine in einem der Krankenzimmer war und nicht in die Schusslinie geraten ist«, sagte er an Goldini gewandt.

Brassoni und Goldini nickten und atmeten erleichtert auf. Der Polizeidirektor fuhr fort.

»Was diesen Mann betrifft, der sich als Commissario ausgegeben hat und wohl zumindest für den Anschlag gestern Abend verantwortlich ist, da haben wir eventuell eine heiße Spur. Heute Morgen gab es einen anonymen Anruf, da hat jemand einen gewissen Cesare Pantalone der Taten bezichtigt. Es war eine Frauenstimme, aber wir konnten die Anruferin bisher nicht identifizieren. Sie sagte, er habe ihre Familie bedroht und sie wolle, dass er endlich hinter Gitter käme.«

Der Vice Questore machte eine bedeutsame Pause.

»Cesare Pantalone hat eine dicke Akte bei uns. Brassoni, Sie erinnern sich vielleicht an den Fall Marcese vor sechs Jahren. Pantalone war der Auftragskiller, er hatte Simone Marcese, Sohn einer reichen venezianischen Familie, entführt und kurz vor der Geldübergabe mit einem Kopfschuss getötet. Sie führten doch die Ermittlungen.«

Brassoni ging ein Licht auf. Er hatte Cesare Pantalone damals aufgespürt und überwältigt, der Serienverbrecher war aber auf dem Weg ins Gefängnis geflohen und hatte gedroht, sich an dem Commissario zu rächen. Daher also die Verkleidung und die aufwendige Maske.

Er kannte Pantalones Akte. In der Jugendzeit gab es mehrere Verstöße gegen das Betäubungsmittelgesetz, Einbruchdelikte, Diebstähle, dann folgten die ersten Gewalttaten, schließlich räuberische Erpressung und Mord.

Pantalone war als Kind in einem Heim aufgewachsen und später in der Pflegefamilie von dem trunksüchtigen Pflegevater regelmäßig geschlagen worden. Nach der Entführung und Flucht vor sechs Jahren war er untergetaucht. Brassoni dachte, er lebte längst irgendwo im fernen Ausland, Brasilien oder Südamerika, aber anscheinend war er nach Venedig zurückgekehrt. Früher war Pantalone schlanker und trug keinen Bart, aber das konnte er zu seiner Tarnung geändert haben.

Der Commissario räusperte sich und sagte an seinen Vorgesetzten gewandt:

»Direktor Morandi, die Verbindung zu Cesare Pantalone könnte tatsächlich eine heiße Spur sein. Seine Statur und die Handschrift der Tätlichkeiten stimmen mit seinen früheren Vorgehensweisen überein. Pantalone war schon immer skrupellos. Jetzt müssen wir nur eine Verbindung zum kriminellen Kunsthändler- und -fälschermilieu finden, dann sind wir einen Schritt weiter. Ich habe da einen Hinweis auf konspirative Treffen auf der Insel Poveglia erhalten, dem würde ich gerne nachgehen.«

Maurizio Goldini und der Vice Questore sahen erstaunt auf. Poveglia, die Geisterinsel?

»Commissario Brassoni, meines Wissens nach hat in den letzten Jahren kein Mensch mehr die Insel betreten. Sie wissen, dass die Leute glauben, dass es dort spukt und die Seelen der Verstorbenen jeden Besucher in den Wahnsinn treiben?«

Brassoni winkte kopfschüttelnd ab.

»Bei allem Respekt, Direktor Morandi, ich glaube nicht an solche Schauermärchen, und ich kann mir nicht vorstellen, dass es einen Kriminellen davon abhält, dorthin zu fahren. Eine verlassene Insel ist doch der ideale Ort, um ungestörte Treffen abzuhalten.«

Roberto Morandi, nur vier Jahre älter als Brassoni, strich mit der Hand über seinen teuren dunkelgrauen Anzug und setzte ein skeptisches Gesicht auf.

»Von mir aus, schauen Sie auf der Insel nach, aber nehmen Sie Commissario Goldini und Ispettore Colludi mit. Was ist mit der Frau des ermordeten Professors? Ist sie wieder aufgetaucht?«

Goldini und Brassoni schüttelten den Kopf.

»Nein, aber wir werden uns darum kümmern. Als Erstes sichten wir jetzt noch einmal die Aufnahmen vom Markusplatz und dem Canal Grande, auf denen Commissario Goldini gestern einige interessante Bilder entdeckt hat. Wir werden Sie auf dem Laufenden halten, Vice Questore!«

Der Polizeidirektor winkte die beiden aus dem Zimmer und sah auf die Uhr, weil er gleich einen wichtigen Termin beim Bürgermeister hatte.

Zum Glück telefonierte Maria Grazia gerade, so konnten die beiden Kommissare unbehelligt an ihr vorbei den Weg zum technischen Überwachungsraum nehmen.

Dort angekommen, begrüßten sie die Kollegen und sahen gebannt auf die riesige Bildschirmwand, die in Echtzeit die verschiedenen neuralgischen Plätze der Stadt beobachtete, und das rund um die Uhr. Kaum einer von Venedigs Besuchern wusste, dass er weitestgehend überwacht wurde, und anscheinend war das auch vielen Verbrechern noch nicht bekannt.

Sie ließen sich die Aufnahmen von der Tatnacht geben und schauten sich die Szenen, die Goldini aufgefallen waren, in aller Ruhe noch einmal an.

Auf den Bildern, die den Markusplatz in der Nacht vor Professor Beckers Tod zeigten, sah man drei Männer mit einem Handkarren bis zum Canal Grande laufen und anschließend in ein Boot steigen.

»Maurizio, schau mal, der bärtige Mann, das könnte Cesare Pantalone sein. Er trägt zwar eine Kapuze, aber in dieser Einstellung kann man sein Gesicht erkennen. Zoom mal etwas näher ran.«

Aufgeregt betrachtete der Commissario die etwas unscharfe Nahaufnahme. Es hatte in der Nacht geregnet und war diesig gewesen. Trotzdem war er sich sicher, den Gesuchten zu erkennen. »Unglaublich, sieh mal dort. Das sieht aus, als hievten sie den Professor in das Boot. Das muss der Professor sein, unter der Bootsplane. Jetzt haben wir endlich eine erste Spur und wissen, von wo aus sie ihn zur Accademia gebracht haben. Aber wir wissen noch nicht, wo sie ihn vorher festgehalten haben und was passiert ist. Aber das kriegen wir auch noch raus. Bei den beiden anderen Männern muss es sich um Helfer handeln. Ich denke mir, dass Pantalone die ausführende Kraft bei der Beseitigung und Einschüchterung von unliebsam gewordenen Kontaktleuten und Kunden ist. Hinter dieser Verbindung werden höherrangige Leute stecken. Wenn es um ein Bild von fünfzehn Millionen Euro geht und andere Kunstwerke in ähnlicher Preislage, stecken keine Kleinkriminellen dahinter. Wir wissen noch nicht genau, ob dieser ominöse neue Picasso echt ist oder nur eine sehr gute Fälschung, aber auch da werden wir bald mehr Erkenntnisse haben. Ich bin mir sicher, dass wir das Geheimnis lüften, wenn wir Professor Beckers Wohnung finden. Was meinst du?«

»Ich glaube, dass wir einen neuen, zuverlässigen Kunstexperten brauchen, der sich die Exponate anschaut, die Becker schon für das Guggenheim-Museum begutachtet hat. Wenn Pallucci mit Becker zusammen krumme Dinger gedreht hat, würde es mich nicht wundern, wenn die Gutachten des Professors nicht immer glaubwürdig waren. Maria Grazia ist noch dabei, die Kontobewegungen Palluccis zu überprüfen, warten wir ab, was dabei herauskommt. Ich denke, dass er von Zeit zu Zeit auf wundersame Weise zu Geld gekommen ist.«

»Gut«, unterbrach Brassoni seinen Kollegen. »Dann werde ich den Kunstexperten anfordern und mich um den Ausflug nach Poveglia kümmern. Ich befürchte, dass wir nicht vor morgen dorthin fahren können. Inspektor Colludi hat heute seinen freien Tag. Und du spürst diese verflixte Professorengattin auf, die dich gestern an der Nase herumgeführt hat. Um zwölf Uhr treffen wir uns am Krankenhaus, vielleicht ist Signora Sanders heute dazu bereit, uns mehr über den Professor zu erzählen.«

Kurze Zeit später saß Brassoni in seinem Büro und biss in das Mandelgebäck, das er sich nach dem Besuch der Gerichtsmedizin beim Bäcker geholt hatte. Für einen kurzen Moment dachte er an das bevorstehende Gespräch und das Rendezvous mit Carla Sorrenti, aber er strich es sogleich wieder aus seinem Gedächtnis, um den Kopf für die Ermittlungen frei zu haben. Es war inzwischen zehn Uhr, er hatte also genau noch zwei Stunden Zeit bis zur Befragung im Krankenhaus. Gerade als er sich Pantalones Akte vornehmen wollte, klopfte es an seiner Tür. Eine stämmige kleine Frau in den Fünfzigern, die in einem viel zu engen buntgeblümten Kleid steckte und ihre gelbblonden Haare akkurat frisiert hatte, steckte den Kopf in sein Zimmer und fragte energisch:

»Sind Sie Commissario Brassoni? Ich bin die Frau, die heute Morgen angerufen hat, wegen diesem Monster, das meinen Mann gezwungen hat, ihm die Haare zu schneiden und ihn zu verkleiden.«

Brassoni winkte sie herein und bat sie freundlich, vor seinem Schreibtisch Platz zu nehmen.

»Und ihr Name ist?«, fragte er höflich.

» Rosa Margerita Leonora Spitta. Ich bin die Frau von Lorenzo Spitta, dem Friseur.«

Brassoni notierte sich Namen und Adresse seiner Besucherin, dann schaute er sie erwartungsvoll an.

»Nun, Signora, was haben Sie mir zu erzählen?«

Die kleine Frau stellte ihre abgenutzte braune Handtasche vor sich auf die Knie und hielt sich an den Henkeln fest.

»Dieser Unmensch, er heißt Cesare Pantalone – das habe ich

mitbekommen, als er einmal vom Friseursalon aus telefoniert hat –, hat meinen armen Mann dazu gezwungen, ihm bei den Vorbereitungen für seine Verkleidung zu helfen. Er hat ihn bedroht, obwohl mein Lorenzo so ein rechtschaffener Mann ist, Commissario. Bei der heiligen Mutter Gottes, Sie können mir glauben!«

Effektvoll schniefte sie in ein Taschentuch, das sie aus ihrer Tasche gekramt hatte.

»Und wie ich dann gehört habe, was im Ospedale Civile passiert ist – meine Schwester ist dort als Reinigungskraft beschäftigt –, da wusste ich, dass es dieser Kerl gewesen sein muss.

Mein Mann kann vor Angst nicht mehr schlafen, aber als aufrechte Bürgerin sehe ich es als meine Pflicht an, Ihnen zu erzählen, was ich weiß.«

Brassoni hatte ihr geduldig zugehört und musterte ihr herbes Gesicht mit dem hervorstehenden Kinn und den tief eingegrabenen Mundwinkeln.

»Ihnen ist aber klar, dass Ihrem Mann höchstwahrscheinlich eine Anklage wegen Beihilfe zu einer Straftat droht?«, fragte er immer noch freundlich lächelnd.

Signora Rosa Spitta atmete scharf ein und blickte den Commissario aus böse blitzenden Augen an.

»Lorenzo wurde dazu gezwungen, er hat es nicht freiwillig gemacht. Ein guter Anwalt wird dafür sorgen, dass ihm nichts passiert.«

»Gut, Signora, ich danke Ihnen fürs Erste, und es wäre mir lieb, wenn Sie Ihren Mann direkt zu mir in die Questura schicken. Ich werde ihn verhören müssen, dann sehen wir weiter.«

Signora Spitta stand auf, rückte ihre Tasche auf ihrer Schulter zurecht und marschierte hoch erhobenen Hauptes aus dem Zimmer. Im Türrahmen blieb sie kurz stehen, drehte sich um und sagte: »Mein Mann wartet unten vor dem Eingang. Ich schicke ihn zu Ihnen. Und wenn Sie ihm auch nur ein Haar krümmen, bekommen Sie es mit mir zu tun.«

Luca Brassoni schmunzelte und war gespannt auf den Friseur. Der Mann musste ja ein wahrer Pantoffelheld sein. In der Zwischenzeit rief er Nunzio Sposato an, den Chef der Kriminaltechniker.

»Nunzio, ihr müsst mit einer Mannschaft ausrücken zum Friseursalon Spitta, in die Calle della Rachetta in Cannaregio. Wenn ihr Glück habt, findet ihr dort Fingerabdrücke oder sogar DNA von Cesare Pantalone, unserem Hauptverdächtigen. Lass dir von Signora Spitta alles zeigen, was eventuell von der Maske oder Verkleidung übrig geblieben ist. Vielleicht gibt es noch Reste von seinem Bart oder seinen Haaren.«

Sposato versprach, sein Bestes zu tun und sobald als möglich mit zwei weiteren Leuten von der Spurensicherung loszuziehen.

Brassoni lehnte sich zufrieden in seinem Bürostuhl zurück. Endlich kam Bewegung in die Sache, es gab konkrete Hinweise und einen Verdächtigen.

Wenn Goldini jetzt noch Charlotte Becker auftreiben konnte, hatten sie eine reelle Chance, die Wohnung des Professors zu finden und die Geschichte um den echten oder gut nachgemachten Picasso aufzuklären.

Brassoni interessierte sich durchaus für Kunst, aber es war ihm immer unerklärlich geblieben, weshalb Bilder und Kunstwerke im Allgemeinen so hohe Preise erzielen konnten.

Da war es kein Wunder, wenn Menschen dazu angestiftet wurden, für den ideellen und materiellen Wert dieser Dinge Verbrechen zu begehen.

Kurz darauf klopfte es auch schon zaghaft an seiner Tür, und ein schmächtiger Mann mit kleinen graublauen Augen und einem schmalen Oberlippenbart betrat ehrfürchtig den Raum.

»*Buon giorno,* Signor Commissario!«, grüßte er und verbeugte sich wie bei einer Audienz.

»*Buon giorno,* Signor Spitta. Nehmen Sie doch bitte Platz«, erwiderte Brassoni höflich.

Lorenzo Spitta setzte sich umständlich auf den Holzstuhl und verschränkte sogleich seine Arme unter seinen dünnen Beinen. Man sah ihm seine Angst an, und sein rechtes Auge begann zu zucken, als Brassoni ihn wieder ansprach.

»Sie sind Lorenzo Spitta, der Friseur?«, fragte Brassoni zur Erledigung der Formalitäten.

»Ja genau, Signor Commissario, Lorenzo Spitta, geboren am sechsundzwanzigsten vierten neunzehnhundertfünfundfünfzig in Venedig«, antwortete der kleine Mann wie aus der Pistole geschossen.

Der Commissario notierte sich Spittas Angaben.

»Wie lange kennen Sie Cesare Pantalone schon?«, wollte Brassoni wissen.

Der Blick des Friseurs streifte nervös über den Schreibtisch.

»Ich würde mal sagen, kennen ist zu viel gesagt. Er war zweimal in meinem Friseursalon.

Und das nur, weil ich einem Bekannten noch Geld schuldete. Der Friseurladen läuft nicht so gut, wissen Sie. Und da sollte ich als Gegenleistung Cesare helfen.«

»Was genau mussten Sie für Pantalone machen?«

»Ich sollte ihm den Bart abschneiden und ihm eine Glatze rasieren. Er hatte ein Bild vor sich stehen, darauf waren Sie selbst, Signor Commissario!«

Ängstlich sah er Brassoni an, als erwartete er, für diese Aussage direkt ins Gefängnis zu wandern. Doch der Commissario sagte dazu nichts.

»Und die Maske für sein Gesicht, woher kam die? Wer hat sie ihm angefertigt?«

Lorenz Spitta erzählte die Geschichte von der Visagistin des Theaters. Brassoni machte sich die ganze Zeit Notizen und sah den Friseur schließlich mit ärgerlicher Miene an.

»Haben Sie nie daran gedacht, die Polizei zu informieren? Sie hätten einen Mord und zwei schwer verletzte Menschen verhindern können!«

Lorenzo Spitta fuchtelte verzweifelt mit den Armen.

»*Madonna mia*, Commissario, er hat mich geschlagen und meine Familie mit dem Tod bedroht. Was hätte ich denn machen sollen?«

Er schlug die Hände vors Gesicht und begann zu weinen.

»*Porca miseria*. Bitte, Commissario, schicken Sie mich nicht ins Gefängnis!«

Luca Brassoni war ein wenig angewidert von diesem labilen Zeitgenossen. Aber er wusste auch, dass Pantalone ihn vermutlich wirklich in Angst und Schrecken versetzt hatte und keine Sekunde zögern würde, seine Drohungen wahr zu machen, wenn er wüsste, dass der Friseur und seine Frau zur Polizei gegangen waren.

»Jetzt beruhigen Sie sich mal, Signore Spitta. Der Staatsanwalt wird entscheiden, ob gegen Sie Anklage erhoben wird. Haben Sie eine Ahnung, wo wir Cesare Pantalone finden können? Wissen Sie, wo er wohnt?«

Der schmächtige Friseur hob seine knochigen Schultern.

»Ich weiß es wirklich nicht, Signor Commissario. Ich könnte mir denken, dass es irgendwo im Stadtteil Cannaregio ist, denn ich habe ihn einmal von Weitem dort auf der Straße gesehen.«

Das war ja schon mal ein Ansatz. Brassoni hatte genug gehört und entließ den Friseur mit der Auflage, sich nicht aus Venedig zu entfernen, und versprach ihm, dass er des Nachts einen uniformierten Beamten in seiner Straße Wache halten lassen würde.

Kapitel 13

Maurizio Goldini stand auf dem Markusplatz in der sengenden Mittagssonne und schaute auf seine Uhr. Zwanzig vor zwölf, höchste Zeit, sich auf den Weg zum Krankenhaus zu machen.

Seit fast zwei Stunden war er vom Bootsanleger abgehend durch den Stadtteil San Marco gepilgert, um Signora Charlotte Becker zu finden. Klugerweise hatte er sogar ein Foto aus den Akten mitgenommen, um in verschiedenen Geschäften und bei Passanten nach der Professorenfrau zu fragen, aber niemand hatte sie gesehen. Sie war wie vom Erdboden verschluckt. Einmal hatte er geglaubt, sie vor dem Palazzo Ducale entdeckt zu haben, dem Dogenpalast, der sich vom Markusplatz bis direkt hin zum Meer erstreckt. Er folgte der Frau durch die Menschenmenge bis zur Museumskasse, wo er schließlich enttäuscht feststellen musste, dass er sich geirrt hatte. Goldini konnte sich keinen Grund vorstellen, warum sich Signora Becker nicht mehr gemeldet hatte. Im schlimmsten Fall war ihr etwas passiert, aber da er nicht wusste, wo sie zurzeit wohnte, konnte er nichts tun. Ein Anruf bei ihren Eltern war bisher ohne Erfolg geblieben, es lief nur ein Anrufbeantworter.

Ungeduldig griff er in seine Hosentasche, in der er noch einen halben Schokoriegel vermutete, zog jedoch nur eine leere, zerknüllte Verpackung und ein paar Taschentücher hervor. Goldini wischte sich den Schweiß von der Stirn, nahm sein Handy und machte einen letzten Versuch, die Eltern von Charlotte Becker zu erreichen.

»Hier bei Kramer«, meldete sich plötzlich und unerwartet eine temperamentvolle Frauenstimme. Im Hintergrund hörte Goldini, der sich in eine ruhige Ecke hinter einer Säule zurückgezogen hatte, ein kleines Mädchen singen. Der Commissario versuchte sich an seine wenigen Deutschkenntnisse zu erinnern.

»Guten Tag, mein Name ist Maurizio Goldini, Commissario bei der venezianischen Polizei.

Können Sie mir sagen, wie die Adresse Ihrer Tochter Charlotte hier in Venedig ist? Wir haben sie leider aus den Augen verloren. Vielleicht hätten Sie auch ihre Handynummer?«

Goldini hörte, wie Charlotte Beckers Mutter das Mädchen ermahnte, nicht so wild zu spielen, dann diktierte sie dem Commissario eine Adresse nahe dem Markusplatz und gab ihm die Handynummer ihrer Tochter.

»Ist denn irgendetwas nicht in Ordnung?«, fragte sie danach etwas misstrauisch.

»Nein, nein, Signora, machen Sie sich keine Sorgen und vielen Dank für die Auskunft!«, entgegnete Goldini und legte schnell auf. Er wollte nicht, dass die Eltern sich unnötig Gedanken machten.

Signora Becker übernachtete also in einer Wohnung in der Calle Larga San Marco, nur ein paar Hundert Meter weiter. Goldini kannte das Hotel Concordia in derselben Straße, das mit einem Blick auf den Markusplatz und den Campanile warb. Da hatte er sie quasi die ganze Zeit vor Augen gehabt, ohne es zu wissen. Nun war aber keine Zeit mehr, zu der Wohnung zu gehen. Er versuchte, während er am Anleger in ein Polizeiboot stieg, das gerade zwei andere Kollegen in Zivil bei San Marco abgesetzt hatte, Becker auf ihrem Handy zu erreichen, und sprach ihr nach dem zweiten Versuch entnervt eine Nachricht auf ihr Handy.

Er hoffte, sie hatte einen guten Grund für ihr Verhalten, dann setzte er sich mit einem Seufzer auf einen der Sitze und genoss den Blick auf das durch Sonnenlicht glitzernde Wasser und die aufschäumenden Wellen. Dieser Anblick wurde nur übertroffen von einer Bootsfahrt am Abend vom Lido auf Venedig zu, wenn die ganze Stadt in das goldene Licht des Sonnenuntergangs getaucht wurde. Was hatte er für ein Glück, in solch einem Paradies arbeiten und leben zu dürfen. Niemals könnte er ohne die Nähe des Wassers leben oder in einer Stadt mit Autos und vielen Straßen. Er besaß noch nicht einmal einen Führerschein. Und sein Glück wäre vollkommen, wenn er es am frühen Abend zum Geburtstag seiner Großmutter in Castello schaffte, auch wenn seine Freundin Sarah nicht dabei sein konnte.

Seine Familie war ihm noch vor seiner Arbeit das Wichtigste. In nicht allzu ferner Zukunft wünschte er sich einen ganzen Stall voll Kinder. Ohne eine Familie machte das Leben doch keinen Sinn.

Nachdem Lorenzo Spitta sein Büro verlassen hatte, verwendete Luca Brassoni viel Mühe darauf, in der Gegend herumzutelefonieren, um einen schnell verfügbaren, kompetenten Kunstexperten aufzutreiben. Offenbar waren alle Fachleute anderweitig beschäftigt oder erkrankt. Schließlich hatte er beim siebten Anruf doch noch Glück, und man versprach ihm, dass ein gewisser Alberto Tintoretto – was für ein Name für einen studierten Kunsthistoriker! – am nächsten Tag gegen Mittag in der Questura erscheinen würde.

Zur Entspannung surfte der Commissario anschließend ein wenig im Internet, machte sich über Leben und Werke Picassos schlau, besuchte die Seiten einiger guter Restaurants in Venedig, in die er die Pathologin beim ersten Rendezvous ausführen könnte, und landete schließlich in seinem privaten E-Mail-Account, wo er die neuen Nachrichten im Posteingang überflog.

Das meiste war Werbung, bis auf eine Mail von seinem Cousin Stefan und eine Nachricht mit der Überschrift »Abendessen bei dir« von Maria Grazia. Brassoni öffnete zuerst die Mail Carusos, der ihm nur kurz mitteilte, dass sein Handy nicht zuverlässig funktioniere und er wie verabredet um halb vier im Caffé Florian auf ihn warten würde. Es gebe Neuigkeiten in Bezug auf die Sache mit der Kunstfälscherbande. Der Commissario zögerte einen Moment und verharrte mit dem Finger auf der Taste, bevor er Maria Grazias Mitteilung öffnete.

Sie schrieb ihm Mails, obwohl er nur zwei Zimmer weiter saß. Aber er kam nicht drum herum, sich mit ihr auseinanderzusetzen, also konnte er genauso gut lesen, was sie geschrieben hatte. Was er dann sah, dämpfte seine Hoffnung auf eine friedliche Trennung.

»Mein liebster Luca, ich werde heute Abend pünktlich um acht bei dir sein. Ich werde dich verwöhnen und meine selbst gekochte Lasagne für dich mitbringen. Ich kann es kaum erwarten, dich in meine Arme zu schließen. Ich küsse dich.

In Liebe

Maria Grazia«

Brassoni wurde es ganz flau im Magen, was zum einen daran lag, dass er wirklich ein leichtes Hungergefühl verspürte, und zum anderen daran, dass ihm bewusst war, dass er mit dem Feuer spielte. Zwei Frauen zur gleichen Zeit, das konnte nur in einem Fiasko enden.

Er entschied spontan, dass er zurückschreiben und sich noch einmal mit Maria treffen würde, um mit ihr in netter Atmosphäre endlich einmal ausführlich über die Beziehung zu reden und wieder auf eine freundschaftliche Basis zurückzukehren. Das war das Beste für alle. Er war sich über seine Gefühle für die Gerichtsmedizinerin noch nicht im Klaren. Aber Carla Sorrenti würde er trotz allem nach der Befragung von Evelyn Sanders anrufen und sich vielleicht für einen der nächsten Abende verabreden. Er musste herausfinden, was er wirklich wollte.

Mit dem guten Gefühl, das Richtige getan zu haben, machte

er sich samt Handy und Sonnenbrille zu Fuß auf den Weg zum Krankenhaus und war froh, dass die Chefsekretärin nicht an ihrem Platz saß, sondern offensichtlich schon zur Mittagspause gegangen war.

Der Weg zum Campo Santi Giovanni e Paolo führte ihn quer durch San Marco vorbei am Campo Santa Maria Formosa, auf seiner linken Seite ließ er dabei das Rialto-Viertel liegen.

In der gleichnamigen Kirche auf diesem Platz konnte man wunderschöne Zunftaltäre sehen.

Brassoni ahnte nicht, dass er aus der Pinacoteca im Obergeschoss des südlich daneben gelegenen Palazzo Querini-Stampalia von einer Person beobachtet wurde. Die hasserfüllte Miene dieses Menschen verhieß nichts Gutes, und als Brassoni sich umdrehte, weil er ein spontanes Unbehagen verspürte, verschwand das Gesicht im Schatten des Bauwerks.

Der Commissario scheuchte ein paar spielende Kinder auf, die ihn mit einer Wasserpistole getroffen hatten, und stand kurz danach vor dem Krankenhaus.

Was er dort sah, hatte er nicht erwartet. Eine ganze Meute von Presseleuten versperrte den Eingang zum Hospital. Obwohl der Vice-Questore versucht hatte, so wenig wie möglich über die Vorgänge rund um den Becker-Fall aus dem Präsidium heraus sickern zu lassen, musste irgendjemand diesen Geiern einen Tipp gegeben haben. Wahrscheinlich ein Mitarbeiter des Krankenhauses, der gegen eine größere Summe auch seine eigene Großmutter verraten würde. Brassoni fürchtete um Signora Sanders' Sicherheit, die immer noch im Hospital lag und kaum verlegt werden konnte.

Die Reporter fotografierten und filmten mit ihren riesigen Objektiven das Krankenhaus und verlangten nach Auskunft über Evelyn Sanders' Zustand. Auch nach dem schwer verletzten Arzt hörte er sie fragen. Als er sich durch die Menge drängen wollte, um dem völlig überforderten Portier zu helfen, die

Leute in Schach zu halten, richteten sich plötzlich alle Kameras auf ihn.

»Commissario, sprechen Sie ein paar Worte zu uns!«, forderten sie von ihm.

»Haben Sie schon eine Spur zu dem Täter? Wurde der deutsche Professor von demselben Mann getötet?«

Die Fragen hallten durcheinander und wurden immer lauter.

Doch Brassoni, der sich endlich bis zur Pforte durchgekämpft hatte, dachte nicht daran, mit der Presse zu sprechen.

»Machen Sie bitte alle Kameras aus, *per favore!*«, rief er erregt.

»Und verlassen Sie diesen Ort, Sie stören den Betrieb des Krankenhauses. Zu gegebener Zeit werden wir Sie informieren.«

Brassonis Auftreten war selbstbewusst und ließ wenig Widerspruch zu. Er hatte keine Probleme, sich Respekt zu verschaffen.

Einige Journalisten verließen schimpfend den Platz, andere versuchten weiterhin, in das Krankenhaus einzudringen, wurden aber von den heraneilenden Beamten in Uniform, die der Pförtner schon alarmiert hatte, zurückgedrängt und gaben schließlich auf.

Als sich die Menschenmenge endlich lichtete, tauchte auch sein Kollege Goldini auf.

»Was war denn hier los? Ich dachte, wir arbeiten noch eine Weile in Ruhe, ohne dass es groß in den Zeitungen breitgetreten wird?«, fragte er verwundert.

»*E vero,* das ist richtig, so sollte es sein. Aber du weißt doch, dass das Interesse der Menschen am Unglück der anderen einfach zu groß ist. Und die Presse macht auch nur ihre Arbeit.«

Goldini pflichtete ihm bei.

»Wo hast du Professor Beckers Frau gelassen? Sag jetzt nicht, du hast sie nicht gefunden!«, polterte Brassoni in einem etwas zu barschen Ton.

»In meiner Hosentasche ist sie jedenfalls nicht«, erklärte Goldini mit einem bedauernden Blick. Er war mit Brassonis Launen bestens vertraut.

»Aber ich weiß jetzt, wo sie wohnt. In der Calle Larga San Marco. Und ich habe auf ihr Mobiltelefon gesprochen. Sie wird schon wieder auftauchen.«

Brassoni verdrehte die Augen. Hoffentlich hatten sie bei der jungen Doktorandin mehr Glück. Der Commissario war sich sicher, dass sie bisher etwas vor der Polizei verschwiegen hatte. Vielleicht war sie ja der Schlüssel zu dem besagten Bild. Professor Becker und Evelyn Sanders hatten eng zusammengearbeitet, da hatte er sie doch womöglich in seine Unternehmungen eingeweiht.

Brassoni und Goldini grüßten die bewaffneten Wachleute, die vor Sanders' Zimmer patrouillierten. Wenigstens hatte diesmal der Polizeischutz bislang funktioniert.

Brassoni hoffte, der Killer würde nicht noch einmal versuchen, Sanders zu töten.

Der Commissario klopfte und trat zusammen mit seinem Kollegen in das Krankenzimmer.

Evelyn Sanders lag immer noch in einem Einzelzimmer, am Ende des Flurs der Station.

Doch heute fiel dem Commissario auf, dass ein Strauß frischer bunter Sommerblumen auf ihrem Nachttischchen stand, daneben eine Packung Kekse und eine Flasche Traubensaft.

Soweit er wusste, war von Sanders' Familie niemand nach Venedig gekommen, um sie zu besuchen. Die Doktorandin hatte nur noch eine Mutter, die aber schon seit Jahren im Rollstuhl saß. Außerdem hätte sich jeder Besucher erst bei der Polizei eine Genehmigung holen müssen, da sie unter Polizeischutz stand.

Evelyn Sanders hob den Blick, als die beiden Beamten sich vor ihr Bett stellten und sie begrüßten.

»*Buon giorno,* wie geht es Ihnen heute, Signora?«, fragte Brassoni höflich.

»Danke, ein wenig besser als gestern. Man gibt mir Schmerz-

und Beruhigungsmittel, also fühle ich mich ziemlich betäubt, aber das hilft, die ganze Situation zu ertragen.«

»Sie haben Besuch gehabt?«

»Ja, Professor Beckers Frau war hier, aber die Beamten durften sie nicht zu mir lassen.

Sie hat sich erkundigt, wie es mir geht. Und dann hat sie mir die Blumen, etwas zu essen und eine Flasche Saft dagelassen. Wir haben nur kurz durch die offene Tür ein paar Worte gewechselt.«

Brassoni und Goldini tauschten einen überraschten Blick aus. Es ging Charlotte Becker also gut, sie spielte wohl nur eine Scharade mit der Polizei. Brassoni fragte sich, was sie mit ihrem Verhalten bezweckte.

»Wissen Sie, wohin Signora Becker nach ihrem Besuch bei Ihnen gehen wollte?«, fragte er neugierig.

»Nein, das hat sie mir nicht gesagt. Ich war ja auch überrascht, dass sie in Venedig ist. Ich habe sie vorher nur einmal gesehen, kenne sie gar nicht privat. Das war doch sehr nett von ihr, dass sie ins Krankenhaus gekommen ist.«

Evelyn Sanders' Blick war starr geworden, während sie sprach. Brassoni hatte nicht den Eindruck, dass sie wirklich Freude über Charlotte Beckers Besuch empfand.

»Wie haben Sie eigentlich Professor Becker kennengelernt? Ich meine, so gut kennengelernt, dass sie eng zusammenarbeiteten und mit ihm auf Reisen gegangen sind? War Ihre Beziehung nicht doch etwas intimer, als Sie uns bisher erzählt haben?«

Die junge Wissenschaftlerin machte große Augen.

»Sie können mich einfach nicht in Ruhe lassen. Ich habe Ihnen doch schon alles erzählt. Wir haben uns an der Uni kennengelernt, ich war in seinen Vorlesungen, wurde dann seine wissenschaftliche Mitarbeiterin und schreibe …« Sie stockte. »… habe meine Doktorarbeit bei ihm geschrieben.«

Trotz ihrer Schmerzen versuchte sie sich ein wenig mehr aufzusetzen, gab aber nach dem ersten Versuch stöhnend auf.

»Es kommt mir alles vor wie in einem Film. Eben noch war das Leben schön, ich freute mich auf die Arbeit hier in Venedig, und dann war Konstantin auf einmal tot, und irgendjemand hat versucht, mich auch zu ermorden. Warum nur?«

Stille Tränen liefen über ihr Gesicht. Ungeschminkt sah sie um Jahre jünger aus als achtundzwanzig, fast wie ein Teenager. Ihr verzweifelter Blick ließ Brassoni nicht unberührt.

»Signora Sanders, ich denke, Sie wissen mehr über Professor Beckers Arbeit, als Sie uns bisher erzählt haben. Sie können uns helfen, seine Mörder zu finden. Mit wem stand er hier in Venedig in Kontakt? Hat er bei der Beurteilung von Kunstwerken Fehler gemacht oder einen seiner Kunden betrogen? Was hat es mit diesem geheimnisvollen Picasso auf sich?«

Evelyn Sanders machte ein erschrockenes Gesicht.

»Sie wissen von dem Picasso? Niemand sollte davon wissen, bevor Konstantin sich nicht sicher war, ob das Bild echt ist. Er sollte es für Direktor Pallucci vom Guggenheim Museum begutachten. Soweit ich weiß, wurde es dem Direktor von einer Gruppe von Kunstliebhabern, die anonym bleiben wollten, angeboten. Die Herkunft des Bildes ist ungewiss. Deshalb war es eine heikle Angelegenheit. Konstantin war sehr aufgeregt, und auch für mich war es eine spannende Aufgabe. Stellen Sie sich nur vor, was für ein Aufsehen es in der gesamten Kunstszene und in der Presse gegeben hätte, wenn das Bild echt ist. Unvorstellbar.«

Sie presste die Lippen zusammen und drehte den Kopf zur Seite.

»Und nun wird er das nicht mehr erleben«, flüsterte sie heiser.

Brassoni gab ihr einen Moment Zeit, dann fragte er behutsam weiter nach.

»Signora, wo befand sich das Bild, das Professor Becker begutachten sollte?«

Sanders sah ihm jetzt direkt in die Augen.

»Im Palazzo Venier dei Leoni, in einem der separaten Räume.

Ich war einmal mit Professor Becker dort. Es war versteckt hinter einer anderen Leinwand. Konstantin war sich sofort sicher, dass es ein echter Picasso sein musste, aber natürlich fehlten noch die wissenschaftlichen Beweise. Als anerkannter Experte genoss er einen weltweiten Ruf, und Direktor Pallucci war ganz aus dem Häuschen, als Konstantin ihm seine vorläufige Meinung gestand. Das Museum wollte das Werk natürlich kaufen, wenn die Expertise die Echtheit bewies.«

»Wussten Sie, wie viel das Bild wert sein kann?«

»Ja natürlich, ich habe schließlich auch Kunstgeschichte studiert. An die 15 Millionen. Pallucci wollte die Summe mit Hilfe von großzügigen Mäzenen aufbringen. Letztendlich hätte es dem Museum auf lange Jahre eine große Menge von kunstinteressierten Besuchern gebracht und natürlich weltweites Aufsehen in den Medien.«

Ihr Blick huschte zwischen Goldini und Brassoni hin und her.

»Sie glauben doch nicht, dass Konstantin das Museum betrügen wollte. Ich habe ein Foto des Bildes gesehen, und ich war vom ersten Moment an ebenfalls von seiner Echtheit überzeugt«, sagte sie gereizt.

»Und wo ist das Bild jetzt?«, hakte Brassoni nach.

Sanders schüttelte müde den Kopf.

»Ich weiß es nicht, wirklich. Schauen Sie im Keller des Museums nach. Ich will nur noch nach Hause. Man hat mir gesagt, dass es noch eine Woche dauert, bis ich transportfähig bin.«

Sie ballte ihre Hände zu Fäusten und schluchzte.

»Das tut mir leid, Signora. Eine letzte Frage noch, dann werden wir Sie nicht mehr belästigen.

Professor Becker wollte sich hier in Venedig eine private Wohnung zulegen. Wissen Sie etwas darüber? Hatte er schon eine Wohnung gekauft?«

An Evelyn Sanders' Ausdruck sah Goldini dass sie nicht weiter bereit war, dem Commissario zu antworten.

»Ich kann nicht mehr, ich möchte schlafen, bitte!«

Goldini legte die Hand auf den Arm seines Chefs und bedeutete ihm mit einer Kopfbewegung, die Befragung abzubrechen. Brassoni nickte, und im selben Moment hatte Evelyn Sanders auch schon die Augen geschlossen.

Leise verließen sie das Krankenzimmer. Auf dem Flur stießen sie mit der jungen Ärztin zusammen, die Doktor Favellis Patienten übernommen hatte.

»Dottoressa Pesaro, *ciao*, wie geht es Dottore Favelli?«, fragte Goldini sie gut gelaunt.

Der junge Commissario freute sich, die nette Ärztin wiederzusehen.

»*Ciao*, Commissario. Er ist außer Lebensgefahr, seine Genesung schreitet voran. Waren Sie bei Signorina Sanders?«, fragte sie mit einem freundlichen Lächeln.

Goldini nickte.

»Wussten Sie, dass sie bei ihrem Unfall schwanger war, in der achten Woche? Sie hat das Kind durch den Sturz verloren.«

Den beiden Kommissaren klappte die Kinnlade runter.

»Warum hat man uns das nicht schon eher gesagt?«, blaffte Brassoni die Ärztin an.

Flavia Pesaro zog die Augenbrauen hoch, zögerte bewusst mit der Antwort und sah den Commissario mit einem scharfen Blick an.

»Signorina Sanders wollte es so. Es hat sie hart getroffen, und sie bat mich, ihr erst einmal Zeit zu lassen, diesen Verlust zu verarbeiten.«

»Hat sie erwähnt, wer der Vater des Kindes war?«, wollte Goldini wissen.

»Nein, das hat sie nicht gesagt. Und ich muss jetzt weiter, es ist Visite. *Arrivederci.*«

Und schon war sie im nächsten Zimmer verschwunden.

»Also doch Professor Becker?«, mutmaßte Brassoni.

»Das weiß nur sie mit hundertprozentiger Sicherheit. Sie

könnte schließlich auch einen Freund haben, in Deutschland«, erwiderte Goldini achselzuckend.

»Wir werden sie noch einmal dazu befragen müssen.«

Es war Mittagszeit, und die beiden Kommissare beschlossen, eine wohlverdiente Pause einzulegen, um etwas zu essen. Goldini wollte nach Hause, und Brassoni entschied sich, im Restaurant *Bandierette* ganz in der Nähe des Ospedale einzukehren, das in der *Barbaria de le Tole* lag. Er kochte in seiner Freizeit gerne, besuchte so oft es ging den Rialto-Markt, um frisches Gemüse, Obst und Fisch zu besorgen, aber er ließ sich auch gerne in einem guten Restaurant verwöhnen.

Das *Bandierette* war ein Lokal, das mittags viele Einheimische besuchten und in dem man bodenständig und gut essen konnte. Brassoni, dem sein *pranzo*, sein Mittagessen heilig war, bestellte sich als ersten Gang *cannelloni ripieni,* gefüllte Cannelloni, mit einer köstlichen Soße aus frischen Tomaten und einem Hauch Knoblauch, danach schwelgte er in *Scaloppine al pepe,* Kalbsmedaillons in Gorgonzolasoße mit verschiedenen Pfeffersorten.

Dazu trank er einen kühlen Weißwein der Region, mit etwas Wasser vermischt, betrachtete die anderen Gäste, die sich aus Arbeitern, Touristen und Mitarbeitern von Geschäften und Hotels der näheren Umgebung zusammensetzten, und fand die innere Ruhe wieder, die es ihm ermöglichte, seine Gedanken zu sammeln. Als er seine Mahlzeit beendet hatte, sah er auf die Uhr. Zwanzig nach eins, es war Zeit, sich bei Carla Sorrenti zu melden.

Sie hatte ihn gebeten, in der Mittagspause anzurufen, und er hoffte, dass es noch nicht zu spät war. Seine Hand zitterte, als er die Tastatur bediente und ihre Nummer wählte.

Nervös schaute er sich um, ob ihn jemand beobachtete. Das Handy klingelte dreimal, dann hörte er ihre bezaubernde Stimme: »*Pronto*!«

»Carla, ich bin es, Luca Brassoni.«

Brassoni ärgerte sich, dass seine Stimmlage vor Aufregung in die Höhe ging.

»Ah, Luca, schön, dass Sie anrufen. Ich dachte schon, dass die Einladung heute Morgen vielleicht nur ein Scherz war.«

»Nein, natürlich nicht. Ich würde mich wirklich freuen, wenn Sie mich zum Abendessen begleiten. Wie wäre es morgen Abend, ich würde Sie gerne am Zattere in eines meiner Lieblingsrestaurants ausführen, nichts Vornehmes, sehr gute Pizza und andere Gerichte, ich könnte Sie direkt am Anleger abholen.«

Angstvoll horchte er in das Telefon hinein, in dem für einen Moment Stille herrschte.

Dann hörte er ein Räuspern und Carla Sorrentis Stimme.

»Morgen Abend geht leider nicht. Aber übermorgen, da würde ich gerne mit Ihnen essen gehen. So gegen halb acht könnte ich dort sein.«

Brassonis erste Enttäuschung wich einem freudigen Gefühl.

»Schön, dann eben übermorgen. Ich freue mich. *Buona giornata!* Einen schönen Tag noch!«, verabschiedete er sich.

Es hatte geklappt. Noch zwei Tage, und dann würde er die aparte Rechtsmedizinerin endlich näher kennenlernen.

Kapitel 14

In der Questura erwartete ihn schon der Chef der Spurensicherung, Nunzio Sposato.

Sposato war mittelgroß, hatte kurz geschnittenes dunkles Haar mit grauen Strähnen und trug ein modernes schwarzes Brillengestell. Seine Kleidung war immer modisch, heute bestand sie aus einer teuren Markenjeans, hellblauen ledernen Slippern und einem blütenweißen Hemd.

»Luca, *come va,* wie geht's? Du hast da einen Soßenfleck auf deinem Shirt, wie hat es geschmeckt?«

»Nunzio, alter Hase, du bist doch nicht hier, um mit mir über das Essen zu diskutieren. Aber danke der Nachfrage, es war köstlich!«

Sposato lachte ein lautes, herzliches Lachen, dann widmete er sich seinen Unterlagen.

Er reichte dem Commissario die vorläufigen Ergebnisse der Untersuchung in Lorenzo Spittas Friseursalon über den Schreibtisch.

»Ihr habt Glück, dass der Friseur und seine Frau nicht besonders reinlich sind. Vom Putzen halten sie wohl nicht viel. Wir haben reichlich Fingerabdrücke gefunden. Die abgeschnittenen Haare und der Bart von Cesare Pantalone lagen auch noch im Abfalleimer. Und stell dir vor – seine Frau hat uns erzählt, dass ihr Mann Pantalone beim Schneiden am Ohr erwischt hat. Das blutige Papiertuch, mit dem der Friseur seinen Kunden notdürftig verarztet hat, lag ebenfalls im Müll. Wir haben also auch noch seine DNA!«

»Super Arbeit, Nunzio. Danke, dass ihr so schnell wart. Wie sieht es aus mit Überresten seiner Maskerade? Habt ihr da was gefunden?«

»Tut mir leid, Luca, da muss ich dich enttäuschen. Pantalone scheint gründlicher zu sein und hat darauf geachtet, nichts in dem Friseurladen liegen zu lassen.«

Plötzlich hatte er es eilig und machte auf dem Absatz kehrt.

»Ich muss los, im Labor wartet noch eine Menge Arbeit auf mich. Ich bin froh, dass ich bald Urlaub hab'.«

»Wo soll es denn diesmal hingehen?«, fragte Brassoni interessiert.

»Oh, an die Adriaküste nach Cesenatico. Meine Frau fährt nicht gerne so weit, seit die Kinder da sind. Sie meint, das wäre zu viel Stress. Und da sie Flugangst hat …, na ja. Aber es ist schön dort, es gibt einen Hafen und viele Angebote für die Kleinen. Der Strand ist sauber, das Essen super, man kann sich erholen … Was will man mehr.«

Der Commissario pflichtete ihm bei, er war ebenfalls schon ein paarmal an der Adria gewesen. Kurze Fahrt, schönes Wetter, angenehme Atmosphäre … Es mussten ja nicht immer die Malediven sein.

»Und du, Luca, fährst du auch weg?«, fragte Sposato im Gehen.

»Ich weiß noch nicht, seit ich alleine lebe, entscheide ich das eher spontan. Aber Sardinien könnte eine Option sein …«, rief er dem Kollegen nach.

Er sollte sich wirklich mal darum kümmern, nahm er sich vor. Ein Tapetenwechsel nach Beendigung dieses spektakulären Falles wäre nicht schlecht. Aber zuerst mussten die Täter gefasst und alle Details aufgeklärt werden. Er würde Goldini mit zwei Beamten ins Guggenheim Museum schicken, um nach dem unbekannten Picasso zu suchen. Dabei fiel ihm ein, dass er gar nicht wusste, wie das Bild eigentlich aussah. Und so griff er zum Hörer, wählte das Krankenhaus an, ließ sich mit Evelyn Sanders verbinden.

Diesmal half sie ihm bereitwillig.

Zuerst stellte er ihr eine wichtige Frage, die er am Vormittag ausgelassen hatte.

»Signora, haben Sie den Namen Cesare Pantalone schon einmal gehört?«

Doch Evelyn Sanders konnte sich an keinen Mann dieses Namens erinnern.

»Dann vielleicht seinen Spitznamen, er heißt in seinen Kreisen auch ›Der Rote‹, wegen seiner roten Haare und seines Bartes?«

Die junge Frau zögerte ein wenig mit ihrer Antwort, dann räumte sie ein, dass es möglich sei, dass Becker einmal von diesem Mann gesprochen habe. Aber persönlich kennen würde sie ihn nicht. Er sei wohl für die Lieferung und Sicherheit des Picassos zuständig gewesen.

Dann erklärte sie dem Commissario, wie der unbekannte Picasso aussehe.

Kurze Zeit später hatte er eine genaue Beschreibung von dem Kunstwerk.

Eine badende Frau mit feuerrotem Haar an einem Strand. Er schrieb es auf einen Zettel, den er Maurizio geben wollte, und verabschiedete sich von der jungen Kunsthistorikerin.

Anschließend kramte er in seiner Schreibtischschublade, holte das kleine Kästchen heraus, das er in Konstantin Beckers Zimmer gefunden hatte und entnahm ihm den Schlüssel.

Gedankenverloren drehte er ihn in seiner Hand. Sie mussten unbedingt diese Wohnung finden.

Er dachte an die seltsamen Schriftzeichen, die der Professor im Todeskampf auf den Boden geschrieben hatte. Ein C und ein V. Ob das C für Cesare stand? Aber was bedeutete das V?

Es stand jedenfalls nicht für Cesares Nachnamen.

Während er noch überlegte, öffnete sich fast unbemerkt seine Bürotür. Maria Grazia Malafante zwängte ihren üppigen Busen durch den Türspalt, schloss die Tür, nachdem sie ganz im Zimmer war, und schlich von hinten an Luca Brassoni heran, der sich zum Zweck der geistigen Arbeit mit seinem Stuhl in Richtung Fenster gewendet hatte.

Mit leichtem Schwung drehte sie ihn zu sich herum, setzte sich auf seinen Schoß und gab dem völlig überraschten Kommissar einen Kuss auf den Mund.

»Maria?!«, brachte er schwer atmend heraus.

»Maria, was soll das, ich hätte einen Herzinfarkt bekommen können!«

Maria Grazia kuschelte sich noch ein bisschen näher an ihn heran. Sie legte den Kopf an seine Schulter und schnurrte zärtlich:

»*Amore*, der Vice-Questore ist außer Haus, und ich wollte dir einen Vorgeschmack auf heute Abend geben. Freust du dich denn gar nicht, dass ich bei dir bin?«

Ihr Augenaufschlag nahm ihm den Wind aus den Segeln. Was sollte man antworten, wenn einen zwei hübsche dunkelbraune Augen so tief in die Seele blickten, dass man Zeit und Raum vergaß. Dazu noch ihr betörender süßer Duft und ihre weiche Haut …

»Doch, Maria, natürlich freue ich mich. Ich hab' nur noch so wahnsinnig viel zu tun.«

Maria lachte, eine Reihe perlweißer Zähne blitzte auf.

»Du hast immer so wahnsinnig viel zu tun. Aber ein bisschen Ablenkung kann nicht schaden.«

Sie nahm sein Gesicht in beide Hände und küsste ihn abermals innig. Brassoni spürte, dass er nicht mehr lange standhalten konnte. Er löste sanft ihre Hände von seinem Körper und schaute ihr ernst ins Gesicht.

»Maria, das geht jetzt wirklich nicht. Wir sehen uns heute Abend, dann haben wir Zeit zum Reden.«

Maria Grazia ordnete ihre Haare und warf ihm einen schmollenden Blick zu.

»Reden? Wieso reden? Über was willst du mit mir reden?«

»Ich meinte essen. Wir essen zusammen, und dann reden wir ein bisschen«, korrigierte Brassoni sich schnell. Dann nahm er all seinen Mut zusammen.

»Ich mag dich wirklich, Maria, aber wir sollten einmal in Ruhe darüber sprechen, wie es mit uns weitergeht. Du bist verheiratet, so kann es ja nicht weitergehen.«

Die Chefsekretärin ging zur Tür.

»Na gut, von mir aus. Aber vergiss unsere Verabredung nicht!«

Sie warf ihm eine Kusshand zu und verschwand aus seinem Blickfeld.

Der Commissario schloss die Augen und atmete ein paarmal tief ein und aus.

Im selben Moment öffnete sich die Tür wieder, diesmal war es aber Maurizio Goldini, der eintrat.

»Ah, Maurizio, hier geht es ja zu wie im Taubenschlag. Gut, dass du es bist!«

Goldini verzog in gespielter Pose die Mundwinkel.

»Ja ja, ich habe die überaus hässliche Signora Malafante aus deinem Büro kommen sehen.

Kein Wunder, dass du nervös bist.«

Brassoni winkte ab.

»Jetzt hör schon auf. Hast du was von Signora Becker gehört?«

»*Si si,* die fabelhafte Signora Becker hat mich auf meinem Diensthandy zurückgerufen.

Angeblich ging es ihr gestern Abend auf einmal nicht gut, und sie hatte den Zettel mit unserer Telefonnummer verloren. Sie meinte, es war dann plötzlich doch ein Schock, hier in Venedig zu sein. Der Tod ihres Mannes wäre ihr erst so richtig bewusst geworden.

Ich habe sie für Viertel vor drei in die Questura bestellt.«

Brassoni sah auf die Uhr. Es war jetzt halb drei. Um halb vier wollte er sich mit Caruso treffen. Das konnte er gut schaffen. Wenn Charlotte Becker ihren Mann heute noch sehen wollte, müsste Maurizio mit ihr in die Pathologie gehen. Das war ihm auch lieber angesichts seiner Verabredung mit Carla Sorrenti.

Der Commissario blickte suchend auf seinen Schreibtisch, hatte das begehrte Objekt aber schnell ausfindig gemacht.

»Hier, Maurizio, wir haben schon die Genehmigung für die Fahrt nach Poveglia. Morgen kann es losgehen, mal schauen, was wir dort finden.«

Goldini schaute seinen Chef zweifelnd an.

»Ich bin ja nicht abergläubisch, aber ein bisschen unwohl ist mir schon bei dem Gedanken, die Geisterinsel zu betreten. Ich war noch nie dort, und ich hatte auch nie das Bedürfnis.

All die armen und gequälten Seelen, die auf Poveglia den Tod gefunden haben – irgendwie unheimlich.«

Brassoni war erstaunt über die Ängste seines Kollegen.

»Also, was mich betrifft, ich glaube nicht an den ganzen Spuk. Gestorben wird überall, und wer tot ist, ist tot. Das ist doch alles schon ewig her. Die Insel ist seit den Siebzigerjahren unbewohnt. Da wird es doch auch langweilig für all die Geister, meinst du nicht? Ich bin übrigens Mitglied des Vereins ›*Poveglia per tutte*‹. Seit die italienische Regierung beschlossen hat, die Insel zu verkaufen, habe ich mich ein wenig schlau gemacht.

Ich fände es nicht gut, wenn irgend so ein fremder Investor auf 72.000 m^2 verfluchtem Eiland Luxushotels baut. Dann bezahle ich lieber neunundneunzig Euro, damit die Pachtrechte von uns Einheimischen erworben werden können und die Grünflächen auf Poveglia in öffentliche Parks und Stadtgärten umgewandelt werden.«

Goldini pfiff durch die Zähne.

»Bravo, ich wusste ja gar nicht, dass du politisch so engagiert bist. Aber ich glaube nicht, dass euer Verein es schaffen wird,

Poveglia ist allein schon wegen ihrer Nähe zu Venedig eine attraktive Immobilie. Aber ich halte es auch für befremdlich, dort ein Hotel für Urlaubsgäste zu bauen. Das ist irgendwie pietätlos. Wann fahren wir eigentlich morgen rüber?«, fragte er mit sichtlicher Anspannung.

»Ich denke, direkt morgen früh, so gegen neun. Ispettore Colludi ist bereits informiert.

Ich werde auf dich aufpassen, keine Sorge«, grinste Brassoni.

»Und nun kannst du dich aufmachen zum Guggenheim Museum. Auf diesem Zettel steht, wie das geheimnisvolle Gemälde aussehen soll. Angeblich befindet es sich in einem separaten Raum.«

Er reichte Goldini die Beschreibung des Bildes.

»Viel Glück!«

Als Charlotte Becker endlich in der Questura erschien, war es schon kurz vor drei.

Brassonis Laune war auf dem Tiefpunkt. Er hatte sich die Kontobewegungen von Becker und Pallucci angesehen, die Maria Grazia ihm rausgesucht hatte. Bei Professor Becker war nichts zu finden, aber bei Pallucci gab es vier höhere Einzahlungen während der letzten drei Jahre.

Einmal eine Summe von einhunderttausend Euro, zweimal über fünfzigtausend und vor drei Tagen über zweihundertfünfzigtausend. Das gehörte sicher nicht zum normalen Gehalt eines Museumsdirektors. Pallucci musste also ganz tief in irgendwelchen Machenschaften dringesteckt haben. Deshalb hatte man ihn rasch mundtot gemacht.

Der Commissario bat die Frau des Professors, Platz zu nehmen. Er war wütend, dass sie es sich wie eine Diva herausnahm, zu kommen, wann es ihr beliebte.

»Signora Becker, wir haben sie um Viertel vor drei erwartet. Unsere Zeit ist begrenzt, da können Sie nicht einfach kommen, wann Sie wollen!«

Charlotte Becker saß blass und ruhig in ihrem Stuhl und hob als Reaktion nur eine Augenbraue. Sie trug ein khakifarbenes Hemdblusenkleid und braune Riemchensandaletten, hatte ihre braunen Haare kunstvoll hochgesteckt.

Brassonis geschulter Blick sah, dass sowohl ihre Kleidung als auch ihr Schmuck, weißgoldene sternenförmige Ohrringe mit Brillanten sowie eine passende Kette, von erlesener Qualität waren.

Sie war eine attraktive Frau, die sich ihrer Erscheinung durchaus bewusst war.

»Signora Becker, mein Kollege hat mir erzählt, dass es Ihnen gestern Abend nicht gut ging?«, fing Brassoni noch einmal an, diesmal freundlicher.

Charlotte Becker nickte.

»Ich weiß nicht, warum Sie deswegen solch einen Aufstand machen, ich bin ja schließlich keine Verdächtige.«

»Aber eventuell eine wichtige Zeugin. Mit jeder Stunde, die vergeht, sinken die Chancen, den oder die Täter zu fassen. Spuren können verwischt werden, Indizien beseitigt …

Sie haben doch sicher ein Interesse daran, dass wir die Mörder Ihres Mannes dingfest machen!«

Zu seiner Überraschung zuckte sie nur mit den Schultern.

»Was hilft es ihm noch? Ich möchte das Ganze am liebsten vergessen. Das Leben geht weiter. Ich habe eine kleine Tochter. Ich will die Leiche meines Mannes mit nach Deutschland nehmen, um ihn dort zu beerdigen.«

Sie sah dem Commissario fest in die Augen.

»Aber bitte, ich werde Ihnen helfen, so gut ich kann. Was möchten Sie von mir wissen?«

Luca Brassoni drehte einen Bleistift zwischen seinen Fingern.

»Was wussten Sie über die Arbeit Ihres Mannes? Hat er Ihnen viel darüber erzählt?«

Charlotte Becker seufzte.

»Mein Mann lebte für seine Arbeit. Sie war ihm wichtiger

als alles andere. Er hatte eine Professorenstelle an unserer Universität, und er war ein anerkannter Kunstsachverständiger, ein weltweit gefragter Experte.«

Sie strich sich eine Haarsträhne hinter das rechte Ohr.

»Wussten Sie auch, weswegen er hier in Venedig war?«, fragte Brassoni weiter.

»Er hat mir erzählt, dass er für Alberto Pallucci, den Direktor der Peggy Guggenheim Kollektion, ein neues Bild begutachten solle. Pallucci wollte es eventuell ankaufen, wenn es in die Sammlung passte.«

»Hat er Ihnen erzählt, dass seine Doktorandin ihn auf dieser Reise begleitet hat?«

Charlotte Beckers Augen schweiften zum Fenster hinaus auf den Hinterhof. Als sie sich wieder Brassoni zuwandte, hatte ihr Blick etwas Herausforderndes.

»Was wollen Sie damit andeuten, Commissario? Mein Mann hatte immer irgendwelche wissenschaftlichen Mitarbeiter an seiner Seite. Glauben Sie, ich war ihm nicht gut genug, und er suchte deswegen die Gesellschaft junger Frauen?«

So was soll durchaus vorkommen, dachte Brassoni bei sich. Er wäre nicht der erste Ehemann, der seine Frau durch eine Jüngere ersetzt.

»Ich will Ihnen nicht zu nahe treten, Signora. Ich denke, Ihr Mann konnte sich glücklich schätzen, eine so gebildete und attraktive Frau an seiner Seite zu haben …, dennoch …

Evelyn Sanders war schwanger. Nach eigenen Angaben ist sie in keiner Beziehung, da liegt die Vermutung nahe …«

Er unterbrach seine Ausführungen, als er sah, dass Charlotte Becker leichenblass geworden war. *Mamma mia,* dachte er, da bin ich wohl etwas zu forsch an die Sache rangegangen.

»Soll ich Ihnen ein Glas Wasser bringen?«, bot er an und war schon aufgesprungen.

»Ja, danke«, kam es heiser aus ihrer Richtung.

Brassoni lief zum Wasserspender im Flur und befüllte einen

Becher bis zum Rand mit der kühlen Flüssigkeit. Dann kehrte er schnell wieder zurück und reichte Signora Becker das Wasser.

Dankbar lächelte sie ihn an, trank ein paar Schlucke und sah kurz darauf wieder ein wenig besser aus.

»Sie haben Evelyn Sanders im Krankenhaus besucht?«, fragte Brassoni vorsichtig weiter.

Charlotte Becker schloss die Augen und atmete schwer. Dann rang sie sich zu einer Antwort durch.

»Ja, das ist wahr. Sie tat mir leid, ich habe sie einmal kurz kennengelernt. Mein Mann hielt viel von ihr. Er glaubte, sie habe eine vielversprechende Karriere vor sich. Aber ich durfte nicht zu ihr ins Krankenzimmer.«

Brassoni nickte stumm.

»Hat Ihr Mann Ihnen erzählt, ob er sich schon für den Kauf einer Wohnung hier in Venedig entschieden hatte?«

Die Frau des toten Professors erwiderte gereizt: »Wieso interessieren Sie sich für unsere Immobilien? Mein Mann wurde ermordet, Sie vergeuden hier Ihre Zeit, indem Sie mich Dinge fragen, die Sie nichts angehen. Er hat mir nichts davon erzählt, dass er schon einen Kaufvertrag unterschrieben hatte.«

Luca Brassoni hielt den Wohnungsschlüssel in die Luft, den er im Hotelzimmer des Professors gefunden hatte. Charlotte Becker starrte stumm auf das silberne Ding in seiner Hand.

»Es sieht ganz so aus, Signora, als ob er Ihnen dann etwas verschwiegen hätte.«

Kapitel 15

Maurizio Goldini betrachtete den Palazzo Venier dei Leoni von seinem Boot auf dem Canal Grande aus. Zur Wasserseite hin war das Gebäude in ein strahlendes Weiß getaucht. Der Commissario stieg an seinem Lieblingsanleger Accademia aus, um die restlichen Schritte zu Fuß zu gehen und die Umgebung zu genießen. Der Eingang des Guggenheim Museums dagegen gab sich völlig unspektakulär, ein Hof mit einigen Exponaten, dann eine kleine Eingangstür, aber wenn man erst einmal den alten Palazzo betreten hatte, in dem sich das Museum befand, war man gefangen von der inspirierenden Atmosphäre. Auch hier waren die Wände der Innenräume leuchtend weiß gehalten, was die Bilder und Skulpturen noch deutlicher zur Geltung brachte. Goldini wusste, dass alle Bilder nach Beendigung der Besuchszeit verhangen wurden, um ihre Beschaffenheit zu bewahren. Türen und Fenster waren durch kunstvolle schmiedeeiserne Gitter in Rankenform verziert und gesichert.

Die Exponate im Innenhof luden zum Betrachten unter freiem Himmel ein, was auch von einer Vielzahl von großen und kleinen Besuchern genutzt wurde.

Goldini hatte vor seinem erneuten Gang zum Museum mit der stellvertretenden Direktorin Giulia Rossi gesprochen und einen sofortigen Termin erhalten. Das Museum war daran interessiert, seinen guten Ruf, den es sich wahrlich verdient hatte, zu bewahren und in jeder Form an der Aufklärung mitzuarbeiten.

Die kommissarische und demnächst wahrscheinlich hauptamtliche Direktorin begrüßte den Commissario herzlich und führte ihn an den Besuchern vorbei direkt in ihr Büro. Sie war sehr konservativ gekleidet, trug ein dunkelblaues Kostüm und eine cremefarbene Perlenkette, konnte aber kaum älter als Mitte dreißig sein. Dafür strahlte sie aber eine angenehme, offene Art aus, was Goldini sehr gut gefiel.

»Signora Rossi, ich danke Ihnen, dass ich so unverzüglich Ihre Zeit in Anspruch nehmen durfte!«, fing der Commissario das Gespräch an.

Giulia Rossi strahlte.

»Sie hatten Glück dass ich gerade Zeit für Sie hatte.«

Dann wurde ihr Blick betrübt.

»Aber wir sind natürlich alle noch geschockt über Alberto Palluccis Tod. Er hat so viel für das Museum getan. Ich kann nicht glauben, dass er in unehrenhafte Dinge verstrickt sein soll.«

Goldini zuckte mit den Schultern.

»Der Reiz des Geldes verleitet die Menschen oft zu Dingen, die sie sonst nicht getan hätten.

Waren Sie eingeweiht in die Pläne Ihres verstorbenen Direktors, einen angeblich noch unbekannten Picasso begutachten zu lassen?«

Giulia Rossi schüttelte den Kopf.

»Nein, davon weiß ich nichts. Das wäre eine Weltsensation Aber es ist auch nicht ungewöhnlich, dass der Direktor sich erst einmal alleine um solche Angelegenheiten kümmerte.«

»Wo könnte sich das Bild befinden?«

»Nachdem man uns über das mutmaßliche Vorhandensein des Bildes informiert hatte, habe ich natürlich nachgeforscht. Es war hinter der Leinwand eines größeren, unbedeutenderen Bildes versteckt, in einem separaten, verschlossenen Raum. Ich war außer mir vor Aufregung, als ich es gesehen habe. Seine Echtheit steht außer Zweifel, würde ich sagen. Aber kommen

Sie mit und sehen Sie selbst.« Der Commissario folgte der hübschen Direktorin an den Ausstellungsräumen vorbei bis zu einem Trakt, der für Besucher verboten war. Hier öffnete sie die zweite, durch einen Code gesicherte Tür und bat Goldini einzutreten.

Der Raum war auf eine besondere Temperatur klimatisiert, an den Wänden hingen mehrere abgedeckte Gemälde, im rechten Teil des Zimmers standen drei neue Skulpturen, die zur Ausstellung vorbereitet wurden. Im hinteren linken Teil des Raumes gab es einen ungewöhnlich großen Tresor, den die neue Direktorin nun ebenfalls mit einem Code und einem zusätzlichen Schlüssel öffnete.

Vorsichtig hantierte sie im Innenraum des Tresors und brachte schließlich ein etwa fünfzig mal sechzig Zentimeter großes Bild zum Vorschein, das in eine Sicherheitsverpackung eingehüllt war.

Giulia Rossi entfernte diese Hülle mit geschickten Händen und brachte das Bild zum Vorschein, dass Goldini mit Spannung erwartet hatte.

Eine badende Frau mit feuerrotem Haar am Strand. Für einen Moment starrten die beiden Personen fasziniert auf das Gemälde, und es herrschte atemberaubende Stille in dem Raum.

Dem ersten Augenschein nach war das Bild wirklich ein authentischer Picasso. Die Farben, die Pinselstriche, das Motiv … Aber letztendlich konnte nur ein ausgewiesener Experte die Echtheit des Kunstwerkes bescheinigen.

»Signora Rossi, ich hoffe, Sie haben nichts dagegen, wenn wir einen von uns bestellten Kunsthistoriker hinzuziehen, der das Bild morgen Mittag in Augenschein nehmen könnte.

Vielleicht wissen wir dann schon bald mehr.«

Giulia Rossi stimmte ihm zu.

»Das trifft sich gut, wir erwarten morgen ebenfalls einen neuen Gutachter. Vier Augen sehen mehr als zwei. Und wir wären dankbar, wenn die Presse noch nichts von dem Gemälde erfahren würde, bevor die Echtheit hundertprozentig bescheinigt worden ist.«

Goldini machte mit seinem Handy ein Foto des Bildes und half dann der Direktorin, es wieder sachgerecht zu verstauen.

Dann verabschiedete er sich. Er beschloss, sich auf der Fondamente Zattere, der beliebtesten Uferpromenade Venedigs, in der bekannten Eisdiele »Nico« zwei Kugeln *Gianduiotto*, die berühmte Nuss-Nougat-Eiscreme, zu gönnen.

Während er schließlich auf einer der Steinbänke in der Sonne saß und ganz entspannt eine riesige blaue Jacht beobachtete, die auf dem Wasser fuhr, dachte er an das Bild aus dem Museum, an seine Freundin Sarah, die ihm jetzt schon fehlte, und an den Geburtstag seiner Großmutter. Er hatte ihr heute Morgen bereits per Telefon gratuliert. Goldini nahm sich vor, pünktlich Feierabend zu machen, damit er rechtzeitig zum Essen dort war. Wer weiß, wie viele Geburtstage seine *Nonna* noch vor sich hatte.

Er betrachtete das Foto des Gemäldes auf seinem Handy, während er den Rest der Eiswaffel verspeiste. Auf welchen Kanälen es wohl bis nach Venedig gelangt war? Wer hatte es davor besessen? Es wäre nicht ganz ungewöhnlich, wenn dieses Bild aus Diebesgut stammte und auch der vorherige Besitzer es möglicherweise rechtswidrig erlangt hätte. In manchen Fällen konnte die ursprüngliche Herkunft eines Gemäldes gar nicht mehr rekonstruiert werden. Spannend war dieser Fall allemal. Goldini hoffte, dass es keine weiteren Leichen gab, denn Cesare Pantalone und seine Hintermänner waren immer noch auf freiem Fuß.

Er freute sich schon auf sein kühles Büro in der Questura, als sein Handy klingelte. Es war Roberto Morandi, der Vice-Questore persönlich.

»Wir haben einen Notruf bekommen, aus dem Friseursalon von Lorenzo Spitta.

Seine Frau hat ihn gefunden, sein Gesicht wurde zu Brei geschlagen. Ich kann Brassoni nicht erreichen, kümmern Sie sich darum.«

Luca Brassoni ließ sich erschöpft in den roten Samtbezug seines Stuhles im Caffè Florian fallen. Er war eine Viertelstunde zu spät, aber sein Cousin Stefan hatte geduldig gewartet und in der Zwischenzeit Zeitung gelesen. Das Gespräch mit Charlotte Becker hatte länger gedauert, sie wollte oder konnte ihm partout nichts zu der Wohnung sagen, die der Professor gekauft hatte. Davon konnte man wohl ausgehen. Schließlich gab es den Wohnungsschlüssel.

Brassoni und Caruso saßen im Innenraum des Cafés, um sich den Musikzuschlag von knapp sechs Euro zu sparen, den man im Außenbereich bezahlen musste. Außerdem war es hier drinnen, in den spiegel- und holzgetäfelten Räumen, klimatisiert. Für die beiden Freunde war es eine alte Tradition, sich zweimal in der Woche in Italiens ältestem Café zu treffen, das es schon seit 1720 gab. Trotz der gesalzenen Preise und der vielen Touristen mochten sie die Atmosphäre dieses Nobeletablissements.

»Ich habe mich gerade mit der Witwe des deutschen Mordopfers unterhalten. Ich werde nicht so recht schlau aus der Frau. Eigentlich ist sie nur hier, um ihren Mann nach der Freigabe durch die Rechtsmedizin mit nach Hause zu nehmen. Aber ihr Verhalten ist so merkwürdig, dass ich mir ernsthaft Gedanken mache, ob sie nicht irgendwie in den Fall involviert ist. Du weißt doch, ich kann so etwas förmlich riechen, ich hab' ein ganz gutes Gespür dafür, ob jemand lügt. Und in ihrem Fall hab ich meine Zweifel.«

Caruso sah von seiner Zeitung auf.

»Dann bleib dran an ihr. Lass sie beschatten. Wenn sie die Wohnung ihres Mannes kennt, führt sie euch vielleicht dorthin.«

Der Kellner brachte seinen Cappuccino. Brassoni bedankte sich, sah seinen Cousin an und runzelte die Stirn. Ihm war klar, wie klug Stefans Idee war, er hatte selbst schon kurz darüber nachgedacht, befürchtete aber, dass für den Staatsanwalt nicht genug Gründe für eine Überwachung vorliegen würden.

»Was schaust du mich so an?«, fragte Caruso interessiert. Er legte die Zeitung beiseite und widmete sich vollends seinem Gesprächspartner.

»Du willst doch nicht etwa, dass ich …? Oh nein, vergiss es, beim letzten Mal hat mir der Typ eine Tracht Prügel verpasst, als er's gemerkt hat. Kommt nicht infrage!«

Luca Brassoni faltete die Hände wie zum Gebet und sah den gestandenen Journalisten flehend an.

»Caruso, du bist einmalig im Beschatten, und dir ist noch nie etwas Ernstes passiert. Ich weiß doch, dass du gerne Detektiv spielst. Dein Beruf verpflichtet dich zur Neugier, und ich verspreche dir, dass du die ganze Story exklusiv bekommst, sobald wir den Fall abgeschlossen haben.

Es ist schließlich eine Frau, eine attraktive sogar, und du müsstest nur ein bisschen hinter ihr hergehen. Hier ist die Adresse ihrer Wohnung, Calle Larga San Marco, gleich hier um die Ecke. Sie müsste jetzt dort sein, sie wollte sich ein wenig hinlegen, hat sie gesagt. Um fünf wollte sie zur Gerichtsmedizin, ihren Mann anschauen. Und dies ist ein Foto von ihr.«

Brassoni, der immer bestens vorbereitet war, zückte die Kopie eines Fotos aus Beckers Akte und reichte es seinem Cousin.

Caruso musterte die Frau auf dem Bild.

»Na gut, sie ist wenigstens ein erfreulicher Anblick, auch wenn mir ein attraktiver Mann lieber wäre. Ich tu's, dafür schuldest du mir einen Pokerabend bei dir!«

Er lächelte amüsiert und steckte das Foto ein.

Brassoni hob in gespielter Verzweiflung seine Hände.

»*Allora*, meinetwegen, aber jetzt erzähl du mal, was du für Neuigkeiten für mich hast.«

Zur selben Zeit beeilte sich Maurizio Goldini, dem Notruf aus dem Friseursalon nachzugehen.

Er hatte ein ungutes Gefühl und war in Sorge um Lorenzo Spitta. Durch seine Aussage hatten sie einen wichtigen Fortschritt bei den Ermittlungen gemacht. Er hoffte, dass der arme Mann nur verletzt war, aber Vice Questore Morandis Worte vermittelten einen anderen Eindruck.

Als er endlich in der Calle della Rachetta in Cannaregio ankam, begrüßte ihn einer der *Carabinieri*, die bereits vor Ort waren.

»*Buon giorno*, Commissario. Wir haben den Tatort gesichert, damit keine Spuren verwischt werden. Der Tote befindet sich im Hinterhof, direkt neben den Mülltonnen.«

Goldini bedankte sich und betrachtete das Haus, in dem die Spittas lebten und arbeiteten.

Es unterschied sich nicht von den vielen anderen einfachen Häusern in Venedig. Der Putz war brüchig und löste sich an einigen Stellen ganz von der Außenfassade, die Fensterläden hatten einen Anstrich nötig, in den Blumenkästen vor dem Eingang gammelten verdorrte Blumen vor sich hin. Goldini betrat das Haus und kam durch den Innenflur direkt zum Hinterhof, wo ein ihm unbekannter Arzt sich gerade über den am Boden liegenden Friseur beugte. Direkt daneben stand leichenblass Rosa Margerita Leonora Spitta, seine Frau.

Sie hielt sich ein Taschentuch vor den Mund, und Goldini bemerkte die übel riechende Lache, die neben den Mülltonnen die Steine bedeckte. Spittas Frau hatte sich übergeben, als sie ihren Mann fand. Der Commissario zückte seinen Dienstausweis und stellte sich dem Arzt vor.

»Commissario Maurizio Goldini, und Sie sind?«

»Dottore Mario Scorta, ich bin die Vertretung für Dottoressa Sorrenti. Sie ist noch mit einer Autopsie beschäftigt. Dieser Mann hier ist eindeutig mit einem schweren Gegenstand erschlagen worden. Möglicherweise einer Eisenstange. Der Täter muss mit großer Brutalität vorgegangen sein, wie die zahlreichen Schläge auf seinen Kopf beweisen. So viel Kraft war bei diesem untersetzten Mann gar nicht nötig. Ich schätze, er ist schon nach dem ersten Schlag bewusstlos gewesen. Von seinem Gesicht ist nicht mehr viel übrig.«

Goldini schaute auf die Gestalt am Boden, deren Kopf in einer Blutlache lag. Die rechte Seite des Kiefers war komplett zertrümmert. Man konnte Knochensplitter und einzelne Zähne sehen. Spittas Frau stand immer noch wimmernd und schluchzend direkt neben ihrem Mann. Selbst der junge Commissario, der schon einige Tote gesehen hatte, schloss kurz die Augen und unterdrückte einen Anflug von Übelkeit. Er konnte sich denken, wie schockierend dieser Anblick für die Ehefrau war.

Goldini fasste sie behutsam am Arm, führte sie vom Tatort weg und übergab sie einer jungen Kollegin.

»Sorgen Sie dafür, dass der Notarzt sich um sie kümmert«, befahl er ihr.

Während Dottore Scorta den Totenschein ausstellte und seinen Arztkoffer schloss, befragte Goldini einen der uniformierten Polizeibeamten, ob es Zeugen für die Tat gebe und ob Signora Spitta schon befragt worden sei. Der Beamte schüttelte den Kopf.

Nein, Zeugen gebe es keine, nur die Spittas bewohnten das kleine Haus, und um diese Zeit seien keine Kunden im Friseursalon. Rosa Spitta habe Mittagsschlaf gehalten, die Kinder waren außer Haus. Als sie aufwachte, habe Signora Spitta sich gewundert, wo ihr Mann blieb.

Er hatte nach dem Mittagessen im Friseursalon und in dem angrenzenden Lagerraum aufgeräumt und war dann allem Anschein nach in den Hinterhof zu den Mülltonnen gegangen, in die er nur anorganische Wertstoffe warf. In Venedig wurde penibel darauf geachtet, dass der Müll in den engen Gassen zeitnah herausgestellt und abgeholt wurde, damit keine Ratten angelockt wurden.

Zu diesem Zeitpunkt musste er auf seinen Mörder getroffen sein.

Die Leute von der Spurensicherung waren inzwischen ebenfalls eingetroffen. Schon bald sah Goldini Nunzio Sposato und seine Kollegen emsig am Tatort und im Haus in ihren Schutzanzügen mit Handschuhen arbeiten. Sie drehten jeden einzelnen Stein um, suchten nach Fingerabdrücken und der Tatwaffe und sicherten überall Spuren der Gewalttat. Der Notarzt, der noch von Rosa Spitta selbst alarmiert worden war, ihrem Mann aber nicht mehr helfen konnte, kümmerte sich jetzt selber um die Frau und gab ihr im Wohnzimmer im ersten Stock eine Beruhigungsspritze.

Goldini sprach kurz mit ihm, um festzustellen, ob Signora Spitta dazu in der Lage war, ihm ein paar Fragen zu beantworten. Der Arzt empfahl ihm, einige Minuten zu warten, damit das Medikament seine Wirkung entfalten konnte. Sie stand unter Schock, es sei nicht ratsam, sie zu sehr zu bedrängen.

Goldini hatte mittlerweile seinen Chef Brassoni erreicht und ihm von den neuesten Entwicklungen erzählt. Brassoni war direkt vom Caffè Florian aus zum Tatort geeilt.

Goldini erwartete ihn vor dem Eingang des Friseursalons.

»*Ciao*, Luca, wo hast du gesteckt? An deinem Handy ging nur die Mailbox an!«

»*Mi dispiace*, es tut mir leid, Maurizio. Mein Handy war abgestürzt, ich war im Gespräch und habe nichts davon bemerkt. Ist es wirklich wahr, dass Lorenzo Spitta tot ist? Wir hätten ihn ebenfalls unter Polizeischutz stellen sollen. Ich kann es nicht glauben. Lass uns reingehen, ich will ihn sehen.«

Goldini führte den Commissario zum Hinterhof. Dort nahm er den Tatort und das Opfer in Augenschein. Die Leiche des Friseurs war bereits von einer Plane bedeckt worden und wartete auf den Abtransport in die Gerichtsmedizin. Brassoni schüttelte immer wieder erschüttert den Kopf.

»Dieser Cesare Pantalone ist ein Soziopath. Er genießt solche Gewalttaten. In seiner Akte habe ich mehrere medizinische Gutachten gelesen, die ihm ein hohes Maß an Empathielosigkeit und Gewaltfantasien bescheinigten. Man hätte ihn schon vor Jahren einsperren und nie wieder auf die Menschheit loslassen sollen.«

»Du glaubst es war Pantalone?«, fragte Goldini.

»Natürlich, der Tathergang trägt seine Handschrift. Und er hatte ein Motiv. Lorenzo Spitta hat ihn verraten, obwohl er ihm gedroht hatte. Pantalone kennt da keine Gnade.«

Er hielt einen Moment inne.

»Ich habe übrigens Neuigkeiten, die uns vielleicht weiterhelfen. Caruso hat mir von einem Antiquitätenladen in San Polo erzählt, dessen Inhaber in dem Ruf steht, am Verkauf von illegalen Bildern beteiligt zu sein. Er recherchiert gerade über die Taschenverkäuferszene in Venedig, und einer seiner Informanten hat ihm von dem Antiquitätenhändler erzählt, weil der ihn schon mal bei einem Deal über's Ohr gehauen hat. Er sollte für ihn ein Gemälde, das aus dem Haushalt einer reichen, verstorbenen Adligen stammte, zu einem Zwischenhändler bringen. Sein Geld dafür hat er nie erhalten. Der Händler hat ihm mit der Polizei gedroht, weil er illegal in Italien ist. Und wie es der Teufel will, hat die Spurensicherung bei der letzten Aktion die Fingerabdrücke des Antiquitätenhändlers in Lorenzo Spittas Friseursalon gefunden. Das könnte die Verbindung zur Kunstfälscherbande sein.«

»Warum haben wir ihn in unserer Datei?«, fragte Goldini überrascht.

»Wegen einer Alkoholfahrt mit einem Privatboot vor zwei Jahren. Du siehst, unsere Überwachung funktioniert tadellos. Ich könnte mir vorstellen, dass er es war, dem Spitta Geld schuldete. Er ist bekannt dafür, dass er verzweifelten Leuten Kredite zu Wucherzinsen vermittelt. Und da er in seiner Schuld stand, musste Lorenzo Spitta als Gegenleistung Cesare Pantalone helfen. So schließt sich der Kreis.«

Kapitel 16

Cesare Pantalone verscheuchte ein paar Kinder, die im Schatten eines Baumes mit ihren Murmeln spielten.

»*Subito, vai!* Beeil dich, du da, du kleine Kröte! Geht weg und sucht euch einen anderen Platz!«

Er atmete schwer, sein Gesicht war gerötet vor Zorn und Anstrengung. Pantalone ließ sich auf die Bank unterhalb des Baumes fallen. Er wusste, die Polizei war ihm auf der Spur.

Lange konnte er sich nicht mehr in Venedig verstecken. Sein Auftraggeber hatte ihn ein letztes Mal verschont. Wenn er die Sache jetzt nicht zu Ende brachte, würden sie nicht mehr so zimperlich mit ihm umgehen. Er trug jetzt eine blonde Kurzhaarperücke und eine dunkle Sonnenbrille. Die echten Haare und der Bart waren noch nicht viel nachgewachsen.

Die Eisenstange, mit der er diesen dämlichen Friseur niedergestreckt hatte, hatte er im nächsten Kanal entsorgt. Mit Genugtuung dachte er daran, wie Lorenzo Spitta um sein Leben gewimmert hatte, als er ihn im Hinterhof erkannte.

»Was hast du dir dabei gedacht, zur Polizei zu gehen und über mich auszupacken?«, hatte Pantalone den vor Angst zitternden kleinen Mann gefragt.

»*No, no*, Signor Pantalone, ich habe denen nichts verraten. Es ging nur um meine Mietschulden. Der Vermieter hat mich angezeigt!«, log der Friseur nicht gerade überzeugend.

»Sicher, und deswegen musste deine Frau dich begleiten, und

du warst beim Commissario, der die Mordsachen bearbeitet?«, fragte der Rote hämisch lachend.

Woher wusste Pantalone das alles, dachte Spitta bei sich. Krampfhaft überlegte er, wie er sich aus dieser misslichen Lage befreien könnte.

»Tun Sie mir nichts, bitte!«, flehte er. »Ich habe eine Frau und drei Kinder.«

Doch der Rote spuckte bloß vor ihm auf dem Boden aus.

»Ich hatte dir gesagt, dass ich immer ein Auge auf dich haben werde. Wer Cesare Pantalone verrät, wird es büßen.«

Die Augen des kräftigen Mannes verengten sich zu Schlitzen, als er auf Lorenzo Spitta zuging.

Der Friseur hielt sich die Hände vor das Gesicht, als der erste Schlag ihn traf. Die Wucht war so groß, dass es ihm gleich die Sinne nahm und ihn zu Boden warf. Doch Pantalone hatte noch lange nicht genug. Er war wie ein Raubtier im Blutrausch und prügelte immer wieder auf den Wehrlosen ein. Erst als ihm selber die Kräfte ausgingen, ließ er von ihm ab, überzeugte sich, dass er tot war, und verschwand wie ein Schatten aus dem Hinterhof des Hauses.

Nun saß er hier unter dem großen Baum auf einer Bank und überlegte, wie er an den Picasso kommen könnte, den seine Auftraggeber unbedingt wiederhaben wollten. Das Konsortium hatte schon mehrere Deals mit dem Professor und dem Museum gemacht, aber erst dieses Mal war Ihnen aufgefallen, dass etwas nicht stimmte. Der Professor hatte behauptet, dass das Gemälde nicht echt sein könne, und sie hatten es enttäuscht wieder zurückgenommen.

»Es ist eine sehr gute Fälschung, aber leider nicht gut genug für die Ausstellung im Guggenheim Museum«, hatte Konstantin Becker behauptet.

Dann fiel dem obersten Mitglied der Vereinigung auf, dass das Bild an einigen Stellen noch feucht war und erst vor Kurzem übermalt worden sein musste.

Das Konsortium war sich sicher, dass der Professor Ihnen eine sehr gute Kopie zurückgegeben hatte und der echte Picasso irgendwo versteckt gehalten wurde.

Es gab auch in Venedig Maler, die so gut wie die alten Meister waren, und einer davon musste der Komplize des Professors sein.

Cesare Pantalone, dessen Karriere als Krimineller schon in seiner Jugend vorgezeichnet war, dachte an die Begegnung mit dem Chef am gestrigen Abend.

Der Chef war ein hohes Tier in der Politik, ein aufstrebender Mann mit vielen Beziehungen.

Kaum jemand würde glauben, dass er sich einem solchen Nebenverdienst widmete, um seinen aufwendigen Lebensstil zu finanzieren.

Im ersten Augenblick hatte der Rote gemeint, der Chef würde ihn besuchen, um ihn still und leise zu exekutieren, weil er versagt hatte.

Aber mit solchen Dingen machte er sich seine Hände nicht schmutzig. Es war das erste und einzige Mal, dass der hochrangige Mann einen seiner »Mitarbeiter« selber aufsuchte.

Normalerweise gab er seine Befehle per Mail oder SMS und hielt sich unsichtbar im Hintergrund.

»*Buona sera,* Cesare«, hatte er ihn gegrüßt, ohne dabei eine Miene zu verziehen.

»*Buona sera, Signore*«, erwiderte Cesare daraufhin unterwürfig und bat den Mann hereinzukommen.

»Du weißt, wie viel ich mit diesem Gang zu dir riskiere, Cesare?«, fragte er ihn mit einem scharfen Blick.

»*Scusi, Signore,* es tut mir sehr leid, dass ich meinen Auftrag nicht zu Ihrer Zufriedenheit ausgeführt habe. Die junge Frau …«, setzte er gerade an, aber der Chef unterbrach ihn barsch.

»Vergiss die junge Frau im Krankenhaus. Das wird zu gefährlich. Kümmer dich um das Bild. Wir wollen den Picasso wiederhaben, koste es, was es wolle …«

Er kehrte dem Roten den Rücken zu und schwieg für eine Weile. Cesare verhielt sich ganz ruhig. Als der Chef sich umdrehte, war er offenbar friedlicher gestimmt.

»Ich trage dir nichts nach, Cesare«, sagte er.

»Einhunderttausend zusätzlich für das Auffinden des Picassos.«

»Für mich?«, fragte Cesare erstaunt.

»Als Honorar. Die Lage ist ernst, und wir haben nicht mehr viel Zeit. Die Polizei stochert mir zu viel in unseren Angelegenheiten herum. Wir werden unser Lager auflösen und einen anderen Ort für unsere Besprechungen und als Versteck für die Bilder finden. Wir müssen sie auf die falsche Fährte locken.«

Der Mann seufzte und strich sich über den Mund.

»Die Gemälde dieser genialen Meister sind meine Leidenschaft. Ich will nicht, dass irgendjemand mein Hobby zugrunde richtet.«

Dann wandte er sich Cesare zu. Er stellte sich vor ihn und durchbohrte ihn mit seinem Blick.

»Was dich angeht, glaub mir, hätte ich das gewollt, dich aus dem Weg zu räumen, hätte ich dir zwei Männer auf den Hals geschickt.«

Er lächelte überheblich.

»Aber ich brauche dich noch. Du bist skrupellos und effizient. Du wirst uns das Bild besorgen, stimmt' s, Cesare?«

Cesare Pantalone nickte eifrig. Sein Asthma machte ihm wieder zu schaffen. Er merkte, wie seine Lungen sich verkrampften und ihm den Atem nahmen. Er hoffte, dass er sein Spray nicht vor dem Chef benutzen musste.

»Ich werde mir die größte Mühe geben, Chef. Wir hätten den Professor nicht umbringen sollen. Nur er wusste, wo der Picasso sich befindet«, merkte er an.

»Das war ein Auftrag von jemand ganz anderem. Kümmer dich nicht darum. Du wirst es auch so schaffen.«

Der Chef trat einen Schritt zurück und sah sich in der Wohnung um.

»Du wirst hier nicht mehr bleiben können. Sie sind dir auf den Fersen. Hier ist eine Adresse für dich, wo du Unterschlupf finden kannst, bis die Sache mit dem Gemälde geklärt ist. Halt dich an die Frau des Professors. Sie weiß vielleicht, wo der Picasso steckt.«

Eine Sekunde später war er ohne jeden Abschiedsgruß aus Cesares Wohnzimmer verschwunden. Der Rote stürzte ins Bad und nahm einen tiefen Zug aus dem Inhalator.

In Zukunft würde er das Medikament mit sich nehmen müssen. Die Anfälle wurden immer schlimmer, genau wie der Arzt es prophezeit hatte.

Luca Brassonis Laune besserte sich nur langsam. Die Befragung von Rosa Spitta hatte nicht viel gebracht. Sie war völlig erschöpft, weinte ununterbrochen und hatte absolut gar nichts gesehen und gehört. Der Commissario und sein Kollege Goldini ließen sie schließlich in Ruhe.

Aber Carusos Hinweis auf den Antiquitätenhändler war für Brassoni wie ein Sechser im Lotto. Er und Goldini machten sich direkt von Lorenzo Spittas Friseursalon auf den Weg nach San Polo. Sie gingen die Strada Nova entlang bis zum Campo die S.S. Apostoli, dann über die Salizzada S. Giovanni zur Rialtobrücke, dem Wahrzeichen Venedigs. Entworfen wurde dieses Bauwerk mit der geschwungenen Konstruktion im Jahre 1587 von Antonio da Ponte.

Brassoni liebte diese Brücke, und so standen sie noch für einige Minuten hoch über dem Canal Grande in der Sonne und sahen den Vaporetti, den Wasserbussen, gefüllt mit Unmengen von Menschen, beim An-und Wegfahren vom Anleger Rialto zu.

Brassoni hatte manchmal das Gefühl, die Brücke müsste unter der Last der Touristen eines Tages zusammenbrechen, so voll war sie in Stoßzeiten. Auch jetzt war kaum noch ein Fleckchen Platz auf den Treppenstufen. Man fotografierte, küsste sich, schaute von der Brücke auf den Kanal oder unterhielt sich mit seinen Mitreisenden. Obwohl es mehr als 400 Brücken in Venedig gab, wie Brassoni in einer Zeitung gelesen hatte, war die Ponte Di Rialto wohl die bedeutendste. Wenn man sich vorstellte, dass sich hier über viele Jahrhunderte hinweg das Geschäftszentrum der Handelsmetropole befunden hatte …

Die beiden Kommissare überquerten die Brücke, ließen links und rechts die zahlreichen Souvenirhändler liegen, wobei sie immer wieder von den Touristenmassen aufgehalten wurden. Der Stadtteil San Polo, in dem sie sich jetzt befanden, war einst das alte Handelsviertel gewesen. Hier gab es den berühmten Markt, auf dem man frischen Fisch, Obst und Gemüse kaufen konnte, prunkvolle Palazzi und eindrucksvolle Kirchen.

Brassoni und Goldini, der sich soeben in einer Bar noch schnell ein *panino,* ein mit Thunfisch und Tomaten gefülltes Sandwich, geholt hatte, kamen zum Campo San Polo, dem nach der Piazza San Marco zweitgrößten Platz Venedigs.

»Du hast da noch Mayonnaise am Mund!«, bemerkte Brassoni. Er deutete mit dem Zeigefinger auf die Stelle an der rechten Seite der Oberlippe seines Kollegen, ohne ihn dabei zu berühren. Goldini grinste.

»Ich bin heute Mittag nicht richtig zum Essen gekommen, weil ich mit Sarah telefoniert habe.

In der nächsten Zeit werde ich wohl öfter im Lokal speisen. Alleine zu kochen macht mir keinen Spaß.«

Brassoni konnte das gut verstehen. Dabei dachte er wieder an das bevorstehende Abendessen mit Maria Grazia, und er fühlte einen leichten Druck im Magen.

»Sieh mal, dort drüben ist schon das Antiquitätengeschäft. Mal sehen, ob wir diesen Sebastiano Maggio antreffen!«

Nur eine Straße weiter neben dem Campo hatten sie ihr Ziel erreicht.

Der Laden lag in dem Untergeschoss eines gepflegten Wohnhauses. Im Schaufenster präsentierten sich wertvolle Antiquitäten. Stühle, Sessel, Kommoden, Vasen, nur Gemälde konnte Brassoni keine entdecken. Beim Öffnen der Ladentür ertönte ein Klingelton.

»*Un momento,* ich komme sofort!«, schallte eine wohltönende Stimme aus dem hinteren Bereich des Geschäfts.

Maurizio Goldini vertrieb sich die Zeit, indem er interessiert eine antike Spieluhr begutachtete. Brassoni strich mit der Hand über einen wunderbaren Sekretär aus dem 18. Jahrhundert. Alles hier drin war von tadelloser Qualität. Der Commissario wusste, dass seine Nachbarin einige Stücke in diesem Laden gekauft hatte, aber der Name des Besitzers war ihm bis dato nicht bekannt gewesen.

Wie aus dem Nichts erschien plötzlich ein großer, schlanker Mann und lief mit ausgebreiteten Armen auf die beiden Beamten zu.

»*Signori,* womit kann ich Ihnen helfen?«, fragte er mit einem charmanten Lächeln.

Er trug einen Designeranzug aus glänzendem hellgrauem Stoff, dazu eine rosafarbene Krawatte. Sein Gesicht war glatt und gut gebräunt, Brassoni schätzte sein Alter auf Ende dreißig. Seine dunkelbraunen Augen standen etwas zu eng beisammen, sonst hätte man ihn durchaus attraktiv nennen können. Doch dieses Detail gab seinem markanten Gesicht einen leicht verschlagenen Ausdruck.

Brassoni zückte ohne ein Wort seinen Dienstausweis und stellte sich und seinen Kollegen kurz vor. Der Ladenbesitzer warf den beiden einen missbilligenden Blick zu.

»Gut, Sie wollen also nichts bei mir kaufen. Das ist schade. Was ist der Grund, dass Sie bei mir auftauchen?«

»Sie sind Signor Sebastiano Maggio, der Ladenbesitzer?«, fragte Brassoni barsch.

»Jawohl, der bin ich. Habe ich etwas verbrochen?«

»Uns liegt eine Aussage vor, nach der Sie in den illegalen Verkauf wertvoller Gemälde verwickelt sind«, erklärte Goldini ihm.

Maggio blickte die beiden Beamten mit finsterer Miene an.

»Da hat Ihnen wohl mal wieder jemand von der Konkurrenz einen Bären aufgebunden.

Sehen Sie hier irgendwo wertvolle Gemälde? Haben Sie irgendeinen Beweis gegen mich in der Hand?«

Brassoni unterbrach ihn brüsk.

»Jetzt werden Sie mal nicht laut, Signor Maggio. Wo waren Sie in der vorgestrigen Nacht, so zwischen zwei und vier Uhr morgens?«, wollte er von dem Händler wissen.

»Weshalb brauche ich ein Alibi? Ich war da, wo ich nachts immer bin, in meinem Bett.«

»Kann das jemand bezeugen?«

»Zum Glück nicht, ich habe mich vor zwei Jahren von meiner Frau scheiden lassen. Sie glauben gar nicht, wie erholsam es sein kann, alleine zu schlafen!«

Er unterbrach sich, um einen Kronleuchter, der etwas schief hing, gerade zu rücken.

»Wofür brauche ich nun ein Alibi?«

Brassoni lächelte gepresst. Der Mann war ihm zutiefst unsympathisch.

»Vorgestern Nacht wurde ein bekannter Kunstexperte in Venedig ermordet. Professor Konstantin Becker. Kannten Sie ihn?«

Sebastiano Maggio verzog keine Miene.

»Ich glaube, ich habe den Namen mal in einem Kunstmagazin gelesen, aber gekannt habe ich den Mann nicht. Weshalb also sollte ich ihn ermorden?«

Brassoni blieb geduldig.

»Es gibt da ein Video, auf dem man drei Männer sehen kann, die den Professor in einer Handkarre transportieren. Dem einen davon sehen sie erschreckend ähnlich, wie ich finde.«

Maggios Mundwinkel zuckten nervös, aber er hielt sich unter Kontrolle.

»Sie können mich also einwandfrei identifizieren? Wenn nicht, möchte ich Sie bitten, mein Geschäft zu verlassen. Weitere Gespräche wird es nur in Anwesenheit meines Anwalt geben.«

Goldini gab dem Geschäftsinhaber seine Karte.

»Kommen Sie bitte morgen um fünfzehn Uhr in die Questura, und verlassen Sie Venedig nicht. Falls Ihnen vorher etwas Wichtiges einfällt, melden Sie sich bei mir oder Commissario Brassoni.«

Maggio zerknüllte die Karte mit einem süffisanten Lächeln und warf sie in den Papierkorb neben der Kasse.

»*Signori, arrivederci!*«

Draußen vor dem Laden trat Brassoni gegen eine leere Coladose und machte so seinem Ärger Luft.

»Ich hasse solche Typen. Der ist eine harte Nuss, kein typischer Kleinkrimineller, gebildet, arrogant. Wir werden handfeste Beweise auftreiben müssen, um ihn zu überführen. Ich werde Caruso fragen, ob sein Informant als Zeuge vor Gericht auftreten würde. Die Chance ist aber eher gering, weil er illegal in Italien ist. Vielleicht kann ich einen Deal mit der Einwanderungsbehörde aushandeln.«

Goldini klopfte seinem Kollegen auf die Schulter.

»Ich finde, es ist doch gut gelaufen. Wir haben ihn nervös gemacht und so vielleicht die ganze Bande aufgescheucht. Eins nach dem anderen.«

Das Klingeln von Goldinis Handy unterbrach seine Ausführungen. Er nahm das Telefon aus seiner Hülle und meldete sich.

»*Pronto?* Ah, Maria Grazia. Was haben Sie für uns?«

Brassoni wartete, bis sein Kollege das Gespräch beendet hatte.

Dann schaute er ihn erwartungsvoll an.

»Das war Maria Grazia. Evelyn Sanders hat versucht, sich das Leben zu nehmen. Sie hat sich sämtliche Schläuche aus den Armen gerissen und sich trotz ihres kaputten Rückens bis an das

Fenster gequält. Zum Glück kam gerade eine Schwester in das Zimmer und hat sie gefunden. Sie hat wohl versucht, sich aus dem Fenster zu stürzen. *Stupido!*«

Brassoni war bestürzt.

»Die arme Frau. Sie machte schon bei unserem letzten Besuch einen niedergeschlagenen Eindruck. Ich hasse es, in diesem Fall recht zu behalten, aber ich glaube, dass sie in den Professor verliebt war und das Kind ebenfalls von ihm war.«

Goldini runzelte die Stirn.

»Das denke ich auch. Am besten sprichst du noch mal mit ihr. Wir gehen zum Anleger San Silvestro und fordern ein Polizeiboot an. Die Lauferei habe ich für heute satt. Du fährst zum Krankenhaus, und mich könnt ihr bei San Marco absetzen.«

Brassoni stimmte zu, und keine zehn Minuten später saßen die beiden im Boot.

Es war inzwischen kurz vor halb sieben. Die Kraft der Sonne hatte bereits nachgelassen, aber es lag eine Schwüle in der Luft, die einem die Kleider am Leibe kleben ließ.

Der Commissario sehnte sich nach einem kühlen Glas Wasser.

Die Mücken würden ihn heute Nacht zerstechen, das wusste Brassoni.

Goldini wollte noch kurz in die Questura, um den nötigen Papierkram zu erledigen. Dann würde er sich direkt dort frisch machen und umziehen, ein neues Hemd hatte er heute Morgen mitgebracht. Das Essen bei seiner *Nonna* wartete auf ihn. Und Brassoni hätte am liebsten die Nacht durchgearbeitet, um nicht nach Hause zu müssen, wo Maria Grazia ihn erwartete. Aber erst einmal würde er zu Evelyn Sanders fahren.

Kapitel 17

Brassonis Cousin Stefan, genannt Caruso, stand mit Kopfhörern im Ohr vor dem Haus, in dem sich Charlotte Beckers Apartment befand. Er sah mit seinen Sandalen, kurzen Hosen und der Kamera um den Hals aus wie ein typisch deutscher Tourist. In seinem MP3-Player lief gerade eines seiner Lieblingslieder von Queen, Bohemian Rhapsodie. Da sich bislang noch nichts getan hatte, war er ganz entspannt und sang lautstark mit. Weil seine Stimme nicht die schlechteste war, nickten ihm einige der Fußgänger freundlich zu, ein älteres Pärchen drückte ihm gar ein paar Dollar in die Hand. Schließlich überlegte er sich, dass er damit doch wohl zu viel Aufmerksamkeit erregte, nahm die Kopfhörer aus den Ohren und stellte den Player ab. Er war direkt nach dem Gespräch mit Luca losgezogen und hatte sich vor Charlotte Beckers Unterkunft postiert. Das Apartment lag im zweiten Stock.

Caruso ließ seine letzte »Überwachung«, die er für den Commissario gemacht hatte, im Geiste Revue passieren. Der Verdächtige hatte ihn irgendwann bemerkt und zur Rede gestellt, was in einer unangenehmen Situation endete. Caruso trug einen Nasenbeinbruch davon, der Verdächtige entpuppte sich als unschuldig, und er selber schwor sich, nie wieder für Brassoni zu ermitteln. Aber trotzdem hatte er sich erneut darauf eingelassen. Er hatte am Nachmittag nichts anderes zu tun, deshalb konnte es ja vielleicht ganz kurzweilig sein, eine attraktive Frau zu verfolgen und ein bisschen zu recherchieren, was sie in Venedig so anstellte. Außerdem war bei ihr das Risiko geringer, dass sie ihn verprügelte.

Gerade als es Caruso langweilig wurde, öffnete sich die Hauseingangstür, und die Professorenwitwe trat auf die Straße. Obwohl sie eine Sonnenbrille aufhatte, konnte er sie erkennen. Sie trug jetzt ein dezent geblümtes Sommerkleid, das um die Taille gewickelt war.

Caruso drehte sich schnell zur Seite, als sie in seine Richtung losmarschierte. Heimlich machte er ein paar Fotos von ihr. Dann nahm er die Verfolgung auf. Signora Becker schien es nicht eilig zu haben. Wie erwartet machte sie sich als Erstes auf zum Institut der Gerichtsmedizin. Brassoni hatte ihm schon mitgeteilt, dass die Pathologin mit der Autopsie fertig sei und Signora Becker in Anwesenheit eines Beamten ihren Mann sehen könne.

Während Charlotte Becker in dem Gebäude verschwand, zündete Caruso sich eine Zigarette an. Eigentlich hatte er sich das Rauchen abgewöhnt, aber in Stresssituationen überkam ihn manchmal ein unvernünftiges Verlangen nach einem Glimmstängel. Er war froh, dass er nicht mit in die Untersuchungsräume musste, denn er hatte kein Bedürfnis danach, sich zwischen Leichen aufzuhalten.

Es dauerte nur eine Viertelstunde, dann sah er die Frau ziemlich gefasst aus der Eingangstür kommen. Keine Spur von Tränen, das konnte er sehen, weil sie ihre Sonnenbrille für ein paar Minuten nicht aufhatte. Ihre Miene war versteinert, aber nach einigen Hundert Metern blieb sie interessiert vor den Ständern eines Modegeschäftes stehen und schaute sich in aller Seelenruhe die neuesten Schuhmodelle an. Caruso seufzte, als er sah, dass sie zwei Modelle in die Hand nahm und in den Laden ging, um sie anzuprobieren. Typisch Frau, aber ob das die angemessene Reaktion war, wenn man soeben seinen durch brutale Umstände verstorbenen Mann besucht hatte? Da stimmte doch etwas nicht, da war er sich sicher.

Nach kurzer Zeit erschien sie lächelnd mit einer Tüte in der Hand wieder vor dem Laden.

Es ging weiter, und Caruso fragte sich, wohin der Weg sie führen würde. Er stand im Eingangsbereich eines Tabakgeschäftes nebenan und studierte zum Schein die Auslage im Schaufenster. Bisher hatte sie ihn noch nicht bemerkt. Sie ging Richtung Rialto, schlenderte immer wieder durch eines der zahlreichen Geschäfte, kaufte sich ein Eis, beschleunigte aber plötzlich ihren Gang und steuerte auf den Anleger Rialto zu. Caruso hatte Mühe, ihr zu folgen, weil eine Menge Touristen die gleiche Strecke entlangging. Zum Glück hatte er einen Dauerfahrschein für die Vaporetti, weil er in Venedig lebte. So konnte er direkt sein Billet entwerten und nach ihr auf das Boot der Linie Eins einsteigen. Charlotte Becker ergatterte einen Platz im Innenraum, Caruso blieb im offenen Eingangsbereich stehen und ließ die Frau nicht aus den Augen. Einmal traf sich unversehens ihr Blick, ganz zufällig nur, aber zum Glück hatte sie ihn gar nicht richtig wahrgenommen. Dem Journalisten brach der Schweiß aus. Wer weiß, wie lange sie noch durch Venedig flanierte. Etwas Spektakuläres war bisher nicht passiert. Je länger es dauerte, desto größer war die Chance, dass er ihr auffiel.

An jeder Haltestelle sah er nach, ob sie Anstalten machte aufzustehen. Als das Vaporetto schließlich über das offene Meer hinaus Richtung Lido fuhr, war ihm klar, dass es ein längerer Ausflug werden würde. Leise stöhnte er auf. Die Frau war vermutlich völlig unschuldig und hatte keine Ahnung, wo sich die Wohnung ihres Mannes befand. Und er verfolgte sie durch ganz Venedig. Nachdem das Boot schwankend an der Station haltgemacht hatte, spuckte es die gesamte Menge an Touristen und Venezianern vor dem Lido aus. Caruso hielt sich hinter einem jungen Pärchen, das den gleichen Weg wie Charlotte Becker nahm, nämlich direkt geradeaus auf die lange, gepflegte Allee zu, die Richtung Strand und Meer führte. Beim Überqueren der Straße ärgerte sich der Journalist, weil ihn ein unverschämter, kräftiger Mann anrempelte, der auch schon die ganze Zeit im Boot gesessen hatte. Er wollte gerade zu schimpfen anfangen, als ein böser Blick aus kalten Augen ihn davon abhielt. Der Mann sah nicht so aus, als ob er sich auf eine Diskussion über angemessenes Verhalten im Straßenverkehr einlassen würde. Außerdem sah er komisch aus mit seinen kurzen blonden Haaren und dem karierten Hemd. Caruso wich dem Blick des Mannes, der es offenbar eilig hatte, aus und konzentrierte sich wieder auf seine eigentliche Aufgabe. Die Signora hatte sich am Kiosk eine Zeitung besorgt und schlenderte bedächtig den Weg entlang. Am Billa Supermarkt blieb sie unschlüssig stehen, entschied sich aber dann doch, weiterzugehen. Doch plötzlich machte sie vor einem der Restaurants halt. Sie schaute sich um, sondierte die Umgebung, studierte die Speisekarte und wählte einen der letzten freien Plätze unter einem Sonnenschirm am Ende der Terrasse.

Was mache ich denn nun? überlegte Caruso angestrengt. Mich ebenfalls dort hinsetzen und essen, das wäre zu auffällig. Aber da er eigentlich auch hungrig war, reizte ihn der Gedanke.

Vielleicht sollte er einfach offensiv vorgehen und ein Gespräch mit ihr suchen. Sie kannte ihn nicht, was konnte es da schaden. Vielleicht erzählte sie ihm etwas, das Brassoni für seine Ermittlungen brauchen konnte.

Mit einem scheuen Lächeln ging er entschlossen auf den Tisch der Professorenwitwe zu.

»Entschuldigen Sie, ist hier noch frei?«

Verdutzt schaute Charlotte Becker von der Speisekarte auf und musterte den eins fünfundneunzig großen blonden Mann, der vor ihr stand.

»Sie sind auch Deutscher?«, fragte sie als Erstes und wirkte interessiert.

»Ja, ich komme jedes Jahr nach Venedig. Mein Name ist Stefan Mayer. Und ich bin sehr hungrig!«

Charlotte Becker schmunzelte, lud ihn aber mit einer ausladenden Bewegung ein, Platz zu nehmen.

»Bitte sehr, für Ihren Hungertod möchte ich nicht verantwortlich sein.«

Stefan bedankte sich und zog den Stuhl näher an den Tisch heran.

»Ich habe gehört, die Fischgerichte sollen hier besonders schmackhaft sein«, begann er das Gespräch.

»Ich habe mich schon entschieden, ich nehme *Sogliola alla Griglia,* die Seezunge vom Grill«, erwiderte Signora Becker.

Sie legte die Speisekarte beiseite und sah ihn an.

»Und wofür entscheiden Sie sich?«

Caruso überlegte einen Moment.

»Ich weiß, dass wir uns in einem typischen Touristenlokal befinden. Aber dem Ruf nach haben die Speisen eine sehr gute Qualität. Also ich glaube, ich versuche das Tagesgericht, *Calamari alla griglia,* Tintenfisch vom Grill.«

»*Cameriere, prego!*«, rief er den Ober an den Tisch.

»*Io vorrei il menu del giorno*«, bestellte er in fließendem Italienisch.

Signora Becker bestellte ebenfalls ihre Seezunge und sah ihn bewundernd an.

»Woher sprechen Sie so gut Italienisch?«, fragte sie neugierig.

»Ach, ich habe während meines Studiums einen Kurs an der Universität gemacht. Ich bin immer gerne nach Italien in den Urlaub gefahren und wollte mich verständigen können.«

»Was machen Sie beruflich?«, wollte sie wissen.

Caruso überlegte kurz und entschied sich für eine Notlüge.

»Ich bin Ingenieur, Maschinenbau, nicht besonders interessant.«

Er hoffte, dass sie nicht nach weiteren beruflichen Details fragte.

»Ich kenne Ihren Namen noch nicht«, flocht er geschickt ein und sah sie herausfordernd an.

»Oh, Entschuldigung, wie unhöflich. Ich habe mich noch gar nicht vorgestellt. Charlotte Becker, aus München, Deutschland.«

Sie reichte ihm quer über den Tisch die Hand. Caruso stand auf und verbeugte sich altmodisch.

»Angenehm, ich freue mich, Sie kennenzulernen.«

Charlotte Beckers Gesichtszüge entspannten sich zu einem herzlichen Lachen.

»Sie sind ein kleiner Charmeur, hab ich recht? Aber das tut mir gut.«

Sie seufzte und drehte mit der rechten Hand an ihrer Armbanduhr, einer teuren Piaget.

»Warum, was ist denn passiert? Sind Sie nicht auch auf Urlaubsreise hier in Venedig?«

Caruso war aufgefallen, dass sie außer der Uhr keinen anderen Schmuck an den Händen trug, auch keinen Ehering. Das war eigenartig für eine Frau, die seit zwei Tagen Witwe war.

Signora Becker überlegte einen Augenblick, wie viel sie dem Fremden anvertrauen konnte.

»Na ja, der Anlass ist schrecklich. Ich habe meinen Mann verloren. Er wurde hier in Venedig ermordet.«

Sie stockte kurz, sah zu Boden und zerknüllte ihre saubere Papierserviette, während sie weitersprach.

»Ich bin hier, um ihn mit nach Hause zu nehmen. Ich habe das Ganze noch nicht richtig verarbeiten können.«

Caruso machte ein betretenes Gesicht. Er musste jetzt so tun, als wüsste er von nichts.

»Das tut mir sehr leid. Und ich dachte immer, Venedig sei so ein friedvoller Ort.«

Zum Glück erschien just in diesem Moment der Ober mit dem Essen. Die Getränke, für Charlotte Becker eine *Aranciata* und für Stefan ein Glas kühles Bier, hatte er schon gebracht.

Der Journalist war überrascht, wie gut das Essen aussah. Ein herrlicher Duft stieg von den beiden Fischplatten auf. Caruso drückte seine geviertelte Zitrone über den Calamari aus und genoss den ersten Bissen.

»Wunderbar, wirklich. Das hätte ich hier gar nicht erwartet.«

Er nahm sich eine Pommes und beobachtete die Witwe beim Essen. Sie hatte schlanke, gepflegte Hände und sah viel jünger als vierzig aus. Wenn er auf Frauen stände, hätte er ernsthafte Versuche gemacht, mit ihr anzubandeln. Doch er verscheuchte diese Gedanken aus seinem Kopf. Er war hier, um sie zu beschatten und nach der geheimen Wohnung zu forschen.

Als er seinen Blick durch die nähere Umgebung schweifen ließ, fiel ihm auf der anderen Straßenseite wieder dieser bullige Mann im karierten Hemd auf, der ihn vorhin so unsanft überholt hatte. Es sah fast aus, als würde er ständig herüberschauen. Nicht gerade sehr unauffällig. Carusos Nackenhärchen stellten sich warnend auf. Hoffentlich kam er nicht wieder in eine brenzlige Situation.

»Herr Mayer, ist alles in Ordnung?«, hörte er Charlotte Becker fragen.

»Wie? Oh ja, natürlich. Ich glaube, ich habe ein wenig geträumt«, beeilte er sich zu antworten.

Die beiden Fischplatten waren inzwischen leer geräumt. Caruso putzte sich den Mund mit seiner Serviette ab und wand sich wieder seiner Tischnachbarin zu.

»Woher genau kommen Sie aus München? Und was arbeiten Sie dort, wenn ich fragen darf?«

»Ich habe jahrelang als Dozentin für Pädagogik an der Hochschule in München gearbeitet. Zurzeit mache ich eine Elternpause, ich habe eine kleine Tochter, sie wird bald zwei Jahre.

Aber aufgewachsen bin ich am Tegernsee, auf einem Bauernhof. Und Sie?«

»Ich habe meine Kindheit in Pörnbach in der Hallertau verbracht.«

»Ah, das Hopfenanbaugebiet. Daher Ihre Vorliebe für Bier?« Sie zeigte schmunzelnd auf sein leeres Glas.

»Nein nein, meine Eltern waren ganz normale Angestellte, ich komme nicht aus einer Bierbrauerfamilie.«

Das Eis zwischen den beiden war längst gebrochen. Caruso

lehnte sich in seinem Stuhl zurück und überlegte, wie weit er mit seinen Fragen gehen konnte.

»Wohnen Sie hier im Hotel oder in einer Ferienwohnung?«

»In der Wohnung von Freunden. Das ist angenehmer als im Hotel. Ich kann mir jederzeit was zu essen kochen und habe meine Privatsphäre.«

Caruso nickte.

»Das kann ich verstehen. Viele Leute legen sich hier eine Ferienwohnung zu, sofern sie das Geld dafür haben. Davon träume ich auch schon lange.«

Charlotte Beckers Gesichtsausdruck wurde nervös.

»Ja, das wollten wir auch, aber …«

Der Journalist ignorierte, dass sie den Satz nicht beendet hatte.

»Wie, Sie haben sich auch eine Wohnung ausgesucht? In welchem Stadtteil?«

Die Frau sah ihn misstrauisch an. Doch dann entschied sie sich weiterzureden.

»Ich habe Geld geerbt. Es gibt da eine wunderschöne Wohnung, aber niemand weiß davon …«

Caruso wurde es heiß und kalt. Fast kam es ihm vor, als wäre sie froh, mit jemandem reden zu können. Jetzt nur keinen Fehler machen, dachte er sich. Ich werde sie auf ein zweites Treffen einladen, sie vertraut mir und erzählt mir womöglich noch mchr.

»Oh, Glückwunsch. Bei all dem, was Ihnen widerfahren ist … Hat man die Mörder Ihres Mannes eigentlich schon gefasst?«, fragte er behutsam.

Sie schüttelte resigniert den Kopf.

»Nein, bisher noch nicht.«

»Waren Sie glücklich verheiratet?«

Ihre Augen funkelten zornig.

»Warum fragen Sie das? Mein Mann war wie viele Männer.«

»Was meinen Sie damit?«

»Er war nicht das, was ich mir wünschte. Zu oft interessierte er sich für andere Frauen.«

Sie stand plötzlich auf, rief nach dem Kellner und wollte sich von ihm verabschieden.

»Ich muss weiter. Es war sehr nett, mit Ihnen zu essen.«

Der Journalist sprang auf und reichte ihr die Hand.

»Darf ich Sie für heute Abend auf ein Glas Wein einladen? Kennen Sie Harrys Bar in der Calle Vallaresso? Dort muss man einmal gewesen sein. Der Bellini dort ist köstlich.«

Charlotte Becker wiegte den Kopf hin und her.

»Na gut, sagen wir gegen halb neun. Aber ich kann Ihnen nichts versprechen.«

Caruso sah ihr nach, wie sie leichtfüßig Richtung Strand verschwand.

Nun konnte er ihr nicht mehr hinterhergehen, aber er hatte mehr erfahren, als er gehofft hatte. Er beglich ebenfalls seine Rechnung bei der Bedienung, hängte sich seine Kamera um und wollte schon eine Kehrtwende Richtung Vaporettostation machen, als ihm auffiel, dass der vierschrötige Kerl mit dem karierten Hemd die Straße überquerte und in die gleiche Richtung strebte wie die Frau des verstorbenen Professors.

Schnell machte er ein paar Fotos, zoomte das Gesicht des Mannes so nah ran wie möglich.

Vielleicht würde Luca ihn ja erkennen. Wenn der Typ mit der Mordaffäre und dem wertvollen Picasso zu tun hatte, musste er Luca schnellstens informieren. Möglicherweise war die attraktive Frau Becker ja sogar in Gefahr. Caruso war sich im Klaren darüber, dass Brassoni einen seiner berühmten Wutausbrüche bekommen würde, wenn er erfuhr, dass er sich mit Charlotte Becker angefreundet hatte. Aber der Zweck heiligt die Mittel, dachte er und wählte Lucas Nummer. Die Details würde er seinem Cousin verschweigen, bis er sich erneut mit der Frau getroffen hatte.

Doch er erreichte nur Brassonis Mailbox. In knappen Sätzen

berichtete er von dem Mann, der Signora Becker mutmaßlich ebenfalls gefolgt war und bat um einen Rückruf.

Dann machte er sich auf den Heimweg.

Brassoni hatte sein Handy ausgestellt. Einmal musste Ruhe sein, wenigstens für ein, zwei Stunden. Keine Erreichbarkeit, kein Stress, keine unangenehmen Anrufe.

Nach dem Besuch im Krankenhaus war er erschöpft und ein wenig deprimiert. Er war zuallererst in den Garten gegangen und hatte den Duft seiner Lieblingsrosen eingeatmet.

Der Garten war eine Oase der Schönheit und der Ruhe. Nur die zahlreichen Insekten durchbrachen die Stille, indem sie von Blüte zu Blüte summten. Hier konnte Brassoni abschalten und neue Kraft tanken. Nur zum Lesen hatte er heute keine Zeit.

Jetzt blieb ihm nur eine Viertelstunde, um sich auszuruhen und sich umzuziehen.

Evelyn Sanders war in einem katastrophalen Zustand, sie stand unter starken Beruhigungsmitteln und war zu ihrer eigenen Sicherheit an das Bett fixiert worden.

Er konnte nur ein paar Worte mit ihr wechseln. Soweit er verstanden hatte, ging die Affäre mit Konstantin Becker schon über längere Zeit. Er hatte ihr eine gemeinsame Zukunft versprochen, wollte mit ihr zusammenziehen, sobald er die Angelegenheit mit seiner Frau geklärt hatte, was er aber immer wieder verschob. Dann wurde Evelyn Sanders schwanger, und der Professor reagierte erfreut, ganz so wie sie es sich wünschte. Er wollte das Kind, hielt sie aber weiter hin. Die junge Frau war total verzweifelt. Brassoni konnte ihr Schluchzen kaum ertragen und war froh, als er aus dem Zimmer war.

Pünktlich um acht klingelte es an seiner Tür. Das unausweichliche Abendessen mit Maria Grazia. Brassoni atmete tief ein, bevor er die Tür öffnete. Die Chefsekretärin strahlte ihn an.

»*Ciao*, Luca. Ich hoffe du freust dich!«

Der Commissario war zu erschöpft, um darauf zu antworten

und setzte ein gequältes Lächeln auf. Zum Glück hielt sie die Lasagneform in der Hand und konnte ihn nicht umarmen.

»Ich hatte einen harten Tag. Komm erst mal rein, ich nehme dir die Sachen ab.«

Maria Grazia schenkte ihm ein verführerisches Lächeln. Sie ging vor bis zur Küche, stellte die Lasagne und den Wein auf den Tisch. Dann drehte sie sich langsam zum Commissario um, trat näher an ihn heran, öffnete ihren dünnen Mantel und offenbarte, was sie darunter anhatte. Rein gar nichts. Luca Brassoni wurde es heiß, als sie ihn zu sich heranzog und leidenschaftlich küsste. Er ahnte, wo das enden würde. Obwohl er das nicht gewollt hatte.

Kapitel 18

Am nächsten Morgen packte ihn das schlechte Gewissen, kaum dass seine Augen offen waren. Die Lasagne lag ihm schwer im Magen, was weniger an Marias Kochkünsten als an der Tatsache lag, dass er es immer noch nicht fertiggebracht hatte, ihr zu sagen, dass er die Beziehung eigentlich beenden wollte. Sie hatte ihn verführt, und er hatte sich verführen lassen. Jedes Mal, wenn er versuchte, darüber zu reden, wechselte sie das Thema. Schließlich hatte er aufgegeben.

Sie waren beide erwachsen, aber er fühlte sich trotzdem schlecht, weil er wusste, dass sie sich mehr von ihm erhoffte. Vorsichtig schlug er die Bettdecke beiseite, hievte ein Bein nach dem anderen aus dem Bett und stand leise auf. Es war erst Viertel vor sieben, Maria schlief noch wie ein Baby. Durch die Ritzen des Rollos suchten sich die ersten Sonnenstrahlen ihren Weg. Brassoni sah an sich herunter. Zehn Mückenstiche konnte er zählen. Das wunderte ihn nicht nach dieser schwülen Nacht. Obwohl seine Wohnung klimatisiert war, lüftete er gegen Abend noch einmal, und diese schrecklichen Plagegeister fanden immer einen Weg in sein Schlafzimmer. In der Küche holte er eine Salbe aus dem Kühlschrank, die den ersten Juckreiz milderte. Dann zog er sich die Klamotten vom Vortag über, schlich leise aus der Wohnungstür und machte sich auf den Weg zum Bäcker. Wie immer genoss er den frühen Spaziergang an der frischen Luft. Am Himmel hatten sich ein paar Wolken gebildet.

Es sah so aus, als würde das Wetter bald umschlagen. Brassoni hoffte, dass sie bei guter Witterung die Insel Poveglia erreichten. Nicht auszudenken, wenn das zu erwartende Gewitter sie mitten auf der Fahrt überraschte.

Im Bäckerladen begrüßte er überschwänglich Laura, die korpulente, aber immer gut gelaunte Verkäuferin. Sie versorgte ihn mit dem neuesten Klatsch, er hörte ihr folgsam zu und amüsierte sich über die großen und kleinen Geschichten in der Nachbarschaft.

»Haben Sie schon gehört, Commissario? Die Frau von Paolo, dem Schuhmacher, ist mit einem Engländer über alle Berge. Sie hat ihn einfach sitzen lassen. Nur weil er ihr nicht so viel bieten kann wie dieser neureiche Banker. Eine Schande ist das!«

Luca Brassoni nickte und bestellte wie üblich seine Cornetti und ein Baguette.

Laura beugte sich über die Theke und flüsterte ihm zu:

»Bei der alten Signora Conti soll während ihrer Beerdigung eingebrochen worden sein. Alle wertvollen Gegenstände und Bargeld wurden geklaut. Ihr Sohn ist außer sich vor Ärger. Stellen Sie sich so was mal vor.«

Sie klatschte das Baguette und die Hörnchen auf die Ablage. Brassoni zahlte und bekundete sein Unverständnis für solch pietätloses Vorgehen.

»Ich hoffe, ihr schnappt diese Mistkerle!«, rief Laura ihm nach, als er an der Schlange vorbei aus dem Laden ging.

Zu Hause setzte er Espresso auf und deckte den Tisch. Heute gab es Brombeergelee mit Amaretto von Signora Vasconti. Sie konnte himmlische Marmelade herstellen und schenkte ihm regelmäßig ein paar Gläser davon. Dann putzte er sich die Zähne, weckte Maria Grazia und saß ein paar Minuten später schweigend mit ihr am Frühstückstisch.

Ungeschminkt fand er sie viel anziehender als mit der dicken Schicht Make-up im Gesicht, die sie während der Arbeit trug.

»Du bist so still, ist irgendwas mit dir?«, fragte er und griff nach ihrer Hand.

Doch Maria Grazia entzog sich ihm und sah ihn nur traurig an.

»Meinst du, ich merke nicht, dass du mich nicht liebst? Dass du mir aus dem Weg gehst und jede Verabredung am liebsten absagen möchtest? Ich bin ja nicht dumm!«

Sprachlos starrte er sie an. Das saß. Er hatte es nicht geschafft, und sie sprach es aus. Ungekünstelt und ehrlich zu sein stand ihr gut. Brassoni fühlte sich auf einmal sehr schlecht.

»Maria, ich mag dich sehr gern. Aber ich bin mir nicht sicher, ob unsere Gefühle für eine feste Beziehung reichen. Außerdem bist du verheiratet. Uns war doch beiden klar, dass du bei deinem Mann bleiben wolltest. Das hast du von Anfang an gesagt.«

Maria Grazia seufzte und verzog den Mund.

»Vielleicht hast du recht. Aber ich bin gerne mit dir zusammen. Vielleicht sollten wir wirklich eine Weile Abstand halten und einen klaren Kopf bekommen.«

Brassoni nickte stumm und gab ihr einen Kuss.

Gegen Viertel nach acht war er auf dem Weg zur Arbeit. Er und Maria Grazia hatten kein Wort mehr gesprochen. Siedend heiß fiel ihm ein, dass er sein Handy noch nicht angestellt hatte. Er sah auf dem Display, dass eine Nachricht auf der Mailbox war, und hörte sie ab.

»*Santa Maria*!«, entfuhr es ihm, als er Carusos Ausführungen vernahm.

Sobald er von Poveglia zurück war, musste Stefan ihm die Bilder des Mannes zeigen.

Anscheinend beschattete Cesare Pantalone Charlotte Becker im Auftrag der Kunsthändlerbande. Wahrscheinlich waren sie auch auf der Suche nach dem Picasso und vermuteten ihn nicht im Guggenheim Museum. Brassoni war gespannt, zu welchem Ergebnis die beiden Experten am Mittag kommen würden.

Um halb neun traf er sich mit Maurizio Goldini und Ispettore Colludi in der Questura.

Brassoni hatte eine Karte der Insel dabei. Der Ispettore, ein fleißiger Mann Anfang dreißig mit Brille und pechschwarzem Haar, war begeistert, die beiden Kommissare auf diesem spannenden Ausflug zu begleiten.

Der Commissario indes beäugte ein wenig beunruhigt die Wetterlage durch das Fenster im ersten Stock. Der Himmel hatte sich inzwischen fast komplett zugezogen. Böige Winde ließen als Vorboten des Gewitters die Fahne vor dem Gebäude heftig flattern.

»Meinst du, wir sollten die Fahrt verschieben?«, fragte Goldini, dem dieses Unternehmen sowieso nicht geheuer war.

»Ach, es wird sich bald wieder aufklären. Das ist doch nur ein kleines Tief«, verkündete Brassoni wenig überzeugend.

»Außerdem läuft uns die Zeit davon. Das Polizeiboot wartet auf uns. So schlimm wird es schon nicht werden.«

Brassoni packte die Karte, zwei Taschenlampen, etwas Werkzeug und eine Flasche Wasser sowie Regenjacken in einen Rucksack. Er überprüfte, ob Goldini und Colludi ihre Waffen ordnungsgemäß verstaut hatten, und trieb die kleine Gruppe schließlich an, sich auf den Weg zu machen.

»*Avanti, avanti,* bringen wir es hinter uns.«

So trotteten die drei Männer schließlich mit unterschiedlich großer Motivation zum nächsten Anleger.

Im Polizeiboot herrschte angespannte Ruhe. Der Bootsführer machte diese Tour zum ersten Mal, er war ein gläubiger Katholik wie die meisten Italiener und glaubte nicht an Geister, hatte aber trotzdem allerhöchsten Respekt vor dem Ruf der Insel.

Von Venedig aus fuhren sie zuerst Richtung Lido, hielten sich dann aber rechtsseitig auf dem Wasser. Poveglia lag ein gutes Stück vor dem Lido di Venezia, auf Höhe des letzten Drittels.

Die Fahrt dauerte eine gute halbe Stunde. Es hatte sich eine Wolkenfront gebildet, die den Himmel immer stärker verdunkelte. In weiter Ferne war bereits Donnergrollen zu hören. Brassoni sah, wie grelle Blitze den Himmel durchzuckten. Ihm fröstelte, und den anderen ging es wohl genauso.

Das Meer begann sich aufzubäumen, Wellen schlugen vom Wind getrieben an das Boot.

Er war begierig, endlich an Land zu kommen, aber er fürchtete, dass die Wetterlage sich weiter verschlimmerte und die ganze Aktion negativ beeinflusste.

Goldini hatte seine Jacke bis oben zum Kragen zugeknöpft, Inspektor Colludi trotzte stoisch den Naturgewalten und fror in seinem dünnen Uniformhemd.

Das Boot fuhr durch den Canal Orfano, den schiffbaren Lagunenkanal, der Poveglia von der vorgelagerten Kanoneninsel trennte. Maurizio Goldini betrachtete mit Schaudern die Brücke, die über den Kanal führte. Früher sagte man, diese Brücke sei die Verbindung zwischen der Welt und der Hölle. Jetzt strahlte sie, dunkel und einsam im düsteren Licht, eine unheimliche Atmosphäre aus.

Endlich war das befestigte Ufer der Insel in Reichweite. Das Gewitter kam immer näher, deshalb befahl Brassoni dem Bootsführer, das Polizeiboot fest zu vertäuen und mit an Land zu gehen, um sich dort unterzustellen und auf die Kollegen zu warten.

Als die Männer die Insel betraten, sah der Himmel aus wie bei einem Weltuntergang.

Alle hofften, dass dies kein Zeichen sei, und bekreuzigten sich.

Brassoni hatte als Erster seine professionelle Haltung wiedergefunden. Er verteilte die Regenjacken an die Männer, denn die ersten Tropfen fielen bereits und kündeten von baldigem wolkenbruchartigem Regen.

»Wir teilen uns auf. Maurizio, du gehst Richtung Kirchturm und siehst dich dort um. Ich werde mit Ispettore Colludi die Krankenhausgebäude inspizieren. Wir treffen uns in einer Dreiviertelstunde wieder hier, tauschen unsere Ergebnisse aus und sehen uns den Rest der Insel gemeinsam an. Maurizio, solltest du Hilfe brauchen, benutz dieses Funkgerät hier.«

Er reichte Goldini die Taschenlampe und eins von zwei Funkgeräten, die er sicherheitshalber mitgenommen hatte.

»Ich war mir nicht sicher, ob unsere Handys auf der Insel funktionieren.«

Ein weiteres lautes Donnergrollen, gefolgt von einem heftigen Blitz, ließ die Männer zusammenzucken. Zu allem Unglück setzte jetzt auch noch ein kräftiger Platzregen ein.

Goldini zog sich die Kapuze über seinen Kopf und machte sich mit hängenden Schultern auf den Weg. Auch Brassoni und der Inspektor verabschiedeten sich von dem Bootsführer, der sich in eine trockene Ecke der alten Ruine verzogen hatte. Der Commissario befahl ihm, seine Dienstwaffe immer griffbereit zu halten. Inzwischen regnete es so stark, dass den Polizeibeamten das Wasser in Strömen über das Gesicht lief. Fünf Minuten später ließ der Regen endlich etwas nach, aber es war immer noch so dunkel wie in der Nacht. Brassoni wischte sich mit der Hand die Augen frei und fluchte, der Inspektor hingegen sagte nicht ein Wort. Er beschwerte sich nicht, ging nüchtern und verlässlich neben seinem Vorgesetzten und leuchtete den Weg aus. Fast wären die beiden über ein Schild gestolpert, das im Gestrüpp vor der Klinik vor sich hin moderte.

»*Reparto psichiatrica*« stand da drauf, Psychiatrische Abteilung.

Colludi und Brassoni tauschten einen scheuen Blick. Sie konnten das Unwohlsein nicht verbergen, das sich jetzt doch allmählich in ihnen breitmachte.

Der Commissario dachte an eine Geschichte, die er vor Jahren in einem Magazin gelesen hatte. Dort hieß es, dass Forscher bei Untersuchungen an Leichen auf der Insel festgestellt hatten, dass man den Toten Ziegelsteine in den Mund gestopft hatte, wenn sie sich nach ihrem Tod aufblähten, weil man sie für Vampire hielt. Man glaubte, sie hätten das Blut der anderen Menschen ausgesaugt. Vor seinem geistigen Auge sah er die unzähligen armen Seelen vor sich, die hier an schlimmen körperlichen oder geistigen Krankheiten gestorben und auf Poveglia beerdigt worden waren. Ob ihre Geister wirklich nach Rache suchend bis zum heutigen Tage umherschwirrten? Er schüttelte sich und schalt sich einen Dummkopf.

Für einen Moment war ihm schwindlig, er versuchte seine Augen im Schein der Taschenlampe zu orientieren. Colludi zog ihn am Arm in den Eingang des Krankenhausgebäudes. Von außen waren die verlassenen Gebäude von Eisengerüsten umgeben, im Inneren bot sich ein trostloser Anblick. Schutt, verrostete Geländer, ein strenger Geruch, Schimmel an den Wänden – wie gebannt starrten sie auf die Relikte einer vergangenen Zeit.

Das Gewitter war jetzt direkt über ihnen, und Brassoni dachte an seinen Kollegen Goldini, der ganz allein das Kirchengebäude untersuchte. Der Commissario und der Ispettore setzten ihre Erkundung fort, durchstreiften Raum für Raum, doch alles, was sie fanden, waren verrostete Bettgestelle, zerbrochene Fliesen und das Gefühl, dass das Leid der Insassen durch die düstere Atmosphäre fast greifbar wurde.

Wenn die kriminellen Kunsthändler sich auf der Insel regelmäßig trafen, mussten sie sich einen Raum gesucht haben, der so schnell nicht zu entdecken war.

Gerade als Brassoni entschied, das Gebäude wieder zu verlassen und auf Goldini zu warten, tönte ein schepperndes Geräusch aus einem der Nebenräume.

»Colludi, ich sehe nach, geben sie mir Feuerschutz, falls es brenzlig wird!«, flüsterte er seinem Untergebenen zu.

Colludi nickte und folgte ihm leise. Ein weiterer Blitz erhellte für einen kurzen Moment die Räume. Brassoni pirschte sich langsam vor bis an den Türrahmen und sah eine menschliche Gestalt die Treppe herunterlaufen.

»Polizei, bleiben Sie stehen!«, rief er laut und hielt seine Pistole im Anschlag. Er blickte über seine Schulter und sah den Inspektor in angespannter Stellung hinter sich. Plötzlich ging alles ganz schnell. Schüsse aus einer automatischen Waffe durchbrachen die Stille der Insel.

Brassoni ducke sich und riss den Inspektor mit sich auf den Boden. Schritte hallten in den Mauern des Gebäudes, der Unbekannte versuchte zu fliehen. Im selben Augenblick vernahm Brassoni ein Stöhnen hinter sich. Entsetzt beugte er sich über den Inspektor, der sich mit schmerzverzerrtem Gesicht seinen Arm hielt.

»Colludi!«, schrie er heiser auf. »Ist alles in Ordnung mit Ihnen?«

Der Inspektor lag auf der Seite und biss sich auf die Lippen. Brassoni leuchtete mit der Taschenlampe auf seinen Kollegen. Blut lief aus der Wunde, auf die Colludi seine Hand gelegt hatte.

»Ich glaube, es ist nur ein Streifschuss, Commissario«, stieß er röchelnd hervor.

»Schnappen Sie sich den Mistkerl!«

Brassoni hörte weitere Schüsse im Eingangsbereich des Krankenhauses und sprang auf.

Es dauerte nur wenige Sekunden, bis der Commissario ebenfalls vor der Ruine stand.

Er war hinter einer Mauer in Deckung gegangen und betete, dass der Täter den Bootsführer und Maurizio noch nicht erwischt hatte.

Angespannt sah er sich um. Im schwindenden Licht eines Blitzes konnte er gerade noch erkennen, wie die Silhouette eines Mannes in einem Gebüsch links von ihm verschwand.

»Kommen Sie raus, Sie haben keine Chance, hier wegzukommen!«, rief er mit fester Stimme.

Die Antwort war eine weitere Salve Schüsse aus dem Gewehr. Brassoni hatte Mühe, den Kugeln auszuweichen. Angst machte sich in seinen Gedanken breit. Was, wenn der Mann sie alle umbrachte? Wenn noch mehr von denen hier auf der Insel waren? Er hätte die Aktion besser vorbereiten müssen.

Er sah sich nach Colludi um, konnte aber in der Dunkelheit nichts mehr erkennen. Als er Schritte hinter sich hörte, drehte er sich hastig um, aber es war schon zu spät. Er fühlte einen harten Schlag auf den Kopf, bemerkte Hände, die ihn gegen die Mauer pressten, wollte sich mit aller Kraft zur Wehr setzen. Er fiel zu Boden, rappelte sich sogleich wieder auf und hörte erneut einen Schuss. In Panik fasste er sich an den Kopf, ertastete Blut, überlegte, ob er getroffen worden war, und sah dann zu seiner Überraschung Goldinis besorgtes Gesicht vor sich.

»Luca, ich habe ihn erwischt, es ist alles in Ordnung. Ich habe die Schüsse gehört und bin sofort umgekehrt in eure Richtung. Genau in dem Moment, als der Typ sich an dich heranschlich, konnte ich ihn erledigen.«

Brassoni sah auf die Gestalt zu seinen Füßen. Ein Mann lag dort mit weit aufgerissenen Augen und einer Schusswunde am Kopf. Er regte sich nicht mehr. Es war einer der drei Männer von dem Überwachungsvideo aus Beckers Todesnacht.

Kapitel 19

Die Schlechtwetterfront verzog sich, noch während Goldini von seinem Handy aus, das einen schlechten, aber zumindest zeitweiligen Empfang hatte, die Kollegen in Venedig informierte.

Inzwischen war auch Ispettore Colludi wieder auf den Beinen. Die eine Hälfte seiner Brille war bei dem Zwischenfall zu Bruch gegangen, deshalb blickte er etwas unsicher mit dem verbliebenen Teil auf Commissario Brassoni und den Toten. Den Arm hatte er mit einem Taschentuch notdürftig verbunden. Goldini konnte sehen, wie er die Zähne zusammenbiss.

Der Himmel klarte auf, die Sonne brach sogar zeitweilig durch und tauchte die Umgebung in ein helles Licht.

Die Männer atmeten auf und überlegten, wie sie weiter vorgehen wollten. Brassoni hielt sich den Kopf und war sogar wieder zu Scherzen aufgelegt.

»Das ist jetzt schon das zweite Mal innerhalb von zwei Tagen, dass mir jemand auf den Schädel gehauen hat. Zum Glück scheint er aus Stahl zu sein.«

Goldini grinste, und der Polizeibeamte, der sie mit dem Boot hergebracht hatte und zur Unglücksstelle geeilt war, als die Schüsse fielen, konnte auch wieder lachen.

»Colludi, wie sieht es aus, wäre es nicht am besten, Sie fahren mit dem Bootsführer schon einmal zurück nach Venedig und lassen Ihre Wunde behandeln? Wir warten dann auf die Verstärkung und die Kollegen von der Spurensicherung und fahren mit ihnen zurück.«

Der Ispettore zierte sich ein bisschen und wollte unbedingt seinen Dienst fortsetzen, stimmte aber nach einem scharfen Blick von Brassoni zu, verabschiedete sich und schlurfte mit hängenden Schultern und noch immer völlig durchnässt zum Polizeiboot.

Als Brassoni und Goldini alleine neben dem toten Verdächtigen standen, schaute sich Goldini auf dem weitläufigen Gelände um und gestand seinem Chef:

»Ich bin immer noch ganz gefangen von den Eindrücken dieser Insel. Ich hatte ein mulmiges Gefühl, als wir herkamen. Dann schickst du mich alleine zu diesem verdammten Glockenturm – das war schlimmer als jede Geisterbahn auf der Kirmes. Überall unheimliche Geräusche, die Dunkelheit und die Fantasie, die einem andauernd einen Streich spielt …

Bei Tageslicht besehen ist es halb so schlimm. Ich bin gespannt, was der Typ dort oben im Gebäude gemacht hat. Sollen wir es uns ansehen?«

Brassoni war skeptisch.

»Lass uns auf die anderen warten. Das hier ist ein Tatort, und wer weiß, wer sich noch hier rumtreibt. Ich will nicht, dass Spuren verwischt werden oder die Leiche verschwindet. Übrigens, kennst du den Kerl?«

Goldini schüttelte den Kopf.

»Außer auf dem Video hab ich ihn noch nie gesehen.«

Er reichte Brassoni den Ausweis des Verstorbenen, den er in dessen Jackentasche gefunden hatte.

»Antonio Grandi. Der Name sagt mir nichts. Vermutlich ein Helfershelfer der Bande.«

»Er wird uns leider nichts mehr sagen können«, bedauerte Goldini.

»Du hast mir vermutlich das Leben gerettet, Maurizio. Danke dafür!«

Brassoni ging auf seinen Kollegen zu und umarmte ihn.

»Es ist gut, wenn man sich aufeinander verlassen kann. Ich hätte nie gedacht, dass wir in eine solche Situation geraten.«

»Du hattest zumindest den richtigen Riecher, was diese Insel hier angeht.«

»Ich wünschte, wir hätten Cesare Pantalone auch schon geschnappt!«

Eine Dreiviertelstunde später bevölkerte eine ganze Heerschar von Polizisten und Kriminaltechnikern die kleine Insel. Wieder war es nicht Carla Sorrenti, die als Rechtsmedizinerin mitgekommen war, um den Toten zu untersuchen, sondern Mario Scorta, der gleiche Arzt wie bei Lorenzo Spitta.

»*Scusi,* wo ist denn Signora Sorrenti?«, wollte Brassoni von ihm wissen.

»Dottoressa Sorrenti hat einen halben Tag freigenommen«, antwortete der ein wenig genervt auf die Nachfrage des Commissarios.

Brassoni hob abwehrend die Hände.

»Ich zweifle nicht an Ihrem Können, Dottore. Es ist nur – na ja, selten dass sie nicht da ist.«

Der Arzt schüttelte den Kopf und setzte seine Untersuchung fort.

Brassoni ging mit Goldini und zwei weiteren Beamten hinauf in die Etage, aus der der Verdächtige geflohen war.

»Ich war mit Colludi schon hier drin, aber uns ist nichts Ungewöhnliches aufgefallen«, verkündete der Commissario. »Vielleicht haben wir im Dunkeln nicht alles …«

»Hier, Luca, sieh mal«, unterbrach Goldini ihn aufgeregt. »Hinter diesem ganzen Efeu an der Wand ist eine verborgene Tür!«

Brassoni sah sich die Stelle genauer an. Tatsächlich, an der Tür entlang war der Efeu fein säuberlich durchgeschnitten. Wenn man das nicht wusste, kam man nie auf den Gedanken, dass sich hinter dieser zugewucherten Wand etwas verbergen würde.

Mit gemeinsamen Kräften öffneten sie die schwere Eisentür und staunten nicht schlecht, als sie in den Raum hineintraten.

Hier war alles ordentlich aufgeräumt. Die Wände waren überstrichen worden, und in der Mitte des Raumes standen vier Klappstühle aus Holz.

Auf dem Tisch dazwischen befanden sich ein paar Wasserflaschen und saubere Pappbecher.

Aber am interessantesten war der geöffnete Tresor links neben dem Fenster.

Offenbar hatte Antonio Grandi versucht, das geheime Zimmer leer zu räumen. Brassoni konnte zwei Gemälde unbekannter Herkunft und eine Aktenmappe sicherstellen, in der einige Verkäufe sowie Zahlen und Namen vermerkt waren. Der Commissario überflog die Unterlagen kurz, pfiff durch die Zähne und sagte an Goldini gewandt:

»Die Unterlagen sind brisant. Auch Professor Becker und Direktor Pallucci tauchen darin auf.

Wir werden das in aller Ruhe durchgehen und sehen, welche Rückschlüsse wir daraus ziehen können.«

Kurz darauf rief ihn einer der Beamten.

»Commissario, wir haben das Boot des Verdächtigen gefunden. Es lag auf der anderen Seite der Insel. Er hatte schon mehrere Bilder in einem wasserdichten Behälter verstaut.«

Brassoni und sein Kollege Goldini folgten dem Beamten zu dem Boot.

Brassoni fror in seinen nassen Kleidern trotz der Sonne, die nun wieder strahlte, als wäre am Morgen nicht die Welt untergegangen.

»Seht euch das an. Vermutlich alles Diebesgut. Ein Glück, dass wir für heute einen Kunstexperten eingeladen haben. Er kann gleich einen Blick auf die Gemälde werfen.«

Brassoni wollte jetzt nur noch zurück zur Questura oder, besser noch, erst mal nach Hause, eine heiße Dusche nehmen und umziehen. Es gab keine Anzeichen dafür, dass sich noch mehr Kriminelle auf Poveglia versteckt hielten.

Die Aktion war spektakulär gewesen, aber auch ein voller Erfolg. Sie hatten das Geheimquartier der Gruppe gesprengt und einen Verdächtigen getötet. Jetzt würden die Feinarbeit und die nächsten Schritte zu einer erfolgreichen Aufklärung in Gang gesetzt. Als sie endlich im Polizeiboot saßen, war Brassoni sich sicher, dass sie auch den oder die Mörder des Professors finden würden. Er und Goldini hatten sich jeweils in eine Decke gewickelt und ließen sich schweigend durch das nun wieder ruhige Lagunenwasser von Venedig nach Hause fahren.

Gegen dreizehn Uhr waren der Commissario und sein Kollege wieder im Büro. Die gesamte Belegschaft begrüßte die beiden Beamten hocherfreut und voller Bewunderung.

Sogar der Vice Questore beglückwünschte seine beiden besten Kommissare zu dem Erfolg, bat Brassoni aber im gleichen Atemzug, bei den nächsten Aktionen etwas strukturierter vorzugehen. Schließlich ginge nicht immer alles so glimpflich ab.

Als Brassoni dann an seinem Schreibtisch saß, fand er einen Zettel, den Maria Grazia ihm hingelegt hatte. Der Kunstsachverständige würde erst gegen vierzehn Uhr eintreffen.

Dem Commissario kam das gelegen, denn er hatte noch Berichte zu schreiben und wollte mit Goldini die Unterlagen durchgehen, die sie im Tresor auf der Insel Poveglia gefunden hatten.

Maria Grazia hatte ihn kaum beachtet, als er vorhin an ihrem Arbeitsplatz vorbeiging. Sie war sehr reserviert und hatte kein Wort mit ihm gesprochen. Brassoni war irritiert, ja fast sogar schon beleidigt. Dieses Verhalten war er von ihr nicht gewohnt. Und ehrlich gesagt fehlte ihm irgendetwas. Wieso das so war, konnte er sich nicht erklären, zumal es doch auch sein Wunsch gewesen war, die Beziehung auf Eis zu legen. Missmutig schlug er die erste Seite des Dokuments auf und war sogleich wieder von seinen privaten Sorgen abgelenkt.

Eine fein säuberliche Aufstellung aller in den letzten drei Jahren verkauften Gemälde war darin aufgelistet. Es würde eine Heidenarbeit werden, sich um jeden einzelnen Fall zu kümmern und ihn zurückzuverfolgen. Die kriminelle Bande hatte mehrere Bilder an Privatleute, aber auch an Museen verkauft. Das Guggenheim Museum in Venedig war ebenfalls unter den Käufern. Brassoni konnte sich aber vorstellen, dass die Käufer nicht unbedingt alle gewusst hatten, dass die Bilder aus illegalen Quellen stammten. Sicher, dem einen oder anderen reichen Kunstsammler war es egal, woher das Bild kam, Hauptsache, er konnte es besitzen. Der illegale Kulturguthandel stand weltweit an dritter Stelle der internationalen organisierten Kriminalität. Brassoni erinnerte sich an den Kunstraub 2012 in Kunsthal, Rotterdam, bei dem aus der Ausstellungshalle etliche Werke gestohlen worden waren, darunter Bilder von Picasso, Monet, Gauguin. Statistisch gesehen wurden Werke von Picasso, Miro und Chagall am häufigsten entwendet, darüber hatte der Commissario sich schlau gemacht.

Dann gab es noch das sogenannte Artnapping, das hieß, dass die Gemälde oder andere Kunstgegenstände nach einem Raub den Eigentümern gegen ein hohes Lösegeld zum Rückkauf angeboten wurden. Das alles war nicht unbedingt Brassonis Ressort, aber im Zusammenhang mit seinen Mordermittlungen hatte er die Informationen mit Interesse gelesen. Er war gespannt, ob das Bild im Palazzo dei Leoni tatsächlich ein noch völlig unbekannter Picasso war. Es war fraglich, ob man jemals aufklären könnte, woher es ursprünglich stammte. In diesen Aufzeichnungen stand gleichwohl nichts davon.

Es gab nur einen Vermerk mit dem Hinweis, dass Professor Becker das Bild in Empfang genommen und an das Museum weitergeleitet hatte. Als Kaufsumme waren stolze achtundvierzig Millionen Euro veranschlagt.

Das wäre sicherlich ein Riesencoup geworden. Brassoni fragte sich, wer die Hintermänner des Ganzen waren. Er wusste, dass sowohl Cesare Pantalone als auch der getötete Antonio Grandi und der Antiquitätenhändler eher zu den Mitläufern gehörten.

Dabei fiel ihm ein, dass Sebastiano Maggio um fünfzehn Uhr in der Questura erscheinen sollte. Er war gespannt, wie er auf die neuesten Entwicklungen reagieren würde.

Brassoni wollte ihn mit dem Überwachungsvideo konfrontieren. Die Bilder waren nicht gestochen scharf, aber man konnte Maggio zweifelsfrei erkennen, als er sich am Markusplatz umdrehte, um zu verhindern, dass die Handkarre umstürzte. Außerdem gab es in den gefundenen Unterlagen Belege für Zahlungen an den Antiquitätenhändler. Brassoni war neugierig, wie er sich da rausreden würde. Gerade wollte er Goldini zu den Untersuchungen dazu holen, da klingelte sein Handy. Brassoni hatte für all seine eingehenden Anrufe den Personen, die ihm nahestanden, die passenden Melodien zugeordnet. Als nun »I want to break free« ertönte, ein weiterer Song von Queen, wusste der Commissario sofort, wer am anderen Ende der Leitung war.

»Caruso, endlich meldest du dich. Heute Morgen war die Hölle los.«

Er erzählte seinem Cousin, was sich auf der Insel Poveglia abgespielt hatte. Der Freund reagierte schockiert und beeindruckt. Dann wollte Brassoni unbedingt wissen, was Caruso alias Stefan ihm zu sagen hatte.

»Nun spann mich mal nicht auf die Folter. Was hat unsere Professorenwitwe gestern so getrieben?«

Der Journalist druckste ein wenig herum. Dann entschied er sich, seinem Freund doch die ganze Wahrheit zu beichten.

»Luca, jetzt flipp bitte mal nicht aus. Es ist ein wenig anders gelaufen als geplant. Zuerst bin ich ihr ganz normal gefolgt. Sie hat sich viel Zeit gelassen, war in der Rechtsmedizin, einkaufen, Eis essen. Und dann ist sie in ein Vaporetto gestiegen. Ich hinterher, immer schön in Deckung. Das Boot fuhr bis zum Lido. Sie hat sich dort in ein Restaurant gesetzt. Ich wusste nicht, was ich so lange machen sollte, da hab ich einfach gefragt, ob bei ihr noch ein Platz frei ist ...«

Ein wutentbrannter Schrei unterbrach seine Ausführungen.

»Stefan, *non capisco,* das darf nicht wahr sein. Du Idiot!«

Caruso hörte eine Reihe von Flüchen und das Krachen eines Stuhles vor eine harte Fläche, dann war Brassoni wieder am Hörer.

»Luca, beruhig dich, sie weiß ja nicht, wer ich bin. Wir haben uns angefreundet, miteinander gegessen, und sie hat mir einiges erzählt. Und dann ...«

Caruso stockte bei den nächsten Worten.

»Na ja, wir haben uns auch noch für abends verabredet, in Harrys Bar. Stell dir vor, sie ist wirklich gekommen. Ich hatte mir schon Sorgen gemacht wegen des Typen, der sie verfolgt hat. Aber sie war ganz o.k., ein bisschen nervös vielleicht.«

Er hörte Brassoni scharf einatmen.

»Stefan, ich schicke dir jetzt per Handy ein Bild von Cesare Pantalone. Dann sagst du mir bitte, ob das der Mann war, der Charlotte Becker ebenfalls beobachtet hat, ja?«

Es dauerte ein paar Sekunden, dann konnte Caruso das Foto empfangen und das Gespräch mit dem Commissario fortsetzen.

»Luca, ich glaube, er ist es. Statur und Gesichtszüge stimmen, nur die Haarfarbe war anders. Aber es sah sowieso nach einer Perücke aus.«

»Gut, und was hast du jetzt von Signora Becker erfahren?«

»Das möchte ich dir nicht am Telefon erzählen. Können wir uns heute noch treffen?«

Brassoni überlegte einen Moment.

»Ich könnte nach dem Termin im Museum zu dir kommen. Bist du heute Nachmittag zu Hause?«

»Ja, ich arbeite an meiner Reportage. Klingel einmal durch, bevor du kommst!«

Damit war das Gespräch beendet.

Der Commissario schlug sich die Hände vors Gesicht und stöhnte laut auf. Caruso würde ihn in Teufels Küche bringen. Der Vice Questore durfte davon nichts erfahren. Er wählte Goldinis Nummer und bat ihn, noch kurz rüberzukommen, bevor Alberto Tintoretto, der Kunsthistoriker, eintraf.

Kapitel 20

Charlotte Becker saß in ihrer Ferienwohnung und knetete ihre Hände. Bis vor drei Minuten war sie unruhig in der Wohnung hin und her gelaufen, dann hatte sie kurz mit ihrer Mutter telefoniert, um zu hören, ob es der kleinen Julia gut ging.

Sie wusste nicht mehr ein noch aus. Seit Konstantin erneut nach Venedig gereist war, überschlugen sich die Ereignisse. Sie hatte immer geahnt, dass er in krumme Geschäfte verwickelt war. Seit der Geburt des Kindes hatte er sich verändert, war oft gereizt und wirkte, als ob er mit den Gedanken ständig woanders wäre.

Julia, ihr großes Glück. Wie lange hatten sie darauf warten müssen. Und als das Kind dann endlich auf der Welt war, fing ihre Ehe zu kriseln an. Und jetzt war Konstantin tot.

Für einen Moment dachte sie an Evelyn Sanders, die Doktorandin, die mit ihrem Mann gereist war. Sie war schwanger gewesen, hatte der Commissario ihr gesagt.

Charlotte Becker presste die Lippen zusammen und unterdrückte einen Schrei. Ihre Hände ballten sich zu Fäusten. Übermorgen konnte sie mit Konstantins Leichnam nach Hause fahren. Sie wollte einfach nur noch weg aus Venedig, weg von der Stadt, die sie einst so geliebt hatte. Wenn sie nur den Schlüssel zu Konstantins Wohnung hätte. Doch den einzig bekannten besaß der Commissario, und mit dem wollte sie nicht darüber reden. Noch nicht. Von ihrem Geld hatte ihr Mann diese Wohnung gekauft. Sie wollte die Erste sein, die sie sich ansah. Die Wohnung gehörte jetzt ihr.

Sie nahm den Brief in die Hand, den ihr ein Unbekannter am Strand vom Lido in die Tasche gesteckt hatte. Darin stand in fließendem Deutsch:

Signora Becker

Wir verlangen von Ihnen die Herausgabe des Bildes. Wir wissen, dass Ihr Mann die Bilder vertauscht hat.

Erfüllen Sie unsere Forderung, und melden Sie sich innerhalb eines Tages unter folgernder Rufnummer:

Charlotte Becker speicherte vorsichtshalber die angegebene Nummer in ihrem eigenen Handy.

Der letzte Satz bereitete ihr die größten Sorgen.

Sollten Sie unseren Anweisungen nicht Folge leisten, werden Sie Ihre kleine Tochter nie wiedersehen.

Sie fröstelte und zog ihre Strickjacke mit beiden Händen eng am Körper zusammen.

Woher sollte sie wissen, wo das verdammte Bild war? Wieso glaubten die, dass ihr Mann sie ins Vertrauen gezogen hatte? Sie musste einen Weg finden, in die Wohnung zu kommen.

Noch wusste außer ihr niemand, wo sich das Apartment befand. Sie hatte es von Emma, der Rezeptionistin aus der Villa d'Oro erfahren.

Gleich am ersten Abend war sie zu dem Hotel gegangen, in dem sie auch schon mit ihrem Mann gewohnt hatte. Die junge Frau war erst ablehnend gewesen, zeigte sich aber schnell kooperativ, als Charlotte Becker damit drohte, ihrem Chef zu verraten, dass sie für ein großzügiges Trinkgeld mit betuchten männlichen Gästen auf das Zimmer ging, wenn sie alleine Nachtschicht hatte. Die Hotelleitung würde dieses Verhalten niemals dulden. Die Professorenwitwe wusste, dass auch ihr Mann zu ihren Kunden gehört hatte und im Schlafzimmer gerne redselig gewesen war.

Nun brauchte sie nur noch Hilfe, um in die geheime Wohnung zu kommen. Und plötzlich wusste sie auch, wen sie dafür einspannen konnte. Ihren neuen Freund Stefan.

Brassoni und Goldini waren noch mit den Unterlagen und Berichten beschäftigt, als es gegen zwei Uhr Mittag zaghaft an der Bürotür klopfte. Brassonis Magen knurrte, denn er hatte sich, bevor er wieder in die Questura gegangen war, nur ein Stück Pizza auf die Hand geholt.

»*Avanti!*«, brüllte er schlecht gelaunt, sodass Goldini erschreckt von seinen Papieren aufsah.

Herein kam ein mittelgroßer Mann mit rotblonden Locken, akkurat gekleidet in ein kleinkariertes Hemd mit Fliege und eine beige Bundfaltenhose. Brassoni schätzte ihn spontan auf Ende fünfzig, er konnte aber auch zehn Jahre jünger sein.

»*Buon giorno, Signori*«, begrüßte er die Kommissare.

»Ich bin Alberto Tintoretto, der Kunstsachverständige. Sie hatten um meine Hilfe gebeten.«

»Natürlich, ich danke Ihnen, dass Sie so schnell gekommen sind!«, beeilte Brassoni sich zu sagen.

»Sind Sie in irgendeiner Weise mit dem Maler Tintoretto verwandt, wenn ich fragen darf?

Der Sachverständige lächelte, als wenn er diese Frage bereits erwartet hätte.

»Das werde ich immer wieder gefragt. Nein, leider nicht, soweit ich weiß. Aber es ist ja ein netter Umstand, in meinem Beruf diesen Namen zu tragen!«

»Kann ich Ihnen etwas zu trinken anbieten?«

»Ja danke, ein *aqua minerale* wäre nicht schlecht. Ohne Kohlensäure, bitte.«

Goldini besorgte das eisgekühlte Wasser für den Mann, während Brassoni ihm erklärte, dass man zuerst gemeinsam zum Guggenheim Museum gehen würde um dort den Picasso zu untersuchen und dann noch einige Bilder aus dem Fund auf der Insel Poveglia auf eine Begutachtung warten würden.

Alberto Tintoretto trank dankbar ein paar Schlucke aus dem Glas, das Goldini ihm reichte, dann sagte er:

»Zum Glück werde ich gut dafür bezahlt, die Polizei bei ihren Nachforschungen zu unterstützen. Das Wetter heute ist nicht mein Ding. Der Flug nach Venedig war die Hölle, ich dachte, wir werden jeden Moment vom Blitz getroffen. Und nun diese Hitze …«

Der Kunsthistoriker war aus Mailand eingeflogen. Er besaß einen exzellenten Ruf und hatte schon mehrmals in ähnlichen Fällen Gutachten verfasst.

»Aber ich muss auch sagen, dass ich ein gewisses Kribbeln nicht verleugnen kann, wenn ich an den Picasso denke. Wenn dieses Bild echt ist, wäre das eine Sensation.«

Brassoni nickte und wartete, bis Tintoretto sich erfrischt hatte, dann machten die drei Männer sich gemeinsam auf den Weg zum Palazzo Venier dei Leoni.

»Was ist Ihr Fachgebiet?«, wollte Brassoni unterwegs von dem Kunsthistoriker wissen.

»Das kann man so nicht sagen«, meinte Tintoretto und überlegte kurz.

»Im Laufe der Jahre habe ich mich in viele Bereiche der klassischen und modernen Kunst eingearbeitet. Ob Surrealismus, Kubismus oder abstrakte Kunst – alles hat seine Faszination.

Ich weiß, dass eines der berühmtesten Bilder in der Peggy Guggenheim Kollektion Pablo Picassos ›Das Bad‹ ist. Picassos Handschrift ist mir sehr vertraut, ich bin gespannt, was uns erwartet.«

Vor dem Eingang des Museums wartete die neue Direktorin Giulia Rossi bereits. An ihrer Seite stand ein sympathisch aussehender junger Mann, der sich als Dottore Carlo Mangani vorstellte, der zweite Sachverständige, den das Museum eingeladen hatte.

Die Herrschaften begrüßten sich freundlich und folgten dann Signora Rossi durch das Museum in den hinteren Raum des Gebäudes.

Voller Spannung sahen die Männer zu, wie die junge Frau den Tresor öffnete und das Bild herausnahm. Sie drapierte es auf einem extra dafür vorbereiteten Tisch.

Sowohl Tintoretto als auch sein junger Kollege nahmen es gründlich in Augenschein.

Nach etwa einer halben Stunde schüttelte Alberto Tintoretto den Kopf.

»Auf den ersten Blick sieht es echt aus, aber da sind ein paar Details, die es unmöglich machen. Was meinen Sie, Herr Kollege?«

Mangani stimmte ihm zu.

»Ich würde meinen, das ist eine verdammt gute Fälschung.«

Eine allgemeine Atmosphäre der Enttäuschung machte sich unter den Anwesenden breit.

Giulia Rossi verpackte das Plagiat sichtlich niedergeschlagen mit hängenden Schultern.

»Haben Sie für dieses Bild schon bezahlt?«, wollte Brassoni von ihr wissen.

Sie schüttelte den Kopf.

»Nein, nein, so etwas würden wir nie tun. Erst wenn die Expertise ausgestellt ist, kontaktieren wir die Verkäufer und überweisen den verlangten Preis. Da sich in diesem Fall Direktor Pallucci alleine darum gekümmert hat und niemanden in die Formalitäten eingeweiht war, kann ich Ihnen leider keine Details nennen.«

Damit war das Thema vorerst erledigt, und man verabschiedete sich höflich.

Auf dem Rückweg zur Questura nahm Goldini seinen Chef Brassoni beiseite und fragte ihn leise:

»Was meinst du, hat der echte Picasso nie existiert?«

Der Commissario hob die Schultern, was so viel bedeutete, dass er sich nicht sicher war.

»Mein Bauchgefühl sagt mir, dass hinter dem Ganzen noch mehr steckt. Konstantin Becker ist nicht ohne Grund ermordet worden. Ich erhoffe mir Aufschluss darüber, wenn wir sein Apartment gefunden haben. Und ich bin mir nicht sicher, ob seine Ehefrau nicht doch mehr darüber weiß, als sie uns bisher gesagt hat.«

Brassoni wollte sich gerade wieder Alberto Tintoretto zuwenden, der in der prallen Sonne einen hochroten Kopf bekommen hatte. Der Commissario konnte sehen, wie ihm die Schweißperlen nur so von der Stirn tropften. »Sie sollten einen Hut tragen. In Venedig kann es im Sommer sehr heiß werden. Dort vorne im Geschäft gibt es eine ganz gute Auswahl«, schlug er ihm freundlich vor und wies zur rechten Seite.

Der Kunsthistoriker nickte dankbar und beäugte interessiert die Auswahl an Kopfbedeckungen vor dem Laden. Schließlich entschied er sich für einen beigefarbenen Sonnenhut, der hervorragend mit seiner Hose harmonierte.

Der Commissario beobachtete ihn besorgt, er überlegte, dass es für rothaarige Menschen im Sommer sehr mühselig war. Sie hatten eine helle Haut und mussten darauf achten, nicht zu viel in der Sonne zu sein. Das Klingeln seines Handys riss ihn aus seinen Gedanken.

»*Pronto!*«, bellte er in den Hörer, denn sie befanden sich plötzlich inmitten einer Gruppe von Japanern, die von einer Dame mit Fähnchen durch Venedig dirigiert wurden.

»*Scusi, Commissario,* hier spricht Ispettore Colludi. Ich hoffe, ich störe Sie nicht bei den Untersuchungen?«

»Nein, nein, ich verstehe Sie nur schlecht. Hier ist ein Höllenlärm. Was gibt es denn?«

»Ich glaube, wir sind auf die Wohnung von Cesare Pantalone gestoßen.«

Brassoni hob die Augenbrauen.

»Ist das wahr? Wir sind in ein paar Minuten zurück in der Questura, dann können Sie mir alles erzählen!«

Er informierte seinen Kollegen Goldini über die Neuigkeit und hielt ihn und Tintoretto dazu an, einen Schritt schneller zu gehen, was dem Kunsthistoriker sichtlich schwerfiel.

Sie befreiten sich aus der Touristengruppe, die dem Markusplatz entgegen strebte, und erreichten in kürzester Zeit die kühlen Hallen der Questura, wo Colludi sie schon erwartete.

Goldini nahm Tintoretto gleich mit in die Asservatenkammer, in der die Bilder aufbewahrt wurden, die sie auf Poveglia konfisziert hatten.

Brassoni bedeutete Ispettore Colludi, dass er lieber in seinem Büro als im Flur mit ihm sprechen wolle, und ging voran.

Wieder einmal hatte Maria Grazia ihn keines Blickes gewürdigt, was ihm einen kleinen Stich versetzte. Aber er konnte sich jetzt keine privaten Befindlichkeiten erlauben.

»Setzen Sie sich, Inspektor Colludi«, bat er den Beamten und ließ sich selber erschöpft in seinen Stuhl sinken.

»Zuerst einmal, Commissario, im Vernehmungsraum wartet Signore Sebastiano Maggio seit einer halben Stunde. Er ist sehr ungeduldig und verlangt einen der Kommissare zu sprechen.«

Brassoni verdrehte die Augen.

»Oh, den haben wir ja fast vergessen. Ich werde mich gleich um ihn kümmern. Was ist denn nun mit Cesare Pantalone. Habt ihr ihn geschnappt?«

»Nein, Commissario, die Wohnung war verlassen.«

»Wie seid ihr darauf gekommen? Gab es einen Tipp?«

Wieder schüttelte der Ispettore den Kopf.

»Durch einen traurigen Vorfall. Gestern Abend gab es einen Notruf. Eine ältere Dame aus dem Stadtviertel Cannaregio fühlte sich unwohl und bat um einen Arztbesuch. Als die Sanitäter ankamen, ging es ihr schon so schlecht, dass man sie ins Hospital gebracht hat.

Sie ist noch in derselben Nacht verstorben. Hatte wohl einen Schlaganfall erlitten.«

Brassoni knipste ungeduldig einen Kugelschreiber an und aus.

»Ja und dann? Was hat das mit Pantalone zu tun?«

»Die Verstorbene war eine adelige alte Dame, der in Cannaregio ein ganzes Haus gehörte.

Sie hat keine Kinder und auch keine anderen Verwandten. Das Haus sollte also der Gemeinde zufallen. Am nächsten Morgen ging ein Mitarbeiter der Gemeinde zusammen mit einer Nachbarin, die der alten Dame manchmal Essen gebracht hat, in die Wohnung.

Wegen der Papiere und so weiter. In den Unterlagen fand man einen Mietvertrag für die obere Wohnung, die einzige, die sonst noch bewohnt war in dem Haus. Und der Mietvertrag war tatsächlich auf einen Cesare Pantalone ausgestellt. Aber die alte Frau hatte das nirgends gemeldet. Sie ging nicht mehr aus dem Haus, war schwerhörig und dement. Deshalb haben wir es bisher nicht gewusst.«

Brassoni rieb sich die Hände.

»Danke, Colludi. Ein weiteres Teilchen in unserem Puzzle. Ich werde die losen Fäden bald zu festen Knoten verknüpfen. Den Mistkerl kriegen wir noch. Anscheinend ist er uns immer einen Schritt voraus.«

Der Inspektor nickte.

»Die Spurensicherung durchsucht immer noch Pantalones Wohnung. Ich sage Ihnen Bescheid, wenn es etwas Neues gibt.«

Brassoni verließ gemeinsam mit dem Beamten sein Büro und beeilte sich, zum Verhörraum zu kommen, vor dem der wütende Antiquitätenhändler samt seinem Anwalt auf ihn wartete.

Als er den Commissario sah, sprang er auf, gestikulierte wild und rief:

»Was denken Sie, wen Sie vor sich haben? Ich habe meine

Zeit nicht gestohlen, Sie haben mich schon vor einer halben Stunde hierher bestellt.«

Der Anwalt bemühte sich, seinen Klienten wieder auf den Stuhl zu ziehen.

Brassoni winkte ab und wies Maggio samt Begleitung an, schon einmal in den Verhörraum zu gehen.

»Ich bin gleich bei Ihnen. Zwei Sekunden noch!«

Er besorgte sich Stift und Schreibpapier sowie eine Kopie des Überwachungsfilms aus der Tatnacht.

Der Verhörraum war wenig einladend. Grün gestrichen, ein schmales Fenster, ein Tisch, drei Stühle. Brassoni setzte sich dem Antiquitätenhändler, der wie immer elegant gekleidet war, und dessen Anwalt gegenüber, schaltete das Aufnahmegerät ein und begann das Verhör.

Kapitel 21

»Ihr Name ist Sebastiano Maggio, geboren am fünfundzwanzigsten zehnten neunzehnhundertfünfundsiebzig?«, fragte Brassoni zur Feststellung der Personalien.

»Jawohl, ich stamme aus Mestre. Aber was werfen Sie mir denn nun vor? Wozu bin ich hier?«, wollte der aufgebrachte Kunsthändler endlich wissen.

»Die Fragen stelle ich«, wies Brassoni ihn zurecht.

»Es besteht gegen Sie der Verdacht der Beihilfe zum Mord sowie der Beteiligung am Diebstahl und Verkauf illegaler Kunstgegenstände.«

Maggio blähte sich in seinem Stuhl auf und schaute den Commissario verächtlich an.

»Sie können mir überhaupt nichts beweisen. Ich bin völlig unschuldig. Mein Geschäft läuft gut, ich habe so etwas gar nicht nötig. Wissen Sie was, ich will Ihren Vorgesetzten sprechen. Sofort!«

Brassoni lächelte überlegen.

»Ich schlage vor, Sie hören sich erst einmal an, was wir gegen Sie vorzubringen haben.«

Der Anwalt tuschelte kurz mit seinem Klienten, dann gab er Brassoni das Zeichen fortzufahren.

»Als Erstes möchte ich Ihnen einen Film zeigen, den unsere Überwachungskameras in der Nacht von Professor Beckers Tod aufgenommen haben. Sie erinnern sich?«

Maggio schüttelte den Kopf.

»Ich habe geschlafen. Alleine.«

Der Commissario ließ sich nicht irritieren und startete die Bilder auf seinem Laptop, der so gedreht war, dass Maggio und sein Anwalt den Bildschirm gut erkennen konnten.

Brassoni beobachtete mit Genugtuung, wie der Antiquitätenhändler mit jeder Sekunde weiter in seinem Stuhl zusammenschrumpfte. Seine Arroganz war wie weggeblasen.

»Tja, viele Menschen wissen nicht, dass wir in Venedig eine gut vernetzte Überwachung haben«, erklärte der Commissario bedauernd.

Sebastiano Maggio räusperte sich und wisperte leise:

»Man kann nicht erkennen, dass ich einer von diesen Männern sein soll.«

Brassoni widersprach ihm freundlich.

»Oh doch. Es ist dunkel, aber die Gesichtserkennung hat sie eindeutig identifiziert.

Und noch etwas.«

Blass und nervös schaute Maggio den Commissario an.

»Man kann ihr Handy orten, wenn man die Daten zurückverfolgt in dieser Nacht. Für unsere Spezialisten ist das eine Kleinigkeit. Mit den entsprechenden Koordinaten weiß man genau, wo Sie sich um die entsprechende Uhrzeit aufgehalten haben.«

Der Antiquitätenhändler griff in einer ersten Reaktion zu seiner leeren Sakkotasche, in der er sein Handy immer aufbewahrte. Er hatte es vorhin bei dem diensthabenden Beamten abgeben müssen.

»Wenn sie sich kooperativ zeigen, kann ich ein gutes Wort für Sie einlegen. Klären Sie uns auf über die Tat und die Hintermänner, dann gehen Sie ein paar Jahre weniger in den Bau.«

Maggio bat um einige Minuten Bedenkzeit alleine mit seinem Anwalt, die Brassoni ihm gerne gewährte und sich in der Zwischenzeit einen Kaffee holte.

Als er wieder in den Verhörraum kam, war Maggio weich wie Butter und gewillt, mit dem Commissario zu reden.

Brassoni las ihm seine Rechte vor, lehnte sich zurück und war ganz Ohr.

»*Senti, Commissario, mi dispiace, va bene? Hören Sie, Commissario, es tut mir leid, okay?* Ich habe das alles nicht gewollt. Ich bin nur ein Opfer dieser kriminellen Bande.«

Brassoni schwieg lieber zu dieser Aussage.

»Was ist in der Nacht von Montag auf Dienstag passiert? Wer war an dem Mord an Professor Becker beteiligt?«

Maggio dreht sich hilfesuchend zu seinem Anwalt, der ihm aufmunternd zunickte.

»Cesare Pantalone hat sich mit Professor Becker in einer leer stehenden Wohnung in San Marco getroffen. Er sollte ihn bloß zur Rede stellen, weil der echte Picasso verschwunden war. Man hatte uns ein Plagiat zurückgegeben mit dem Hinweis, das Museum könnte das Gemälde nicht kaufen, weil es nicht echt sei.«

Genau wie das Bild im Palazzo dei Leoni, dachte Brassoni.

»Fahren Sie fort«, bat er Maggio in frostigem Ton.

»Becker behauptete hartnäckig, er habe mit dem Verschwinden des Picassos nichts zu tun, und wollte nicht reden. Das Ganze ist dann aus dem Ruder gelaufen. Cesare hat mich und Antonio Grandi zu Hilfe gerufen, um den Professor aus der Wohnung zu transportieren und verschwinden zu lassen. Dabei hat er immer wieder gemurmelt, dass er ihn lieber am Leben gelassen hätte, damit er uns verrät, wo das Bild ist. Aber es gab wohl einen Befehl von ganz oben …«

»Wer sind die Hintermänner Ihrer Bande?«, wollte Brassoni wissen.

»Commissario, ich weiß es nicht, wirklich. Ich habe nie einen davon kennengelernt.

Eines Tages stand Pantalone in meinem Laden und fragte mich, ob ich mir vorstellen könnte, viel Geld zu verdienen mit der Vermittlung von wertvollen Gemälden an finanzkräftige

Kunden. Und da ich mir mit den Jahren ein ordentliches Netzwerk aufgebaut habe …

Natürlich merkte ich mit der Zeit, dass die Kunstwerke aus illegalen Quellen stammten. Aber da war es zu spät. Und dann tauchte dieser unbekannte Picasso auf. Wir hätten ein Vermögen damit verdient …«

»Warum haben Sie Becker an der Galleria dell'Accademia abgelegt?«

»Das war Pantalones Idee. Er meinte, dann sehe es aus wie ein Raubüberfall, weil der Professor doch für die Museen Gutachten schrieb.«

Maggio ließ den Kopf sinken und schlug die Hände vors Gesicht.

»Ich habe viele Nächte nicht mehr schlafen können. Beckers Tod verfolgt mich Tag und Nacht. Ich bin froh, dass es endlich vorbei ist.«

»Und Sie können mir keinen einzigen Namen nennen? Wer hat die Aufträge gegeben, Ihnen die Bilder zugespielt, wer hält die ganze Organisation am Laufen?«

Wütend schlug Brassoni mit der flachen Hand auf den Tisch.

»Ich verlange von Ihnen, dass Sie uns alles erzählen, was Sie wissen. Sonst kann ich nicht dafür garantieren, dass Ihre Aussage sich strafmildernd auswirkt!«

Maggio war zusammengeschreckt. Ängstlich starrte er den Commissario an.

»Bitte glauben Sie mir doch. Ich kenne keinen von denen persönlich. Alles lief über Telefonate und E-Mails. Pantalone hat die praktische Arbeit erledigt. Er hat einmal von einem hohen Tier gesprochen, einem Staatssekretär oder Ähnlichem, der in der Politik Karriere machen wollte.

Mehr weiß ich nicht.«

Brassoni schaltete das Mikrofon aus.

Er winkte den Beamten, der vor dem Verhörraum stand, herein und ließ ihn Maggio abführen. Kommt Zeit, kommt Rat, dachte er und entschied sich, doch einmal bei seinem Vater anzurufen und ihn ein bisschen über Venedigs Kunstszene auszufragen.

Vielleicht hatte er eine Idee, wer sich mit dem Fälschen von Bildern Geld verdiente.

Minuten später saß er wieder in seinem Büro und wählte die Nummer seiner Eltern.

Sein Vater und seine Mutter verbrachten inzwischen die meiste Zeit des Jahres auf ihrem Altersruhesitz in Sardinien. Deshalb hatte der Commissario auch überlegt, seinen diesjährigen Jahresurlaub dort zu verbringen. Sein Vater konnte seinen Beruf als Maler und Bildhauer schon seit Jahren nicht mehr ausüben, durch schlimmes Rheuma und Gicht waren seine Hände fast unbeweglich geworden und schmerzten ständig. Das mediterrane Klima der Insel bekam ihm und seiner Mutter Sophia sehr gut, sodass Brassoni zu seinem eigenen Bedauern seine Eltern nur noch selten sah, aber doch regelmäßig mit ihnen telefonierte.

Es klingelte etwa fünfmal, dann hörte er die sonore Stimme seines Vaters:

»*Pronto*!«

»*Ciao, Papa,* hier spricht Luca. Wie geht es euch?«

Er hielt es für das Beste, erst einmal unverfänglich zu plaudern.

»*Ciao,* mein Sohn, uns geht es gut. Deine Mutter regt sich gerade darüber auf, dass ich nach fünfundvierzig Jahren Ehe meine Socken immer noch im Badezimmer liegen lasse.«

Brassoni musste schmunzeln. Er kannte die kleinen Scharmützel, die seine Eltern seit Ewigkeiten miteinander ausfochten.

»Wie ist das Wetter bei euch? Vielleicht komme ich euch diesen Sommer für zwei Wochen besuchen.«

Ernesto Brassonis Stimme strahlte die Freude über diese Ankündigung durch den Hörer aus.

»*Fantastico,* Luca, wir freuen uns. Bringst du dann endlich mal eine neue Frau mit?«

Brassoni seufzte im Stillen auf. Seine Eltern sehnten sich nach Enkelkindern und hatten seit seiner Scheidung alles Mögliche versucht, ihn mit Töchtern befreundeter Familien zu verkuppeln.

»Papa, ich bitte dich. Da gibt es nichts Neues. Ich bin glücklich, so wie es ist. Und wenn ich eines Tages ernsthaft mit jemandem zusammen bin, seit ihr die Ersten, die es erfahren.«

Von den schwebenden Verabredungen und Affären, die zurzeit sein Leben durcheinanderbrachten, wollte er lieber nichts erzählen.

»Sag mal Papa, ich ermittle gerade in einem Fall von illegalem Kulturguthandel. Kennst du hier in Venedig noch jemanden, der in der Lage wäre, Bilder von berühmten Malern in der Qualität des Originals nachzumalen?«

Ernesto Brassoni brauchte nicht lange zu überlegen.

»Da fällt mir nur einer ein. Der alte Mario Conti. Er hat sein Atelier auf Giudecca. Er könnte selber ein weltberühmter Künstler sein, aber das große Geld und die öffentliche Aufmerksamkeit haben ihn nie interessiert. Erst nach dem Tod seiner Frau hat er angefangen, gegen Geld Aufträge verschiedener Kunstliebhaber anzunehmen. Es wurde schon länger gemunkelt, dass er die Bilder bekannter Maler imitiert, auch zu nicht ganz legalen Zwecken. Versuch es mal bei ihm.«

Brassoni war erleichtert. Sein Vater mochte inzwischen alt und gebrechlich sein, aber sein Verstand war immer noch so scharf wie vor zwanzig oder dreißig Jahren.

»*Mille grazie, Papa.* Und sag Mama einen schönen Gruß von mir. In eurer Wohnung hier ist alles in Ordnung. Ich war letztes Wochenende erst dort und habe nachgeschaut. *Arrivederci*!«

»*Arrivederci e buona fortuna,* Luca!«, antwortete sein Vater und legte auf.

Der Commissario wünschte sich, er könnte seine Eltern öfter sehen und in den Arm nehmen.

Die Zeit verging so schnell, wer weiß, wie viel ihnen davon noch blieb.

Er nahm sich vor, nach Abschluss dieses Falles gleich einen Flug nach Sardinien zu buchen.

Da Maurizio Goldini und Alberto Tintoretto immer noch mit den Bildern aus dem Lager im Krankenhaus von Poveglia beschäftigt waren, beschloss Brassoni, seinen Cousin Stefan aufzusuchen, mit dem er sich ja bereits verabredet hatte.

Er informierte seinen Kollegen, gab beim Vice Questore seinen vorläufigen Bericht über die Untersuchungen des falschen Picassos im Guggenheim Museum ab und stieß dabei unversehens auf Maria Grazia, die soeben ein paar Akten vom Schreibtisch des Chefs abgeholt hatte.

»Kann ich dir beim Tragen helfen?«, fragte Brassoni mit einem aufrichtigen Lächeln.

Doch die Miene der Chefsekretärin blieb seltsam ausdruckslos. »Danke, das schaffe ich schon alleine«, erwiderte sie, ohne ihn anzusehen.

»Maria, ich würde gerne noch einmal mit dir reden, später vielleicht?«

Erwartungsvoll stand Brassoni neben ihrem Schreibtisch.

»Ich glaube nicht, dass das eine gute Idee wäre. Mein Mann kommt heute Abend zurück, da habe ich noch viel zu tun«, erwiderte sie frostig.

»Maria, ich wollte nicht …«, fing Brassoni an, wurde jedoch von einem Kollegen gestört, der die Chefsekretärin um die Kopie eines Urlaubsscheins bat.

»Vielleicht passt es nachher besser!«, flüsterte Brassoni ihr zu und verabschiedete sich.

Ein seltsam leeres Gefühl begleitete ihn auf dem Weg zu Caruso. Er fühlte sich in der jetzigen Situation genauso unwohl wie vorher. Ich glaube, ich weiß selber nicht, was ich will, überlegte er. Kann ich Maria haben, möchte ich nicht, und wenn sie nicht mehr mit mir spricht, fühlt es sich auch nicht richtig an. Warum war die Liebe immer so kompliziert?

Carusos Wohnung lag am Rio di Fontego, einem kleinen Kanal mitten im Rialtoviertel, ganz in der Nähe des Fondaco dei Tedeschi, der einst die Niederlassung deutscher Händler in Venedig war. Von 1870 bis 2011 beherbergte das Gebäude das Hauptpostamt von Venedig.

Nach der Schließung durfte es aus Denkmalschutzgründen nicht zu einem geplanten Einkaufs- und Ausstellungszentrum umgebaut werden.

Am Nachmittag war die Touristendichte in diesem Bezirk immer besonders hoch, doch Brassoni verstand das Interesse der Menschen an seiner wundervollen Stadt. Er fragte sich nur, warum Caruso gerade diese Ecke als Wohngelegenheit ausgesucht hatte, aber er dachte sich, dass den Reporter wahrscheinlich das pulsierende Leben mitten in Venedig inspirierte.

Der Commissario folgte den kleinen Seitengassen bis zu Stefans Wohnhaus, das hinter einem kleinen Zweisternehotel lag. Caruso wohnte im Dachgeschoss, in einer liebevoll restaurierten Wohnung mit Klimaanlage, puristisch in Edelstahl und Schwarz eingerichtet, chaotisch und dennoch kreativ.

Brassoni war begierig darauf, zu erfahren, was Charlotte Becker seinem Cousin erzählt hatte.

Er wusste, dass die Ehefrau des toten Professors nicht mehr lange in Venedig weilte. Wenn alle Formalitäten erledigt waren, konnte ihr Mann in ein bis zwei Tagen nach Deutschland überführt werden.

Brassoni holte tief Luft und klingelte an der Haustür. Beim Summen des Öffners drückte er gegen die Tür, durchquerte den Hausflur und nahm auf der Treppe immer zwei Stufen auf einmal. Im zweiten Stock erwartete ihn Caruso bereits.

»*Ciao*, Luca, schön, dich zu sehen. Du wolltest mir doch Bescheid sagen, wenn du kommst«, tadelte der Journalist augenzwinkernd.

»Wir ersticken in Arbeit, ich weiß gar nicht mehr, wo mir der Kopf steht«, entschuldigte sich Brassoni bei seinem Freund. »Und du bist nicht unschuldig daran!«, setzte er hinzu.

Kapitel 22

Brassoni setzte sich in einen weichen Ledersessel, der vor dem Balkon am Fenster stand.

Von hier aus hatte man einen wunderbaren Ausblick auf den kleinen Kanal und eine ganze Reihe bunter Wäsche, die darüber gespannt war.

Caruso schien daran gelegen zu sein, eine entspannte Atmosphäre herzustellen.

Er verschwand für fünf Minuten in der Küche, tauchte kurz darauf mit zwei eisgekühlten Gläsern Aperol Sprizz wieder auf, reichte dem Commissario Salzgebäck und Oliven sowie eine nagelneue Serviette.

Der Journalist war ein hervorragender Koch und Gourmet, seine Küche glänzte in einem hochmodernen Rot und beherbergte die allerneueste Technik.

Da das Wohnzimmer auch als Arbeitsplatz diente – der Schreibtisch stand direkt gegenüber dem Sofa –, herrschte hier das berühmte Chaos aus umherfliegenden Zetteln, Dokumenten, Magazinen, Fotos und Schreibutensilien. Für Stefan gab es in allem aber eine Ordnung, die nur er kannte. Brassoni hob einige lose Papierseiten vom Boden auf, nahm sie in beide Hände, stellte sie hochkant auf den Couchtisch, bis alle Seiten akkurat übereinanderlagen, und legte sie schließlich dort ab. Dann nahm er sich ein paar Oliven aus dem Schälchen, trank einen Schluck Sprizz, der ihm in die Nase stieg, sodass er heftig niesen musste.

Als er sich wieder gefasst hatte, wandte er sich an Caruso, der an seinem Salzgebäck knabberte.

»Schön hier bei dir, ich könnte mich dran gewöhnen, so umsorgt zu werden«, verkündete er mit einem ironischen Unterton. »Aber jetzt lass uns mal auf den Punkt kommen – in was bist du wieder hineingeschlittert? Du solltest doch bloß eine harmlose Beschattung durchführen. Einfach ein bisschen hinter der Zielperson her spazieren.«

Caruso ließ Brassonis Frage unbeantwortet. Er verschaffte sich noch ein wenig Zeit, indem er die Musik ein Stück leiser drehte. Er hatte Joe Cocker gehört, bevor sein Cousin eintraf.

Der Commissario sah ihn erwartungsvoll an.

»Luca, so einfach, wie du denkst, ist das leider nicht. Ich bin kein Polizeibeamter, ich verschaffe mir mit meinen Methoden die Informationen, die ich brauche. Und vielleicht liegt meine Stärke in dem persönlichen Kontakt. Bei Charlotte Becker hat es auf jeden Fall gewirkt.«

Brassoni musste zugeben, dass da etwas dran war. Er konnte seinem Freund auch nicht mehr böse sein. Er kannte kaum jemanden, der Caruso nicht mochte. Der Journalist strahlte eine große Vertrauenswürdigkeit aus, war immer gut gelaunt und freundlich und hatte für jeden ein offenes Ohr.

»Ist schon gut, Stefan, ich wollte dich gar nicht so böse kritisieren. Ich bin ja froh, dass du Signora Becker beobachtet hast. Dieser Fall sprengt so ziemlich alles, was sonst so in Venedig passiert. Was hat sie dir denn nun erzählt?«

Caruso setzte sich auf sein dreisitziges Sofa, nahm sich noch einen Cracker und begann zu erzählen.

»Wie ich dir bereits gesagt habe, eine bestimmte Wohnung hat sie nicht aufgesucht. Jedenfalls nicht, solange ich sie gesehen habe. Aber sie hat mir am Nachmittag schon einiges über ihre Ehe erzählt. Andeutungen gemacht. Ich glaube nicht, dass sie glücklich verheiratet war. Sie sprach davon, dass ihr Mann sich zu viel um andere Frauen gekümmert hat.«

Brassoni unterbrach ihn kurz.

»Das ist ja interessant. Bei uns hat sie davon nichts erzählt. An seiner Uni hat man von Gerüchten gesprochen, dass er jungen Studentinnen zugeneigt war … Aber Charlotte Becker hat behauptet, in ihrer Ehe hätte es keine Krisen gegeben.«

Caruso runzelte die Stirn.

»Man will so was ja auch nicht vor jedem offenlegen. Vielleicht ist sie zu stolz, will das Ansehen ihres Mannes bewahren … Ich habe sie als sehr verletzlich und sensibel erlebt.«

»Du sagst, ihr habt euch angefreundet. Kennt sie deinen richtigen Namen? Und vor allem, weiß sie, dass du nicht auf Frauen stehst? Ich meine, vielleicht hat sie sich in dich verliebt?«

»Sie kennt meinen Namen, aber nicht meinen wahren Beruf. Und ich wüsste nicht, warum meine sexuelle Orientierung ein Thema sein sollte. Wir mögen uns, ich finde sie als Frau attraktiv und unterhalte mich gerne mit ihr. Ich glaube nicht, dass sie mehr darin sieht.«

»*Allora,* du hast sicher recht. Es ist nur so, dass eine private Verstrickung eines nahen Verwandten in den Fall nicht gut aussieht, du verstehst?«

Carusos Blick schweifte durch das Wohnzimmer und blieb am Fenster hängen. Für einen Moment schloss er die Augen und dachte nach. Schließlich öffnete er sie wieder und blickte Brassoni unsicher an.

»Sie will, dass ich in die Wohnung ihres Mannes mitkomme. Sie hat keinen Schlüssel und braucht Hilfe. Was soll ich tun?«

Brassoni holte tief Luft und richtete sich auf.

»Wann hat sie das gesagt? Gestern Abend in Harrys Bar?«

Caruso schüttelte den Kopf.

»Nein, da hat sie nur angedeutet, dass es ein Wohnung gibt, die ihr Mann von ihrem Erbe gekauft hat. Ohne sie einzuweihen. Sie hat mich vorhin angerufen. Sie klang verzweifelt.«

Der Journalist trank sein Glas in einem Zug aus. Es hinterließ einen feuchten runden Fleck auf dem Tisch.

»Ich denke, Charlotte Becker steckt in Schwierigkeiten«, mutmaßte Brassoni.

Dann leuchtete in seinen Augen so was wie Erkenntnis auf.

»Stefan, wärst du bereit, dich noch mal mit ihr zu treffen? Das ist unsere große Chance, endlich an die Wohnung und hinter die Geheimnisse Professor Beckers zu kommen.

Ich weiß, du magst die Frau, aber glaub mir, ich habe so ein Gefühl, dass sie nicht so sauber ist, wie es scheint. Wir wären natürlich in deiner Nähe und würden alles beobachten. Wenn nötig, greifen wir auch zu. Und keine Sorge, ich werde dich nicht bloßstellen.«

Caruso sah seinen Cousin an, als sähe er ihn zum ersten Mal. Sie kannten sich seit ihrer Kindheit, ihre Väter waren Brüder. Auch Stefans Vater hatte eine Deutsche geheiratet, lange in Nürnberg gelebt. Die Jungs waren immer beste Freunde gewesen und hielten Briefkontakt über die Distanz. Als Stefan schließlich nach Venedig zog, sahen sie sich noch öfter und redeten viel. Er wusste, er würde das für Luca machen, aber er fühlte sich schuldig gegenüber der Frau, die ihm vertraut hatte. Aber eigentlich kannte er sie ja gar nicht richtig.

»Ich mach's!«, teilte er Brassoni kurz entschlossen mit.

»Ich werde ihr eine SMS schreiben und ihr sagen, dass ich morgen früh Zeit habe. Heute bin ich noch zu einen Interview verabredet. Der Bürgermeister will mit mir über die Situation der illegalen afrikanischen Einwanderer in Venedig sprechen. Das kann ich nicht absagen.«

Brassoni nickte zufrieden.

»Dann werde ich alles vorbereiten für morgen. Ruf mich heute Abend noch mal an und teil mir euren Treffpunkt und die Uhrzeit mit. Ich weiß, du tust das Richtige. Ich danke dir dafür.

In der nächsten Woche treffen wir uns zum Pokern bei mir. Und du bekommst die Exklusivrechte über die Story.«

Caruso wusste nicht, ob er das noch wollte.

Es war inzwischen später Nachmittag. Brassoni fand, dass Venedig seinen Glanz im Laufe der Abendstunden erst so richtig offenbarte. Der goldene Schimmer der untergehenden Sonne, die sich im Wasser widerspiegelte, die verborgene, magische Atmosphäre der vielen kleinen Gassen, das strahlende Licht der Restaurants und Hotels entlang der Kanäle, der morbide Charme der alten Häuser.

Genussvoll beobachtete er das Treiben der Menschen auf den Flaniermeilen und der Boote und Gondeln auf dem Wasser. Manchmal war es kaum zu glauben, dass der Schiffsverkehr überhaupt noch geregelt werden konnte, so voll war es zu den Stoßzeiten. Aber auch in Venedig gab es Verkehrskontrollen, bei denen Geschwindigkeitsübertretungen geahndet und Lizenzen überprüft wurden.

Der Commissario freute sich schon auf das Abendessen mit der schönen Pathologin.

Er überlegte, ob es sich noch lohnte, Mario Conti, den Maler, auf Giudecca zu besuchen.

Er schaute auf seine Armbanduhr. Es war siebzehn Uhr, Zeit genug, um mit dem Motorboot vom Markusplatz aus überzusetzen. Die Fahrt würde nur ein paar Minuten dauern, und wenn er Glück hatte, fand er Conti zu Hause vor.

Brassoni informierte seinen Kollegen Goldini in der Questura und bat ihn, ein Polizeiboot an den Anleger San Marco zu schicken. Der Kollege wiederum teilte ihm kurz mit, was die Untersuchung der beschlagnahmten Bilder ergeben hatte. Zwei Bilder konnten als eindeutig gestohlen identifiziert werden, darunter ein Paul Klee, die anderen Werke waren echt, aber die ursprünglichen Besitzer herauszufinden, konnte lange dauern. Alberto Tintoretto, der Kunstsachverständige, war wohl mit größter Sorgfalt bei der Sache und würde sich morgen noch einmal um die Bilder kümmern. Er wollte eine Nacht in Venedig bleiben. Goldini hatte ihm eine kleine private Herberge in San Polo empfohlen.

»Da ist noch was, Luca«, beeilte sich Goldini zu sagen, bevor Brassoni auflegte.

»Unsere Kriminaltechniker haben Taucher in den kleinen Kanal neben Pantalones Wohnhaus geschickt. Sie haben die Eisenstange gefunden, mit der Lorenzo Spitta erschlagen wurde. Wenn wir Glück haben, lassen sich noch Blutspuren und Fingerabdrücke feststellen.

Von Pantalone allerdings fehlt immer noch jede Spur.«

»Gut gemacht. Wessen Idee war das denn?«, fragte Brassoni neugierig.

»Ich glaube, meine eigene«, erwiderte Goldini amüsiert.

»Nunzio Sposato rief mich an, nachdem sie mit der Wohnung fertig waren. Ich dachte, es wäre keine schlechte Idee, den Kanal ein Stück abzusuchen.«

»*Bellissimo!*«, lobte Brassoni seinen Kollegen.

»Ich hätte es nicht besser machen können!«

Goldini überhörte Brassonis nicht ganz ernst gemeintes Eigenlob.

»Gut, dann viel Glück bei Mario Conti. Wir sehen uns morgen früh in der Questura!«

»Warte, Maurizio, jetzt fällt mir noch etwas Wichtiges ein.«

Der Commissario war außer Atem, weil er sich jetzt beeilte, zum Markusplatz zu kommen.

»Ich war vorhin bei Caruso. Er hat Charlotte Becker für mich beschattet, Kontakt zu ihr aufgenommen und sich ein wenig mit ihr angefreundet. Sie hat ihm von der berüchtigten Wohnung erzählt und will, dass er morgen mit ihr dorthin geht. Wir werden das Ganze natürlich verfolgen und beobachten. Ich gebe dir noch Bescheid, wenn ich Näheres weiß!«

Goldini war überrascht, ließ sich aber nichts anmerken. Brassoni ging öfters unübliche Wege, um ans Ziel zu kommen.

»In Ordnung, du kannst mich jederzeit anrufen. Einen schönen Abend noch. Maria Grazia ist übrigens schon gegangen. Nein, abgerauscht wäre das richtige Wort. Ziemlich übel gelaunt.«

Der Commissario wusste, worauf er anspielte. Er hoffte, dass es wenigstens später wirklich ein schöner Abend wurde.

Giudecca war ein Teil des Stadtsechstels Dorsoduro. Es lag südlich von Venedig, nur durch den Canale della Giudecca von der Lagunenstadt getrennt. Wegen seiner vielen Grünflächen wurde das Eiland früher auch »Garteninsel« genannt. Kurz vor der Abfahrt musste das Polizeiboot ein riesiges Kreuzfahrtschiff passieren lassen, was eine Weile dauerte.

Der Giudecca Kanal war durch den Schiffsverkehr stark beeinträchtigt. Brassoni war mehrere Male auf offiziellen Veranstaltungen gewesen, die sich um eine Minimierung der Anzahl von Schiffen bemühten und auf denen darüber diskutiert wurde, welche Belastung für Venedig überhaupt noch tragbar war. Die optische Beeinträchtigung – man hatte den Eindruck, riesige überirdische Hochhäuser führen durch die Lagunenstadt – und natürlich die Umweltschäden, Zerstörung des Fundaments der Stadt durch die von den Schiffen verursachten Wellen, gaben den Ausschlag. Inzwischen hatte man sich tatsächlich darauf geeinigt, weniger Kreuzfahrtschiffe zuzulassen.

Vielen Touristen war Giudecca auch durch das Luxushotel Cipriani bekannt, wusste der Commissario. Stars und Sternchen stiegen dort oder im dazugehörigen Palazzo Vendramin ab. Brassoni konnte sich gut vorstellen, dass der Maler Paolo Conti etwas abseits ein ruhiges Fleckchen gefunden hatte, um seiner Profession zu frönen.

Während Brassoni noch seinen Gedanken nachhing, legte sein Boot schon an Giudecca an.

Er bedankte sich bei dem Bootsführer, einem Mann, der ihn schon seit Jahren fuhr, stieg aus dem schwankenden Gefährt und zupfte sich Hemd und Hose zurecht.

Er kannte sich ganz gut auf der kleinen Insel aus, deshalb brauchte er nicht lange, um Contis Haus zu finden, das in der Nähe der Chiesa della Croce stand. Man sah, dass sich seit langer Zeit niemand mehr um den kleinen Vorgarten gekümmert hatte. Unkraut wucherte durch den Rasen, verblühte Stauden und ein paar unverwüstliche Rosenzweige zeugten von der vergänglichen Schönheit einer einstmals lebendigen Grünfläche.

Brassoni öffnete das wackelige Tor und drückte auf eine Klingel mit unleserlichem Namensschild. Wenn man genau hinsah, konnte man aber durchaus den Namen Conti entziffern. Er wartete einen Augenblick, aber es tat sich nichts. Dann schellte er noch einmal, war aber nicht überrascht, dass niemand öffnete.

Er entschloss sich, einmal um das Haus herum durch den Garten zu gehen.

Rechts und links des Weges hatten sich Sträucher ihren Platz gesucht, der Rasen stand trotz der Hitze mehrere Zentimeter hoch, denn er war geschützt durch die Kronen riesiger alter Bäume.

Brassoni staunte nicht schlecht, als er auf der abgenutzten Terrasse einen alten, unrasierten Mann in einem klappigen Liegestuhl schlafen sah, die Tageszeitung als Hitzeschild quer über dem Haupt. Neben ihm lag auf einem kleinen Tischchen seine Pfeife auf einer alten Untertasse, in wunderbarer Symbiose mit einem Glas Whisky. Brassoni hob das Glas mit spitzen Fingern bis an die Nase und roch daran. Aber der üble Duft, der in der Luft lag, kam aus einer anderen Quelle, wie er unangenehm berührt feststellte.

Der alte Mann hätte zweifellos eine Dusche nötig gehabt, denn sein Gestank konkurrierte mit dem seines Getränks und seiner Pfeife.

Brassoni räusperte sich in angemessener Lautstärke, wollte aber auch nicht riskieren, dass der Maler vor Schreck einen Herzinfarkt bekam.

Doch darüber hätte er sich keine Sorgen zu machen brauchen. Mario Conti blinzelte ein paarmal, dann gähnte er ausgedehnt und schaute den Commissario ausdruckslos an.

Offensichtlich war es ihm egal, wer hier in seinem Garten stand.

»Darf ich mich vorstellen, mein Name ist Luca Brassoni, Commissario der Polizei Venedig.

Sie kennen vielleicht meinen Vater, Ernesto Brassoni.«

Kapitel 23

Mario Conti starrte den Commissario weiterhin aus wässrig-glasigen Augen an.

»Mhm, mhm«, murmelte er dann und versuchte sich aus seinem Liegestuhl hochzuhieven.

Beim ersten Versuch misslang ihm das gründlich, er drohte samt seinem Untergestell auf die Seite zu kippen, wehrte aber trotzig Brassonis zur Hilfe angebotene Hand ab und versuchte es erneut. Diesmal stellte der Commissario sich mit verschränkten Armen ein Stück zur Seite und beobachtete Contis Übung. Schließlich stand der alte Mann mit wackeligen Beinen auf der Terrasse. Triumphierend lächelte er Brassoni an und entblößte dabei sein unvollständiges Gebiss.

»Dann komm mal mit rein, mein Junge!«

Der Commissario folgte Mario Conti durch eine völlig verdreckte Küche in das Haus. In der Spüle stapelte sich schmutziges Geschirr, der Küchenboden und die Wände waren von einem Schmierfilm überzogen. Überall standen leere Schnaps- und Weinflaschen herum. Im Wohnraum wurde es nicht wesentlich besser. Die Tapeten lösten sich an manchen Stellen von den Wänden, überall war es fleckig und roch abgestanden. Doch der alte Mann stieg die Treppe hinauf ins Dachgeschoss, getrieben von einem plötzlichen Energieschub, öffnete eine schmale Tür, die in einen hellen, lichtdurchfluteten Raum führte.

Hier war das Atelier von Mario Conti. Im Gegensatz zum

Rest des Hauses herrschte in diesem Zimmer Sauberkeit und Ordnung. In der Mitte zog eine große Staffelei vor einem bodentiefen Fenster den Blick auf sich. Conti wies den Commissario stumm auf einen der beiden Stühle hin, die in der Ecke standen. Brassoni zog ihn zu sich heran und nahm Platz.

»Wollen Sie sich nicht auch setzen?«, fragte er den Maler.

Doch der schüttelte den Kopf.

»Ich kann mich auch im Stehen unterhalten.«

»Signore Conti, kennen Sie einen gewissen Professor Konstantin Becker?«

Der alte Mann sah aus, als strengte er sich an und kramte in seinem Gedächtnis. Dann zuckte er die Schultern.

»Kann schon sein, dass ich den Namen mal gehört habe«, antwortete er kurz angebunden.

Brassonis Ton wurde ernst.

»Ich bin nicht hier, um mir die Zeit zu vertreiben. Ich habe mir sagen lassen, dass Sie ein guter, ja sogar ein sehr guter Kunstfälscher sein sollen. Stimmt das?«

Conti zögerte mit der Antwort. Brassoni betrachtete die Bilder, die ringsum an den Wänden hingen. Plötzlich stieß der alte Mann hervor:

»Wer hat Ihnen das erzählt? Ihr Vater? Ernesto Brassoni ist ein ehrenwerter Mann, ein hervorragender Maler und Bildhauer. Ich habe ihn immer sehr geschätzt. Wenn er das behauptet – wer weiß, vielleicht stimmt es. Von irgendetwas muss der Mensch ja leben.«

Der alte Mann tat dem Commissario plötzlich leid. Wie er da so stand mit seinen langen grauen Haaren, die so dünn waren, dass man sie für Staubflocken halten konnte.

»Signor Conti, ich habe gehört, dass es Ihnen sehr schlecht ging, nachdem Ihre Frau gestorben war. Das tut mir sehr leid. Aber hier geht es um Mord und andere Kapitaldelikte.

Ich brauche Ihre Hilfe.«

Bei der Erwähnung seiner Frau war der alte Mann zusammengezuckt. Seine ganze Miene drückte Verbitterung und Verzweiflung aus. Brassoni sah, wie er mit sich rang.

»Von Mord weiß ich nichts. Professor Becker war ein paarmal hier und hat mir Aufträge gegeben. Ich habe nichts Unrechtes getan. Ich habe die Bilder nachgemalt, die er bestellt hat. Ich weiß nicht, was anschließend damit passiert ist. Das ist mir auch egal.«

Der Commissario glaubte Conti sogar, dass er sich nicht darum geschert hatte, aus welchem Grund seine Kunden die Bilder herstellen ließen.

»Lesen Sie Zeitung?«, fragte Brassoni und dachte an das Exemplar, das vorhin als Sonnenschutz gedient hatte.

»Ab und zu, ja, warum?«, wollte Conti wissen.

»Dann haben Sie vielleicht gehört, dass Konstantin Becker ermordet worden ist. Und dieser Mord hängt mit dem unbekannten Picasso zusammen, der dem Guggenheim Museum angeboten wurde. War der Professor in der letzten Zeit mit einem Picasso bei Ihnen und hat sie gebeten, das Bild zu kopieren?«

Der alte Mann hatte sich bei Brassonis Frage abgewandt und zum Fenster gedreht. Der Commissario hörte ihn schwer atmen und sah, wie er sich darum bemühte, das Gleichgewicht zu halten.

Als Conti sich umdrehte, war alle Farbe aus seinem Gesicht gewichen. Er nahm sich den zweiten Stuhl, schüttete sich einen Schluck Grappa ein und trank das Glas in einem Zug leer.

Dann wischte er sich mit dem Handrücken den Mund ab.

»Ich hab' mir schon so was gedacht, hab's ihm auch gesagt, dass dieses neu aufgetauchte Bild der Öffentlichkeit zugänglich gemacht werden muss. Aber er war besessen davon, sich die Bilder jeden Tag anschauen zu können. Er hat mir gesagt, dafür brauche er die Kopien, aber ich hab's nicht geglaubt.«

»Sie meinen also, Professor Becker hat Kopien von berühmten Bildern anfertigen lassen und die Originale behalten?«

»Ich könnte mir' s vorstellen.«

»Wie viel hat er Ihnen dafür bezahlt?«

»Unterschiedlich. Beim letzten Mal waren es um die dreißigtausend. Weil ich mich zuerst geweigert habe. Aber es gab wohl keinen Besseren als mich.«

Mario Conti sagte das ohne einen Anflug von Arroganz. Er wusste, was er konnte, hatte aber nie darauf Wert gelegt, die große Karriere zu machen.

»Warum malen Sie nicht wie früher Ihre eigenen Bilder und verkaufen sie. Mein Vater hat mir erzählt, dass Sie schon immer eine außergewöhnliche Begabung hatten.«

Jetzt huschte ein zaghaftes Lächeln über das faltige Gesicht.

»Es gab mal eine Zeit, da war ich mit Leib und Seele Maler. Es gibt keinen Beruf, den ich lieber gemacht hätte. In meinem Leben ist nicht immer alles gradlinig gelaufen. Alkohol, Krankheiten, der Tod meiner Frau … Ich sah keinen Sinn mehr darin. Heute ist mir alles egal.«

Brassoni wusste nicht, was er ihm sagen konnte. Er würde seine Aussage aufnehmen und zu verhindern versuchen, dass Conti wegen des Verdachts der vorsätzlichen Fälschung angeklagt wurde.

»Signor Conti, ich danke Ihnen, dass Sie so ehrlich zu mir waren. Ich möchte Sie bitten, in Zukunft Ihre Auftraggeber ein wenig kritischer unter die Lupe zu nehmen. Sonst wird man Sie irgendwann wegen der Fälschungen vor Gericht zitieren.«

Der alte Mann winkte ab.

»Ich werde demnächst zu meiner Tochter nach Chioggia ziehen. Dann ist sowieso Schluss mit dem Malen. Sie will sich um mich kümmern und das Haus hier verkaufen. Vielleicht ist es das Beste.«

Betrübt sah er sich in seinem Atelier um.

»Hören Sie nicht auf zu malen. Irgendwo werden sie einen Platz finden«, riet Brassoni ihm und reichte ihm zum Abschied die Hand.

»Man sollte seine Leidenschaften nicht aufgeben. Das Leben ist zu kurz.«

Am Abend saß Brassoni pünktlich mit Carla Sorrenti auf der Terrasse des Restaurants *Ae Oche* am Zattere. Er hatte sie vom Vaporetto abgeholt und war mit ihr in aller Ruhe zu dem reservierten Tisch flaniert. Der Commissario war heute weit weniger nervös als sonst, in diesem privaten Rahmen besaß er mehr Selbstsicherheit. Auch die Gerichtsmedizinerin war gut gelaunt, und sie sah einfach umwerfend aus. Sie trug ein wunderschönes nachtblaues Kleid, das am Halsausschnitt mit kleinen silbernen Pailletten verziert war. Ihre blonden Haare fielen offen und weich über ihre nackten Schultern. Dazu trug sie halbhohe silberne Sandaletten. An ihre Handtasche hatte sie eine Strickjacke geknotet. Brassoni selber hatte zufällig ebenfalls ein dunkelblaues Hemd gewählt und fand, es sei ein Zeichen, wenn zwei Menschen sich ähnlich kleideten. Nachdem sie Platz genommen hatten, bewunderten beide die schöne Aussicht mit dem Paradeblick auf die Giudecca und den Kanal.

»Ich hoffe, Sie sind mit meiner Wahl einverstanden. Es ist kein Luxusrestaurant, aber sehr gemütlich, und das Essen ist wirklich hervorragend.«

Carla Sorrenti neigte den Kopf zur Seite und setzte ein schelmisches Lächeln auf.

»Halten Sie mich etwa für ein Luxusweibchen? Mir gefällt es hier sehr gut, keine Sorge!«

Der Ober kam und reichte den beiden die Speisekarte.

»Wissen Sie schon, was Sie trinken wollen?«, fragte er freundlich.

Der Commissario und seine Begleitung entschieden sich für zwei *Aperitivo »AeOche« mit Succo d' arrancia, Prosecco und Aperol.* Dazu bestellten sie eine große Flasche Mineralwasser.

»Wie kommt ihr voran mit eurem großen Fall?«, wollte die Pathologin wissen.

Brassoni spielte mit dem Strohhalm in seinem Glas.

»Wollen wir uns nicht duzen? Ich meine, wir kennen uns schon eine ganze Zeit, und jetzt essen wir hier zusammen …«

»Das hätte ich auch als Nächstes gefragt!«, platzte es lachend aus ihr heraus.

»Ich heiße Carla.«

Sie hob ihr Glas und schaute ihn verschmitzt an.

»Und ich Luca. *Salute!*«

Die beiden stießen mit ihren Gläsern an, nahmen einen Schluck und gaben sich einen Kuss auf die Wange. Brassoni konnte das blumige Parfüm der Gerichtsmedizinerin riechen und verharrte einen Moment zu lange in der Nähe ihres Gesichts.

»Hey, Luca, bevor du mich verspeist, würde ich gerne erst etwas aus der Karte des Restaurants wählen. Ich habe nämlich Hunger.«

Wieder erklang ihr glockenhelles Lachen.

Brassoni spürte, wie sein Gesicht errötete.

»Entschuldige, natürlich. Hast du schon etwas gefunden?«

Das Du ging ihm noch nicht so leicht über die Lippen, obwohl er sich in ihrer Gesellschaft einfach nur wohlfühlte. Sie war offen und unkompliziert, ganz anders als die Frauen, mit denen er bisher ausgegangen war.

»Ich glaube, als ersten Gang nehme ich die *Gnocchi al pesto ligure*. Und du?«

Der Commissario überlegte nicht lang.

»Ich habe mich für die *Garganelli mari e monti* entschieden. Sollen wir den zweiten Gang gleich mitbestellen?«

Carla Sorrenti studierte die Speisekarte schnell zu Ende.

»Dann wäre ich für *Scaloppine al limone con verdure alla griglia.*«

Brassoni nickte und bestellte für sich beim Kellner noch zusätzlich eine *Pizza Gustosa mit Gorgonzola, Pancetta, scharfer Salami und Ei.*

Während sie auf das Essen warteten, berichtete Brassoni über den aktuellen Fall.

Carla Sorrenti hörte ihm interessiert zu, stellte ab und zu eine Frage oder kommentierte seine Ausführungen.

»Du bist mit Leib und Seele Polizist, stimmt' s?«, fragte sie ihn nach einer Weile.

Sie hatte ihr Kinn auf ihre Hände gestützt und sah ihn an.

»Ja, ich denke schon. Ich wollte nie etwas anderes machen. Wie ist es mit dir? Wie kommt so eine junge, attraktive Frau in die Pathologie?«

Ihre Antwort kam spontan und klang ein wenig spitz.

»Ich wusste gar nicht, dass man für diese Arbeit alt und hässlich sein muss.«

Ihre blauen Augen funkelten im Schein des Kerzenlichts.

»Ursprünglich wollte ich Chirurgin werden, aber dann habe ich ein Praktikum in der Pathologie eines Krankenhauses in Rom gemacht und bin daran hängen geblieben. Es ist spannend, was man nach dem Tod eines Menschen alles herausfinden kann. Und wie du bin ich daran interessiert, Verbrechen aufzuklären und die Welt damit ein wenig besser zu machen. Wenn es auch in meinem Fall für die Betroffenen leider zu spät ist.«

Sie zuckte mit den Schultern und lächelte ihn an.

»Ich kann aber auch ganz gut abschalten und führe in meiner Freizeit ein völlig normales Leben.«

Brassoni wollte gerade ihre Hand ergreifen, da kam der Ober und stellte die *primi piatti* auf den Tisch. Verlegen zog der Commissario seine Hand zurück und tat so, als hätte er nach der Serviette gelangt. Carla Sorrenti ignorierte seinen Versuch, schnupperte an ihren Nudeln und schwärmte von dem wundervollen Duft.

»*Fantastico,* das riecht einfach himmlisch. Ich wundere mich, dass ich hier noch nie essen war.«

Brassoni freute sich über das Kompliment und genoss seinerseits seine Gnocchi.

»In meiner Freizeit koche ich übrigens gerne. Und ich habe deutsche Vorfahren, genauer gesagt bayrische. Das solltest du vielleicht wissen.«

Die Gerichtsmedizinerin sah ihn überrascht an.

»Ein Mann, der gerne kocht? Das finde ich spannend. Dann kannst du ja sicher auch deutsche Gerichte, oder? Ich war mal in Nürnberg auf einem Kongress, ich mag deutsches Essen.«

Brassoni schmunzelte und freute sich. Carla war wirklich noch netter, als er erwartet hatte.

In aller Ruhe verspeisten sie den ersten Gang, bestellten sich noch eine Flasche Chianti und führten angeregte Gespräche. Brassoni hatte einfach das Gefühl, dass die Chemie zwischen ihnen stimmte. Der Pathologin schien es genauso zu gehen.

»Wo wohnst du eigentlich?«, fragte sie ihn nach dem zweiten Glas Wein.

»Oh, ganz in der Nähe in Dorsoduro. Ich habe die Wohnung gekauft, sie war günstig und hat alles, was ich brauche. Wenn du möchtest, kann ich sie dir gerne mal zeigen.«

Kaum hatte Brassoni das gesagt, kamen ihm seine Worte zu forsch vor.

Carla Sorrenti runzelte kurz die Stirn, dann zwinkerte sie ihm amüsiert zu und meinte:

»Vielleicht lasse ich mich ja nachher noch auf einen Caffè zu dir einladen. Wer weiß!«

Dem Commissario wurde ganz heiß, obwohl die Luft sich inzwischen abgekühlt hatte.

War ihm eben auch schon aufgefallen, dass ihre Lippen so rosig glänzten und ihr Ausschnitt zwar dezent, aber doch sehr schön war?

Für einen Moment kam es ihm unwirklich vor, hier mit ihr zu sitzen. Sein Herz klopfte vor Freude etwas schneller und lauter, dann kam der zweite Gang, und er beruhigte sich wieder ein wenig.

»Die Frau des ermordeten Professors war übrigens bei mir.

Sie wollte ihren Mann sehen, aber ich fand ihr Verhalten recht seltsam«, streute Carla zwischen zwei Bissen ein.

»Wieso seltsam?«, fragte Brassoni neugierig. Seine Pizza schmeckte einfach göttlich.

»Na ja, sie hat kaum Emotionen gezeigt. Entweder sie ist so beherrscht, oder ihr Mann war ihr herzlich egal. Normalerweise brechen die Angehörigen in unseren Räumen eher zusammen, wenn sie die Toten sehen.«

Brassoni nickte und konnte mit vollem Mund nichts erwidern. Aber auch er traute der Professorenwitwe nicht. Er war gespannt, wohin sie Caruso morgen früh führen würde.

Aber jetzt wollte er den Abend genießen.

Als Dessert nahmen die beiden ein *Tiramisu alla nutella,* und Brassoni kam es vor, als hätte er noch nie so vorzüglich gespeist.

Er beglich die gesamte Rechnung, Carlas Protesten zum Trotz, und gab dem Kellner ein großzügiges Trinkgeld.

»Puh, ich komme mir vor, als ob mein Kleid zwei Nummern zu klein geworden wäre«, stöhnte die Pathologin.

Sie hatte sich bei dem Commissario eingehakt. Nach diesem ausgiebigen Essen hatten sie gemeinsam beschlossen, noch ein Stück am Zattere, der Uferpromenade, entlang bis zur Accademia-Brücke spazieren zu gehen. Die Stimmung war gelöst und sogar ein wenig romantisch, das Wasser spiegelte die vielen Lichter der Restaurants wider, ein Geiger spielte für die Touristen, und auf der *Ponte dell'Accademia* schließlich genossen sie zusammen den herrlichen Blick von der Brücke kanalabwärts bis zur Kirche Santa Maria della Salute und zur anderen Seite hin bis zum Palazzo Balbi an der Mündung des Rio Foscari.

Carla Sorrenti betrachtete die vielen Liebesschlösser am Geländer der hölzernen Brücke.

»Hast du auch schon mal so eins hierhin gehangen?«, fragte sie mit leiser Stimme.

Brassoni nickte.

»Ja, zusammen mit meiner ersten Freundin. Aber das ist schon Ewigkeiten her.«

Er nahm ihre warme Hand, die auf dem Geländer ruhte, in seine Hände. Er strich einen Moment über die weiche Haut und fühlte den silbernen Ring, den sie trug. Sie blickten einander in die Augen, und Brassoni konnte die winzigen hellen Einsprenkelungen auf ihrer Iris erkennen. Dann schloss sie die Lider, er beugte sich ein Stück zu ihr hinab und küsste sie sanft auf den Mund. Für einen Augenblick schien die Zeit anzuhalten.

Nach dem Kuss legte sie ihren Kopf an seine Schulter und umarmte ihn.

»Ich mag dich«, flüsterte sie ihm ins Ohr.

Brassoni streichelte Carlas Haare und gab ihr einen Kuss auf die Stirn.

»Ich mag dich auch sehr«, antwortete er zärtlich.

»Dann lass uns zu dir gehen. Ich kann es kaum erwarten, deine Wohnung anzusehen«, schlug sie ihm schelmisch lächelnd vor.

Als Antwort nahm er sie glücklich in den Arm und führte sie zu sich nach Hause. Alles schien natürlich und selbstverständlich, wie ein lang erwartetes Ereignis. Sie verstanden sich auch ohne Worte, hatten keine Scheu voreinander und es kam Brassoni vor, als würde er Carla schon ewig kennen. Nur das Prickeln und Herzklopfen erinnerte ihn an die Frische der Beziehung. Beide vergaßen die Zeit und alles andere um sie herum.

Es wurde schon hell, als sie sich schließlich unwillig von ihm verabschiedete, um zurück zum Lido zu fahren.

»Ich habe nichts dabei, um mich umzuziehen. Ich werde etwas später zum Dienst erscheinen. Lieber würde ich bei dir bleiben!

Bis später. Wir sehen uns.«

Sie küsste ihn liebevoll auf den Mund und strich über seinen glattrasierten Kopf.

»Pass auf dich auf!«

Brassoni fühlte sich so glücklich wie lange nicht mehr. Er schlief noch eine gute Stunde, dann stand er auf, duschte, rasierte sich und putzte seine Zähne.

Zum Frühstück reichten ihm heute ein Espresso und ein trockenes Stück Baguette vom Vortag. Der Commissario hatte sich die Tageszeitung aus dem Briefkasten geholt und überflog die Schlagzeilen. Zum Glück hatte sich der Medienwirbel nach dem Anschlag auf Evelyn Sanders etwas beruhigt, auch dank der Informationssperre, die der Vice Questore verhängt hatte. Noch am Frühstückstisch las er Carusos Mitteilung, dass er mit Charlotte Becker um zehn Uhr vor ihrem Apartmenthaus in San Marco verabredet sei.

Heute war der Tag der Wahrheit, heute würden sie erfahren, was Konstantin Becker für Geheimnisse gehabt hatte und warum er sterben musste.

Brassoni war sich sicher, dass die Wohnung der Schlüssel zu allem war. Er machte notdürftig die Betten, schnupperte an dem Kopfkissen, auf dem Carla gelegen hatte, und machte sich auf den Weg zur Questura.

Kapitel 24

Charlotte Becker war schon seit fünf Uhr morgens wach. Sie hatte nicht einschlafen können und immer wieder an den anonymen Brief gedacht. Mehrmals war sie aufgestanden, hatte das Türschloss überprüft, aus dem Fenster geschaut und sich Gedanken darüber gemacht, was passieren würde, wenn der Picasso sich wirklich in Konstantins Wohnung befände. Könnte sie es riskieren, ihn der Polizei zu übergeben, oder sollte sie ihn als eine Art Lebensversicherung behalten? Sie wusste nur, dass sie froh war, wenn sie zurück nach Deutschland fliegen konnte und das Kapitel Venedig abgeschlossen war. Endlich ein neues Leben beginnen.

Nervös kämmte sie ihre noch halb feuchten Haare und steckte sie am Hinterkopf zusammen.

Es waren noch anderthalb Stunden, bis Stefan, ihr neuer Bekannter, sie abholen und zu der Wohnung begleiten würde. Er hatte ihr versprochen, Werkzeug mitzubringen, mit der man jede Wohnungstür öffnen könne. Er sei schließlich Ingenieur und deshalb technisch begabt.

Charlotte Becker hielt den Zettel mit der Adresse der Wohnung krampfhaft in der linken Faust verborgen. Sie hatte sie auswendig gelernt und tausendmal überlegt, ob sie den Zettel verbrennen solle. Trotzdem quälte sie die Angst, ihr Gedächtnis könnte ihr einen Streich spielen.

Damit die Zeit schneller verging, schaltete sie den Fernseher ein und sah sich die Wiederholung einer italienischen Seifenoper an. Sie verstand nur wenig Italienisch, aber die theatralische Gestik der Schauspieler ließ die Handlung erahnen. Während sie auf die Bilder starrte, war sie mit den Gedanken ganz woanders. Sie konnte einfach nicht abschalten.

Um kurz nach halb zehn schließlich schaltete sie das Gerät wieder aus und beschloss, sich umzuziehen und eine Weile vor dem Haus spazieren zu gehen, bis Stefan eintraf. Die frische Luft würde ihr guttun und ihre Nerven beruhigen.

Kaum war sie unten im Flur angekommen, sah sie auch schon einen weißen Umschlag aus dem zur Wohnung gehörigen Briefkasten ragen. Der Briefträger konnte noch nicht da gewesen sein, und es hatte auch nicht geschellt. Ihr Herz schlug schneller, als sie ihn herauszog und mit zitternden Händen öffnete.

Signora Becker
Ich beobachte Sie
Versuchen Sie nicht, mich hinters Licht zu führen
Ich werde mir das Bild holen

Irgendein Verrückter versuchte ihr Angst zu machen. Diese Leute, mit denen Konstantin zusammengearbeitet hatte, waren gefährlich. Sie sah sich im dunklen Hausflur nach allen Seiten um. Es gab noch einen Hinterausgang, doch der war immer verschlossen. Normalerweise konnte kein Fremder in dieses Haus kommen. Sie zerknüllte den Brief und steckte ihn in ihre Handtasche. Als sie zum Ausgang blickte, konnte sie hinter der verglasten Haustür schemenhaft die Umrisse einer Person erkennen, die denen Stefans ähnelten. Sie atmete erleichtert auf. Offensichtlich war er eher gekommen und konnte es auch nicht erwarten, mit ihr die geheime Wohnung anzuschauen. Sie sah, wie er die eine Hand über die Augen vor die Scheibe legte, um besser hindurchsehen zu können, und wollte ihm gerade winken und auf ihn zugehen, als sie plötzlich ein kräftiger Arm umfasste und nach hinten zog. Sie wollte schreien, aber die Hand ihres Peinigers verschloss ihr den Mund. Aus den Augenwinkeln konnte sie erkennen, wie Stefan wild an der Tür herumfuchtelte und hineinzukommen versuchte, aber sie wusste, dass das ein sinnloses Unterfangen war, da zur Zeit nur ihr Apartment bewohnt war. Niemand würde die Tür öffnen. Sie versuchte sich loszureißen, aber der Mann mir den rotbraun behaarten Unterarmen war stärker als sie. In einem Anflug von Verzweiflung ließ sie den Zettel unbemerkt aus ihrer Faust auf den Boden gleiten. Diese Leute würden nie erfahren, wo Konstantins Wohnung lag. Sie trat um sich, als er sie durch den Flur zum Hinterausgang zerrte, spürte aber plötzlich einen schmerzhaften Stich in ihrem Hals und verlor das Bewusstsein. Sie sah nicht mehr, wie Stefan hektisch zu seinem Handy griff und Brassoni anrief.

Carusos Hände zitterten, als er Brassonis Nummer wählte. Wenn er richtig gesehen hatte, war Charlotte Becker gerade eben gekidnappt worden.

»Luca, um Himmels Willen, ihr müsst sofort kommen. Man hat Charlotte Becker überfallen.

Ja, ich stehe direkt vor ihrer Wohnung, aber ich konnte nicht rein. Beeilt euch!«

Luca Brassoni starrte auf seinen Hörer und konnte nicht glauben, was er da gehört hatte.

Aber er reagierte sofort, alarmierte die Kollegen und überflog auf dem Stadtplan die Umgebung von Beckers Ferienwohnung. Der Täter konnte sie nur auf dem Wasserweg transportieren, wenn er sie nicht durch die gesamte Stadt zerren wollte. Er organisierte in Windeseile einen Ermittlungsstab, ließ alle umliegenden Kanäle in der Nähe des Tatorts sperren und hoffte, dass sie noch nicht zu spät kamen. Dann eilte er mit Goldini zusammen zu dem Haus in San Marco, wo Caruso leichenblass auf sie wartete. Eine zivile Streife war bereits vor Ort, dann folgte die Ambulanz, und zu guter Letzt traf Nunzio Sposato mit seinen Leuten ein.

Die Kollegen hatten die Haustür aufgebrochen und versucht, den Täter zu verfolgen. Aber er schien sich mit seinem Opfer in Luft aufgelöst zu haben. Die Beamten durchsuchten ratlos die benachbarten Häuser und Geschäfte, doch sie fanden keine Spur von der Vermissten.

Lediglich der Inhaber eines Tabakgeschäftes konnte sich an einen Mann erinnern, der seit zwei Tagen in der Nähe des Hauses herumgestreift war.

»Wie sah der Mann aus?«, fragte Goldini ihn und notierte seine Aussage.

»Kräftig, Drei-Tage-Bart, sehr kurze Haare. Er fiel mir auf, weil er immer wieder auf das Haus starrte, in dem die Signora wohnt. Er war einmal kurz bei mir im Laden, hat sich Zigaretten geholt. Obwohl er schlecht Luft bekam, er war schon ganz rot im Gesicht.«

Goldini wusste, dass die Beschreibung auf Cesare Pantalone passte. Aber warum hatte er die Professorenwitwe gekidnappt? Wenn er sie weiter beobachtet hätte, hätte sie ihn sicher zu der Wohnung geführt. Anscheinend ging es den Hintermännern nicht schnell genug. Sie vermuteten wohl, dass sie von dem Picasso wusste und wollten ihn unbedingt wiederhaben. Kein Wunder bei dem Wert. Alberto Tintoretto hatte ihm heute Morgen erklärt, dass Picassos umfangreiches Gesamtwerk auf 50.000 Exponate geschätzt wurde, da war die Möglichkeit, dass ein unbekanntes Bild existierte, durchaus realistisch.

Brassoni ließ sich in der Zwischenzeit von seinem Cousin noch einmal genau schildern, was er gesehen hatte. Dann untersuchte der Commissario den Flur, soweit die Kriminaltechniker das zuließen. Sposato reichte ihm den Zettel, den er in einer Ecke des Hausflurs gefunden und in eins der Plastiktütchen verpackt hatte.

»Hier, der lag dort hinten. Vielleicht hilft er euch. Es steht eine Adresse in Venedig drauf.«

Brassoni nahm das Beweisstück mit nach draußen und las die Zeilen im Tageslicht.

»Das könnte die Adresse zur Wohnung von Professor Becker sein. Vielleicht hat sie ihn verloren oder wollte nicht, dass der Kidnapper ihn in die Hände bekommt«, mutmaßte Goldini, der sich dazugesellt hatte. Er überreichte seinem Chef ein weiteres Blatt Papier.

»Hier ist noch ein anderer Brief, den die Kollegen oben in der Wohnung gefunden haben.

Ein Drohbrief. Hätte sie sich nur an uns gewandt!«

Brassoni nickte zustimmend. Er schloss die Augen, um sich zu sammeln. Dieser Fall entwickelte sich langsam, aber sicher zu einem Albtraum. Die halbe Polizei Venedigs war aufgeboten, einen Verdächtigen zu schnappen, und er entwand sich immer wieder den Zugriffen. Offenbar stand er unter großem Druck und nutzte jedes Mittel, um zum Ziel zu gelangen. Wo hielt er sich mit Charlotte Becker versteckt? Er konnte sie nur mit einem kleinen Motorboot weggeschafft haben, in der kurzen Zeit, als die Kanäle noch frei waren. Also musste er irgendwo in der Nähe sein.

Brassoni entschloss sich, die Suche vorerst den Kollegen zu überlassen, und sich der Adresse zu widmen, die auf dem kleinen Zettel stand.

»Stefan, wie geht es dir?«, wandte er sich seinem Cousin zu, der immer noch sichtlich betroffen neben dem Haus stand und nervös eine Zigarette rauchte.

»Danke, es geht schon, aber ich glaube, das war der letzte Fall, bei dem ich dir geholfen habe. Meine Nerven machen das einfach nicht mehr mit.«

Brassoni klopfte ihm beruhigend auf die Schulter.

»Ist schon gut, alter Junge, geh ruhig nach Hause und ruh dich aus. Ich sag dir Bescheid, wenn es was Neues gibt.«

»Ich weiß nicht, ob ich Ruhe finde«, erwiderte Caruso. Ich würde lieber etwas tun. Lass mich mitkommen in die Wohnung, schließlich habe ich dich so weit gebracht. Ich will sehen, wofür Menschen einander so etwas antun.«

Brassoni schüttelte den Kopf.

»Tut mir leid, aber ab jetzt ist das eine offizielle Ermittlung. Du bist Zivilist, kein Polizeibeamter. Ich kann dich nicht mitnehmen, auch wenn du uns bis hierher geführt hast. Ich werde dir aber erzählen, was es mit der Wohnung auf sich hat.«

Caruso presste die Lippen aufeinander, senkte den Kopf und trat seine Zigarette aus.

»Verstehe, der Mohr hat seine Schuldigkeit getan. Ich wünsche euch viel Glück.«

Er sprach' s und verließ mit gesenkten Schultern den Tatort. Brassoni fühlte sich schlecht, konnte aber nicht gegen die rechtlichen Grundsätze verstoßen. Außerdem wollte er Caruso nicht noch weiter in Gefahr bringen.

Maurizio Goldini, der das Gespräch der beiden mitbekommen hatte, hielt sich aus der Sache raus. Er wusste, zum gegebenen Zeitpunkt würde sich das Ganze klären. Der Journalist war ein vernünftiger Mann, und Brassoni tat nur seine Pflicht.

»Dann lass uns losgehen, jede Sekunde zählt. Ich bin gespannt, was uns in der Wohnung erwartet!«, ermunterte er seinen Chef.

Brassoni schaute auf das kleine weiße Stück Papier und las laut vor:

»Calle Vetturi o Fallier 21. Das ist ganz in der Nähe der Accademia-Brücke. Von hier aus ist es nicht weit.«

Sie liefen über den Campo San Stefano, vorbei am Palazzo Loredan, bogen dann erst rechts ab und die zweite *Calle* wieder rechts, bis sie in einer kleinen, engen Gasse waren. Die Häuser sahen von außen alle heruntergekommen aus, aber man wusste nie, was sich im Inneren verbarg. Die Fenster im Erdgeschoss waren alle vergittert.

Goldini schaute auf die beiden Namensschilder an der Klingel.

»Also, da im Erdgeschoss ein gewisser Campiello wohnt und das obere Schild noch keinen Namen hat, nehme ich mal an, wir müssen in die erste Etage.«

Brassoni zog den Schlüssel, den er in Beckers Hotelzimmer gefunden hatte, aus seiner Tasche und schloss damit die Eingangstür auf, die in einen kleinen Innenflur führte. Hier lagen alte Zeitungen sowie ein vergessener Regenschirm auf einem gemauerten Steinvorsprung. Auf der linken Seite führte eine gewundene Treppe hinauf in die erste Etage.

Kurze Zeit später standen die beiden Kommissare vor Beckers geheimer Wohnungstür und sahen sich an. Endlich waren sie am Ziel einer langen Suche. Brassoni zückte den Schlüssel erneut und drehte das Schloss.

»*Mamma mia*, ich hoffe, der Aufwand hat sich gelohnt«, entfuhr es Goldini.

Bisher hatte er vergeblich versucht, sich vorzustellen, welche Geheimnisse Becker zu hüten vermochte. Als sich die Wohnungstür nun tatsächlich öffnete, riss der Kriminalbeamte vor Überraschung die Augen auf.

Was er und Brassoni im Flur sahen, übertraf ihre kühnsten Erwartungen.

Cesare Pantalone hatte Charlotte Becker mit einer Spritze betäubt und war über den Hinterhof des Hauses mit ihr geflüchtet. Dazu hatte er einen großen Schrankkoffer bereitgestellt, in den er sie verfrachtete. Einen Koffer durch Venedig zu ziehen, war so normal wie ein Eis zu essen. So würden die Passanten nicht aufmerksam werden. Er bewegte sich wie ein ganz normaler Tourist unter ihnen und brachte sein Opfer zu dem kleinen Kanal, an dem er sein Motorboot versteckt hatte. Der Kanal zweigte günstigerweise direkt vom Canal Grande ab.

Das Flüsschen schlängelte sich hinter dem Palazzo Ducale

und unter der Seufzerbrücke her, am Ende der Calle Large San Marco entlang. Pantalone verstaute den Koffer vor Anstrengung schwitzend in seinem Boot, ohne sich um die zwei Gondoliere zu scheren, die ihn argwöhnisch beobachteten. Er grüßte freundlich, startete den Motor und gab Gas, denn er hatte keine Zeit zu verlieren. Gleich würde man die Kanäle sperren und nach ihm suchen.

Zum Glück musste er nicht weit fahren, denn er wohnte seit Kurzem in einem unbewohnten, verfallenen Palazzo mit direktem Zugang zum Wasser. Der Palazzo würde in ein paar Tagen renoviert werden, aber bis dahin war seine Mission erfüllt und er würde sich endlich ins Ausland absetzen.

An seinem Ziel angekommen, musste er den schweren Koffer noch einmal alleine aus dem Boot hieven und dann schließlich in das alte Haus bringen.

Seine Aktion heute war aus einer mehr oder weniger spontanen Idee entsprungen, deshalb hatte er so gut wie keine Vorbereitungen getroffen. Er würde die deutsche Signora erst gegen die Übergabe des Picassos freilassen. Er hatte ihr Drohbriefe geschickt, war sich aber nicht sicher, ob sie ihn wirklich zu dem Bild führen oder es herausgeben würde, wenn sie es denn hätte. Vielleicht war es längst in den Händen der Polizei.

Pantalone stöhnte und zog den Koffer in einen abgeschiedenen Raum ohne Fenster, der als Abstellkammer gedient hatte, ließ ihn unsanft auf die Seite fallen und rollte die leblose Person darin heraus. Er schaute nach, ob sie noch atmete, indem er zwei Finger vor ihren Mund hielt und ihren Puls am Hals prüfte. Alles im grünen Bereich. Dann fesselte er die Hände der Frau und verschloss ihr den Mund mit einem Stück silbernen Klebeband. Anschließend legte er sie auf eine fleckige Matratze am Ende des Zimmers. Er schloss die Tür wieder ab und nahm sein Prepaidhandy zur Hand, das er extra für diesen Zweck erworben hatte.

Es war an der Zeit, das Gemälde seinen Auftraggebern zurückzuholen, bevor sie ihn für den Verlust verantwortlich machten. Die hohen Mitglieder des Kunsthändlerkonsortiums hatten einen langen Arm, würden aber niemals selbst entdeckt werden, weil ihre Tarnung viel zu perfekt war. Dessen war Pantalone sich sicher. Außerdem brauchte er das Geld, das der Chef ihm für diese letzte Aufgabe versprochen hatte. Der Kidnapper atmete schwer, denn die körperliche Anstrengung und sein Asthma machten ihm zu schaffen. Verärgert fingerte er eine Packung mit Cortisonspray aus der Hosentasche und inhalierte einen tiefen Stoß.

Kapitel 25

Vom Flur in Konstantin Beckers Wohnung führte eine Wendeltreppe in die zweite Etage. Rechts und links lagen zwei Schlafzimmer mit angrenzenden Bädern. Im oberen Bereich fand sich ein großzügiges Wohnzimmer, eine Küche mit Esstisch für vier Personen und ein weiteres Bad, in dem eine Waschmaschine und ein Trockner standen.

Doch bereits im Eingangsbereich offenbarte sich, was die Kommissare vermutet hatten – die Wände waren voll mit kostbaren Gemälden. Goldinis Blick ruhte immer wieder bewundernd auf einem Bild, das zwei junge Frauen in einem Boot zeigte. Sie trugen weiße Kleider, während ihre Umgebung in einem zarten Lilablau schimmerte.

»Claude Monet, Impressionismus«, murmelte Brassoni vor sich hin.

»Und das hier, sieh mal, die japanische Brücke. Das habe ich als Kunstdruck im Schlafzimmer hängen.«

Die beiden Kriminalbeamten waren beeindruckt von der Vielzahl der Bilder, die sie sahen.

»Was meinst du, sind die alle echt?«, fragte Goldini seinen Kollegen.

»Das weiß ich nicht, es sieht aber so aus. Da wird Alberto Tintoretto wohl noch eine Menge zu tun haben. Lass uns mal nachsehen, ob der Picasso dabei ist.«

Sie teilten sich rasch auf und durchsuchten eine halbe Stunde lang alle Zimmer, bis Brassoni auf einmal laut nach Goldini rief, der sich den Wohnraum vorgenommen hatte.

»Maurizio, hierher. Im zweiten Schlafzimmer. Ich glaube, ich habe es gefunden.«

Goldini stürzte die Treppe herunter und blieb atemlos vor dem nussbaumfarbigen Bett stehen, auf das Brassoni das wertvolle Bild gelegt hatte.

Die badende Frau mit den feuerroten Haaren am Strand.

»Wo hast du es gefunden?«, wollte Goldini wissen.

»Es stand abgedeckt im Kleiderschrank hinter den Anzügen. Offensichtlich hatte er noch keine Zeit gefunden, dem Bild einen angemessenen Platz zu geben.«

»Warum hat er das getan, ich meine, all diese Bilder hier gesammelt?«

»Ich denke, er war besessen davon, die echten Bilder zu besitzen und sie sich anschauen zu können, wann immer er wollte. Offensichtlich hat er im Laufe seiner Tätigkeit eine gewisse Obsession entwickelt. Ich vermute, dass er bei Begutachtungen falsche Expertisen ausgestellt und die echten Werke durch Duplikate ausgetauscht hat. Bisher ist es offensichtlich niemandem aufgefallen. Oder man wollte keinen Wirbel darum machen, dass man betrogen worden ist. Schließlich geht es hier um horrende Summen.«

Goldini strich mit der Hand über den Rahmen des Bildes.

»Fünfzig Millionen, eine stolze Summe. Kein Wunder, dass eine Menge Leute hinter ihm her waren. Was passiert mit dem Bild?«

Brassoni zuckte mit den Achseln.

»Die Bilder werden beschlagnahmt, begutachtet, und dann sehen wir, ob man die rechtmäßigen Besitzer ausfindig machen kann. Das kann Monate dauern. Als Erstes prüfen wir die Dokumente, die er hier in seinem Apartment aufbewahrt hat. Ich habe im Schlafzimmerschrank jede Menge Akten gefunden. Das wird uns die Arbeit erleichtern.«

»Meinst du, seine Frau hat davon gewusst?«

»Ehrlich gesagt, ich glaube nicht. Zumindest nicht die ganze Zeit. Vielleicht hat sie etwas vermutet oder wurde schon vor dem Mord an ihrem Mann von den illegalen Kunsthändlern bedrängt.«

Brassoni wollte gerade noch etwas hinzufügen, da klingelte sein Handy.

Es war der Vice Questore, der ihn und Goldini zur Questura beorderte.

Charlotte Becker öffnete vorsichtig die Augen. Ihr war übel und schwindelig, was an dem Medikament lag, das der Kidnapper ihr gespritzt hatte.

Keuchend rang sie nach Atem. Ihre Nase war durch den Staub am Boden verstopft, und der Mund immer noch mit dem Band verklebt. Sie spürte, wie sie in Panik ausbrach. Ihr Herz raste, für einen Moment glaubte sie, sie läge lebendig begraben irgendwo unter der Erde.

Aber dann hatten ihre Augen sich an die Dunkelheit gewöhnt, und sie sah die Mauern um sich herum, die Matratze, auf der sie lag, und den großen Koffer, der an der Wand stand.

Ein kleiner Strahl Licht fiel unter der Tür hindurch.

Schlagartig begriff sie, wie verfahren die Situation wirklich war. Sie lag hier, alleine und verlassen. Dieser Mensch konnte jeden Augenblick hereinkommen und sie töten.

Verzweifelt versuchte sie ihre Hände zu befreien, aber die scharfen Plastikschnüre schnitten ihr nur ins Fleisch. Erschöpft ließ sie den Kopf wieder sinken. Ein immer dichter werdender Nebel aus Schmerz und Angst mischte sich in ihren Adern. Sie dachte an ihre Tochter, die sie vielleicht niemals wiedersehen würde. Wut stieg in ihr hoch. Konstantin, er war an allem schuld.

Plötzlich schreckte sie hoch, weil sie ein Geräusch hörte. Schritte hallten auf dem nackten Steinboden. Wenn sie nur wüsste, wo sie war! Die Tür zu ihrem Verlies wurde geöffnet.

Ein Mann, der ihr bekannt vorkam, erschien im Türrahmen. Sie hatte ihn schon einmal gesehen, irgendwo in den Straßen von Venedig. Oder am Lido. Sie konnte sich nicht erinnern.

»*Come va,* wie geht's?«, hörte sie ihn sagen.

Sie konnte ihm nicht antworten.

»*Un momento, prego!*«

Er verschwand wieder, kehrte aber kurz darauf mit einer Flasche Wasser zurück.

»*Posso sedermi con Lei?*«, fragte der Mann mit einem ironischen Grinsen, schob sie ein Stück zur Seite und setzte sich neben sie. Sie konnte seinen säuerlichen Geruch riechen, nach Schweiß, Schmutz und Zigaretten. Er musste husten, atmete dabei mit einem rasselnden Geräusch ein und aus. Als er sich erholt hatte, riss er ihr ohne Vorwarnung das Stück Klebeband vom Mund und legte seine widerlichen Finger auf ihre Lippen.

»*Scht, piano!*«, forderte er, öffnete die Wasserflasche und ließ sie einen Schluck trinken.

»*Grazie*«, sagte sie leise.

»Ich weiß, was du gemacht hast«, sagte der Mann darauf zu ihr und sah sie mit schmalen Augen an.

»Ich weiß nicht, wovon sie reden«, flüsterte sie ängstlich.

»Ich habe das Bild nicht. Bitte lassen Sie mich gehen.«

Der Entführer lachte laut auf. Charlotte Becker schreckte zusammen.

»*Buona idea. Mi piace molto!*«

Dann musterte er sie, wurde wieder ernst, und seine Augen funkelten böse.

»Du bleibst so lange bei mir, bis ich das verdammte Bild habe.«

Sie erschauerte und spürte, wie ihr Tränen in die Augen traten. Der Mann wuchtete seinen schweren Körper hoch, stellte sich vor die Matratze und sagte ganz beiläufig:

»Einen Mucks, und ich knalle dich ab. Hier hört dich eh kein

Mensch, also überleg dir ganz genau, ob du um Hilfe schreien willst.«

Er verschwand durch die Tür, und es wurde wieder dunkel. Charlotte Becker wusste, dass sie nur warten konnte, ob sie jemand fand. Ihr einziger Hoffnungsschimmer war, dass Stefan, der Ingenieur, sofort die Polizei gerufen hatte. Dann schloss sie die Augen und versuchte sich zu beruhigen.

In der Questura angekommen, eilte Brassoni sogleich zu Roberto Morandis Dienstzimmer.

Der Chef hatte das größte und schönste Büro im ganzen Gebäude. Der Commissario wollte gerade anklopfen, da riss Maria Grazia Malafante die Tür auf und warf ihm einen bedeutsamen Blick zu. In der Hand hielt sie eine leere Tasse Tee. Brassoni schaute verwirrt von ihr zum Schreibtisch des Vice Questore und sah zu seiner Überraschung seinen völlig aufgelösten Cousin Stefan auf einem Stuhl hocken. Er zog an einer Zigarette, obwohl das Rauchen in den Dienstzimmern streng verboten war. Seine blonden Haare standen wirr vom Kopf ab, das Hemd hing ihm ein Stück aus der Hose. Brassoni grüßte seinen Chef und wandte sich dann an seinen Cousin.

»Was ist passiert, Caruso? Was machst du hier? Und wieso rauchst du heute schon zum zweiten Mal? Ich dachte, du hast es aufgegeben?«

Caruso winkte ab.

»Das ist eine Ausnahme. Ich bin völlig fertig. Der Kidnapper hat mich vor einer Viertelstunde auf dem Handy angerufen. Offensichtlich hat er meine Nummer von Charlotte Beckers Telefon. Er wird die Nachrichten gelesen haben, die sie mir geschickt hat. Er fordert den Picasso gegen ihr Leben.«

Brassonis Lächeln erstarb. Sein Blick streifte nervös seinen Chef, der mit ernster Miene hinter seinem Schreibtisch saß.

»Commissario Brassoni, haben Sie den Picasso gefunden?«

»*Si, Signor Vice Questore.* Ich habe schon die Kollegen von der Spurensicherung beauftragt, die Wohnung zu untersuchen. Signor Tintoretto wird die Echtheit des Gemäldes überprüfen. Goldini ist bei ihm.«

Roberto Morandi nickte zufrieden.

»Trotzdem haben wir jetzt ein Problem. Die Fahndung nach Charlotte Beckers mutmaßlichem Kidnapper Cesare Pantalone läuft auf Hochtouren. Die Streifenkollegen haben zwei Gondoliere gefunden, die einen Mann, auf den seine Beschreibung passt, am Kanal neben der *Calle Larga San Marco* gesehen haben. Er soll einen großen Koffer mit sich geführt haben. Das ideale Versteck für eine gekidnappte Frau. Aber wie reagieren wir auf seine Forderung?«

Brassoni ließ sich nicht beirren.

»Wir tun, als ob wir seine Bedingungen erfüllen wollten. Hat er schon einen Treffpunkt oder eine Uhrzeit vorgeschlagen?«

Caruso schüttelte den Kopf.

»Nein, er wollte sich noch einmal melden.«

»Konnte man sein Handy orten? Oder das von Signora Becker?«

»Das ist nicht möglich. Er benutzt ein Prepaidhandy und hat die Karte entfernt. Von Signora Beckers Handy wurden die letzten Signale in der Nähe des Kanals empfangen. Vermutlich hat er es weggeschmissen, nachdem er es durchgesehen hatte«, antwortete der Vice Questore.

»Dann bereiten wir uns jetzt gründlich auf die Übergabe vor. Warten wir ab, welche Bedingungen er stellt. Diesmal kriegen wir ihn, so wahr ich Luca Brassoni heiße.

Und anschließend räumen wir mit den Hintermännern auf. Pantalone wird singen wie ein Vögelchen!«

Caruso sah ihn zweifelnd an.

»Meinst du, Charlotte Becker lebt noch?«

Der Commissario hob den Daumen und nickte. Als er schon wieder im Flur war, hörte er seinen Chef sagen: »Keine Sorge, Brassoni kriegt das hin!«

Zu seiner Überraschung saß Maria Grazia in seinem Büro.

»*Buon giorno, Maria!*«, grüßte Brassoni sie und versuchte seine Verwunderung zu verbergen.

»*Buon giorno, Luca!* Ich habe dir Kaffee gebracht.«

Sie deutete auf die dampfend heiße Tasse, die auf seinem Schreibtisch stand.

»*Grazie*, womit habe ich das verdient?«

»Sei nicht so albern, ich mache mir Sorgen um dich. Und ich habe dich vermisst.«

Brassoni wusste nicht, ob er sich freuen oder auf der Hut sein sollte. Er entschied sich für Ersteres.

»Ich wollte dich auch gerne sprechen, aber es kam mir nicht so vor, als wenn es dir recht wäre. Und jetzt habe ich wenig Zeit.«

Maria Grazia warf ihm einen sehnsüchtigen Blick zu.

»Luca, bin ich dir keine fünf Minuten Zeit mehr wert?«

Sie öffnete die obersten Knöpfe ihrer weißen Bluse und fächerte sich Luft zu. Dann sah sie ihn herausfordernd an.

»Was hältst du davon, wenn wir uns auf einen Campari treffen, sobald du heute Abend fertig bist. Dann können wir in Ruhe reden.«

Brassoni zögerte ein paar Sekunden mit der Antwort. In dieser Zeit war sie aufgestanden und hinter seinen Schreibtisch gekommen. Sie berührte mit der Hand sein Kinn und strich zärtlich über seine Lippen. Der Commissario schloss die Augen und erwartete einen Kuss. Ihr Parfüm war süß und schwer und raubte ihm die Sinne.

»Maria, lass uns nicht schon wieder damit anfangen. Ich halte es für besser, wenn wir uns eine Weile außerhalb der Arbeit nicht mehr sehen!«, entfuhr es ihm.

Sie zuckte nur mit den Schultern.

»Melde dich einfach bei mir, wenn du Lust hast. Du weißt ja, wie du mich erreichen kannst.«

Bevor er noch etwas sagen konnte, steuerte sie schon wieder auf die Tür zu. Es kam ihm vor, als wiegte sie sich absichtlich ein bisschen mehr in den Hüften. Sie drehte sich gerade eben um und wollte ihm eine Kusshand zuwerfen, da klopfte es erneut, und eine strahlende Carla Sorrenti trat ein.

»*Buon giorno, Luca,* ich habe mich schon umgezogen, und da ich einige Berichte in die Questura bringen musste, dachte ich, ich komme kurz bei dir vorbei und bringe dir einen Kaffee mit.«

Erst jetzt nahm sie die Anwesenheit von Maria Grazia bewusst wahr. Sie stellte den heißen Becher auf seinem Schreibtisch ab.

»Oh, hallo, ich wusste nicht, dass eure Sekretärin bei dir ist. Ihr habt sicher zu tun?«

Irritiert wanderte ihr Blick von Brassoni zu Maria Grazia, deren Augen Funken sprühten.

Sie musterte die Gerichtsmedizinerin mit einem herablassenden Blick, schnaubte verächtlich und stolzierte hoch erhobenen Hauptes aus Brassonis Dienstzimmer, nicht ohne ihn bitterböse anzuschauen.

Brassoni war höchst verlegen ob der prekären Situation.

»Carla, schön, dass du da bist«, war das Einzige, was ihm einfiel. Er nahm ihr den Becher ab und bedankte sich.

»Signora Malafante hat mir nur Unterlagen hereingebracht«, log er und fühlte sich gleich schuldig.

Die Pathologin starrte auf seinen ansonsten leeren Schreibtisch mit den beiden Kaffebechern und sagte nur: »Aha.«

Dann runzelte sie die Stirn, schaute ihm direkt ins Gesicht und meinte:

»Luca, wenn du mit jemand anderem liiert bist, dann würde ich das gern wissen. Ich bin kein Fan von komplizierten Beziehungen, und Männer, die zweigleisig fahren, kann ich nicht leiden.«

Brassoni bemühte sich, die Lage zu entschärfen.

»Carla, mir liegt sehr viel an dir, glaube mir bitte. Ich freue mich ehrlich, dass du gekommen bist. Und ich würde dich gerne wiedersehen.«

Er nahm ihre Hand und hob sie an seine Lippen. Sie entzog sie ihm nicht.

Die Gerichtsmedizinerin lächelte skeptisch, gab ihm aber einen Kuss und meinte:

»Ruf mich an, wenn du dir sicher bist, dass du nur an mir interessiert bist!«

Dann war sie verschwunden und ließ einen sichtlich mitgenommenen Commissario zurück.

Er brauchte einen Augenblick, bis er sich wieder auf seine Arbeit konzentrieren konnte.

Frauen würden ihm immer ein Rätsel bleiben. Er fühlte sich von Maria Grazia angezogen, wollte aber gerne auch mit Carla Sorrenti zusammen sein. Dass beides nicht ging, war ihm klar. Aber im Augenblick sah er sich auf dem Weg zu einer ernsthaften Beziehung mit Carla.

Brassoni setzte sich an seinen Computer und überflog seine Mails. Er stolperte über eine Nachricht der Kriminaltechnik, die Charlotte Beckers Kreditkarten und Telefonabrechnungen geprüft hatte, in der stand, dass die Professorenwitwe vor dem Tod ihres Mannes mehrmals von einer Nummer in Venedig angerufen worden war und auch zurückgerufen hatte.

Außerdem ließ sich feststellen, dass vor zwei Wochen über ihre Visacard ein Urlaub für zwei Personen, ein Erwachsener, ein Kind, in Griechenland gebucht worden war. Wusste sie da schon, dass sie alleine fliegen würde?

Brassoni verzichtete darauf, alle Mails zu lesen, weil er jede Minute darauf wartete, dass Ort und Treffpunkt der Übergabe von Cesare Pantalone, dem mutmaßlichen Kidnapper, übermittelt wurden. Die Beschreibung der Zeugen ließ keinen Zweifel daran, dass er der Täter war. Der Commissario nahm sich Pantalones Akte zur Hand und blätterte ohne große Erwartung die einzelnen Seiten durch. Nirgendwo ein Hinweis zu Verbindungen zwischen dem Verdächtigen und der hiesigen Kulturszene. Wer hatte Pantalone engagiert, wie war er in diese

Kreise geraten? Brassoni konnte nur spekulieren. Dann blieb er an einem Bericht über einen früheren Fall hängen, in dem der Gesuchte in einen Auftragsmord an einem Politiker verwickelt war, man ihm die Tat aber nicht nachweisen konnte. Was, wenn eins dieser hohen Tiere eine kriminelle Ader hatte und einen illegalen Kunsthandel aufgebaut hatte? Als Hehler und Verbindungsmann war ein Mann wie Pantalone bestens geeignet, wenn man ihn gut bezahlte. Loyal und skrupellos. Sprach Caruso nicht letztens von einem Staatssekretär, der den Gerüchten nach mit unsauberen Geschäften dieser Art zu tun hatte? Brassoni musste ihn unbedingt noch einmal nach den Details fragen.

In diesem Augenblick meldete sich sein Handy. Es war der Vice Questore, der ihn bat, umgehend in sein Büro zu kommen. Es war so weit. Caruso hatte einen Anruf von dem Kidnapper bekommen.

Brassoni spürte das Adrenalin in seinen Adern steigen. Eilig lief er den Flur hinunter bis zum Büro des Polizeidirektors. Roberto Morandi bat ihn, Platz zu nehmen. Auch dem Polizeichef war die Anspannung anzumerken. Er hatte die Bilderrahmen mit den Fotos seiner Frau und seiner beiden Söhne, die sonst auf dem Schreibtisch standen, zur Seite geräumt und eine detaillierte Karte von Venedig dort ausgebreitet. Maurizio Goldini stieß ebenfalls hinzu, Ispettore Colludi hatte bereits Platz genommen. Brassonis Cousin Stefan saß mit unglücklichem Gesicht am Ende des Zimmers. Der Commissario schickte ihm einen aufmunternden Blick zu.

»Meine Herren«, begann der Vice Questore, »Gerade eben hat der Kidnapper sich noch einmal gemeldet. Er besteht darauf, Signora Becker einzig und allein gegen den echten Picasso auszutauschen. Er sagte, es hätte keinen Zweck, ihn mit einer Kopie täuschen zu wollen, denn er wisse von einer Kennzeichnung, die nur das echte Gemälde besitze. Wo auch immer diese Kennzeichnung sein soll, ich habe den Kunstsachverständigen

Tintoretto gebeten, das Bild ganz genau unter die Lupe zu nehmen. Klar ist, dass wir Charlotte Beckers Leben nicht gefährden wollen, dass wir diesem übergeschnappten Kriminellen aber sicher auch nicht das Originalbild überlassen werden.

Für eine Stadt wie Venedig wäre es ein verheerendes Signal, wenn noch eine Touristin zum Mordopfer würde und der Täter entkäme. Ganz zu schweigen von dem Imageverlust, der entstände, wenn die Presse Wind davon bekäme, dass ein bedeutendes Gemälde in die Hände von Kriminellen gegeben werden soll. Dieser Fall muss unter allen Umständen einen positiven Ausgang nehmen. Denken Sie nur an den Unfall des deutschen Touristen mit der Gondel vor einiger Zeit. Die Presse hat uns in der Luft zerrissen, weil der Gondoliere unter Drogen stand. So etwas darf einfach nicht passieren. Sicherheit für alle ist unser oberstes Gebot!«

Erschöpft durch seine hochmotivierte Ansprache nahm der Vice Questore wieder Platz.

»Wo und um welche Uhrzeit soll die Übergabe denn stattfinden?«, wollte Brassoni wissen.

Roberto Morandi sah auf seine Uhr.

»In anderthalb Stunden, punkt vierzehn Uhr an der Kirche Santa Maria della Salute.«

Brassoni war verwundert.

»Warum genau an dieser Kirche? Einem so öffentlichen Ort?«

Maurizio Goldini öffnete ein Schokobonbon, das er von zu Hause mitgebracht hatte, und antwortete statt des Vice Questores.

»Ich denke genau darum. Wir können nicht das gesamte Gelände stundenlang sperren, sonst bräche eine Panik aus. Pantalone wird darauf spekulieren, dass wir wegen der vielen Touristen vorsichtig vorgehen müssen. Außerdem liegt die Kirche direkt am Wasser, eine gute Gelegenheit, mit dem Motorboot zu fliehen. Er wird die Entführte keinesfalls mitbringen, denn so hat er eine größere Chance, mit dem Bild zu entkommen. Ich schätze, er wird uns anbieten, Charlotte Becker direkt nach der Übergabe freizulassen.«

Die Runde bestätigte seine Worte durch einhelliges Nicken.

»Unsere einzige Chance ist, dass Tintoretto die Markierung findet und wir sie an der Kopie anbringen können. Das Guggenheim Museum war so freundlich, uns die Fälschung zu überlassen. Ein Kurier hat das Bild vor wenigen Minuten gebracht«, erklärte Morandi.

»Dann haben wir anderthalb Stunden Zeit, um uns vorzubereiten«, fügte Brassoni hinzu.

»Eine Spezialeinheit wird sich rund um die Kirche verdeckt in Stellung bringen. Ihn durch einen Scharfschützen zu erledigen, ist aber utopisch, denn dann finden wir die deutsche Frau vielleicht nie. Die Wasserschutzpolizei ist ebenfalls informiert. Brassoni, ich möchte, dass Sie die Übergabe arrangieren und durchführen. Sie kennen Pantalone am besten.«

Der Commissario hob kurz den Kopf. Er hatte damit gerechnet, dass er diese Rolle übernehmen sollte.

»Mit der Hilfe der Kollegen werden wir diesen Mistkerl zur Strecke bringen. Ich bin fest davon überzeugt, dass er uns diesmal nicht entkommt. Mein Vorschlag wäre, einige Polizisten in Zivil als Touristen verkleidet in und vor der Kirche herumspazieren zu lassen. Dann wähnt Pantalone sich in Sicherheit, und wir gefährden keine Zivilisten.«

Der Vice Questore rieb sich mit den Fingern über die Oberlippe.

»Keine schlechte Idee, wir sperren das Gebiet erst eine halbe Stunde vorher ab, möglichst unauffällig, zum Beispiel mit der Begründung, dass Reinigungsarbeiten durchgeführt werden müssen. Das können Sie im Einzelnen noch ausarbeiten. Denken Sie daran, es ist nicht mehr viel Zeit. Parallel dazu sind unsere Suchmannschaften weiterhin mit höchster Einsatzbereitschaft unterwegs, um Signora Beckers Versteck zu finden. Bisher allerdings ergebnislos. Aber wir bleiben dran.«

Damit war die Besprechung beendet. Brassoni geleitete seinen Cousin zum Ausgang.

»Danke, Caruso, dass du so fabelhaft mitgearbeitet hast. Falls Pantalone noch einmal anruft, Goldini hat jetzt dein Handy und wird sich darum kümmern. Geh nach Hause und ruh dich aus, ich melde mich später bei dir!«

»Viel Glück, Luca, und pass auf dich auf! Ich wünsche mir, dass alles gut ausgeht«, erwiderte Stefan und verließ die Questura. Brassoni wusste, dass es ihm erst wieder gut gehen würde, wenn alles vorbei war.

Kapitel 26

Die nächsten anderthalb Stunden vergingen wie im Flug. Alle Mitglieder des Ermittlungsstabs arbeiteten fieberhaft und bereiteten sich auf die bevorstehende Aktion vor. Der Suchtrupp hatte immer noch keine Spur von Pantalone und seinem Opfer gefunden. Brassoni studierte eine Karte des Innenraums der Basilika Santa Maria della Salute sowie die umliegenden Wasser- und Fußwege. Die hoheitsvolle weiße Kirche war von 1631 an über mehrere Jahrzehnte erbaut worden. Die Bewohner von Venedig hatten sie als Dank für die Befreiung von der Pest ausgelobt und gebaut. Die Basilika lag direkt an der Markusbucht und war einstmals auf einem achteckigen Grundriss entstanden, mit einer großen Kuppel über der Kirche und einer etwas kleineren über dem Presbyterium. Vom Wasser aus gab es eine vieleckige, breite Freitreppe, die zum Haupteingang führte. Brassoni vermutete, dass Pantalone von hier aus mit einem Motorboot fliehen wollte. Das Innere der Basilika bestand aus einem weitläufigen kreisförmigen Raum. Die Übergabe des Bildes sollte hinter einer der großen Säulen in der Mitte des Innenraums stattfinden. Sorgen machte dem Commissario, dass Pantalone verlangt hatte, die Kirche für die Touristen unbedingt geöffnet zu halten. Vielleicht konnten sie durch eine halbstündige Sperrung vor der vereinbarten Uhrzeit erreichen, dass nur wenige Spaziergänger in die Kirche kamen. Sonst war das Risiko zu groß, dass unbeteiligte Personen bei einem Zugriff verletzt wurden. Der Plan mit den zusätzlich als Zivilisten verkleideten Polizisten war auf jeden Fall einen Versuch wert.

Brassoni wies seinen Leuten die entsprechenden Positionen zu, informierte die zuständigen Mitarbeiter der Kirche und bestellte per Telefon in seiner Stammtrattoria um die Ecke ein paar belegte *Panini* für alle, die noch nicht zu Mittag gegessen hatten.

Die gesamte Questura war geschäftig wie nie, selbst Maria Grazia arbeitete ohne Pause.

Sie telefonierte mit Charlotte Beckers Angehörigen, sah Professor Beckers Unterlagen, die er und Goldini in der geheimen Wohnung gefunden hatten, sorgfältig mit durch und wimmelte die Presseleute ab, die Wind von der ganzen Sache bekommen hatten.

Kurz, alle waren daran interessiert, dass Charlotte Becker lebend gefunden wurde und der Fall baldmöglichst aufgeklärt und beendet war.

Ungeduldig wartete Brassoni auf eine Nachricht seines Kollegen Maurizio Goldini, der zusammen mit dem Kunstsachverständigen den Picasso auf die Kennzeichnung hin untersuchte. Endlich klingelte gegen halb zwei das Telefon.

»Luca, Tintoretto hat's gefunden. Es ist ein unsichtbares Zeichen am Rand des Bildes, das man nur unter einem bestimmten Licht erkennen kann. Wir werden das Zeichen jetzt auch an der Fälschung anbringen, dann können wir das Duplikat mitnehmen!«

Brassoni lehnte sich erleichtert in seinem Bürostuhl zurück. Er hatte kaum zu hoffen gewagt, dass Tintoretto die Kennzeichnung finden würde.

Kurz bevor der Commissario sich mit seinen Leuten auf den Weg zur Kirche machen wollte, überraschte ihn Maria Grazia mit einer erstaunlichen Neuigkeit. Die Kollegen von der Finanzabteilung hatten beim Kontrollieren der Kontobewegungen von Konstantin Becker und Alberto Pallucci herausgefunden, dass das Geld, das Becker bekommen hatte, über eine Stiftung bezahlt wurde, die nur einen einzigen Einzahler hatte. Der wahre Name dieses Einzahlers musste noch identifiziert werden. Die Einzahlung des Geldes wurde über mehrere Konten hinweg verschleiert. Und Becker hatte seinerseits Pallucci Geld auf ein geheimes Konto überwiesen. Sie sollte ihm ausrichten, dass es eine ganz schöne Arbeit gewesen sei, dies herauszufinden. Brassoni bedankte sich bei ihr und sagte, dass er sich später darum kümmern würde, aber sie solle schon mal seinen besten Dank an die Kollegen übermitteln. Er überprüfte die Sicherung seiner Waffe, rief die Kollegen zusammen und trieb sie an.

»Beeilung, Freunde, wir haben keine Zeit zu verlieren. *Avanti, avanti,* lasst uns losgehen!«

Wie schon in den letzten Tagen strahlte auch heute die Sonne unerbittlich vom Himmel.

Die Touristenmassen schoben sich stöhnend und schwitzend durch die kleinen Gassen der Lagunenstadt. Die Vaporetti waren hoffnungslos überfüllt, die Gondoliere freuten sich über ihre vielen zahlungskräftigen Kunden.

In einem alten, verlassenen Palazzo im Süden Venedigs kämpfte eine vierundvierzigjährige Frau um ihr Leben. Sie lag in einer dunklen Kammer auf dem kalten Steinboden. Beim Versuch, sich von ihren Handfesseln zu befreien, war sie von der schmutzigen alten Matratze gerutscht, auf die ihr Entführer sie gelegt hatte. Sie war hungrig, und sie musste dringend zur Toilette, aber wie sollte sie den Mann auf sich aufmerksam machen. Wenn sie rief oder schrie, würde er ihr den Mund wieder verkleben, und davor hatte sie eine Todesangst.

Es gab ihr das Gefühl, ersticken zu müssen. In der Kammer hatte sich im Laufe des Tages eine Bruthitze entwickelt. Ihr ganzes Kleid war schweißnass. Sie spürte, wie ihre Augen feucht wurden und versuchte, sich dagegen zu wehren und ihre Fassung zu bewahren, aber schließlich kamen die Tränen wie ein großer, riesiger Fluss, der nicht mehr aufzuhalten war.

Ihr ganzer Körper wurde geschüttelt, und ein lautes Schluchzen entfloh ihrer Kehle.

Es dauerte keine zwei Minuten, da knarrte die große Tür vor ihrem Verlies, und der Kidnapper stand im Türrahmen. Charlotte Becker hielt vor Angst die Luft an und wagte nicht, sich zu bewegen. Der Mann verzog verärgert das Gesicht.

»*Signora,* was habe ich Ihnen denn gesagt? Sie sollen sich ruhig verhalten, sonst muss ich Ihnen wieder den Mund verkleben. Und das wollen Sie doch nicht, oder?«

Er lachte höhnisch auf. Charlotte Becker lief ein Schauer über den Rücken.

»Ich, ich …«, stotterte sie in einem Flüsterton. »Ich habe furchtbaren Durst, und ich müsste dringend zur Toilette – Bitte!«, setzte sie hinzu.

Der bullige Mann zögerte einen Moment. Es sah aus, als wäge er ab, ob er ihr diesen Gefallen tun wollte oder nicht.

»*D'accordo, va bene!*«, sagte er schließlich. Sein Atem ging immer noch schwer und rasselnd.

Er ging zu ihr, half ihr auf die Beine, ließ sie einen Schluck Wasser trinken und führte sie aus der Kammer heraus zu einem in der Nähe gelegenen, abbruchreifen alten Badezimmer, das entsetzlich stank. Die Kloschüssel war verschmutzt, und das Wasser lief nicht mehr, aber Charlotte Becker hatte keine andere Wahl, als hier ihre Notdurft zu verrichten. Pantalone wartete vor der halb geöffneten Tür. Erleichtert zog sie sich danach mit den verbundenen Händen ihre Unterhose wieder hoch. Schnell vergewisserte sie sich mit einem Blick in alle Richtungen des Bades, ob es hier eine Fluchtmöglichkeit oder ein Werkzeug gäbe, das sie gebrauchen könnte, aber das Fenster war vergittert, und der Raum war leer bis auf eine Rolle Klopapier auf der Fensterbank. Enttäuscht humpelte sie zur Tür. Der Kidnapper führte sie ohne ein Wort zurück in ihr Verlies, stieß sie auf die alte Matratze und schloss die Tür.

Sie hatte keine Ahnung, wie es weitergehen würde. Sie wusste nur, dass sie es nicht mehr lange aushielt. Ihr Kopf schmerzte, und ihre Arme und Beine fühlten sich schwach an.

Wenn doch nur ein Wunder geschähe!

In der Kirche Santa Maria della Salute herrschte eine andächtige Stille, als Luca Brassoni mit seinen Leuten eintraf. Vor der Tür hing noch das Schild »Wegen Reinigungsarbeiten für eine halbe Stunde geschlossen«.

Trotzdem hielten sich vor dem Bauwerk eine gar nicht so geringe Anzahl von Menschen auf, die unbedingt die Basilika besichtigen wollten und auf die Öffnung warteten. Brassoni, der wie alle Kollegen in Zivil erschienen war, seufzte laut auf. Er konnte den Blick nicht von dem aufwendig gestalteten Hauptaltar wenden, dessen marmorne Statuen die Vertreibung der Pest darstellten. In der Mitte strahlte die Madonna des Heils, *della Salute,* deren Unterstützung sich Brassoni jetzt auch wünschte. Alle Polizeibeamten brachten sich in dem Innenraum der Kirche in ihre Position. Sie sollten nur eingreifen, wenn es zu Komplikationen kam.

Brassoni folgte dem polychromen Marmormosaik auf dem Boden bis zu dem bunten geometrischen Muster am äußeren Rand. Er hoffte, dass die Übergabe ohne Blutvergießen verlief. Dann wartete er mit dem abgedeckten Bild in der Hand auf die Öffnung der Kirche. Es war gleich vierzehn Uhr. Er gab Goldini ein Zeichen, der daraufhin zum doppelflügigen Hauptportal eilte und die schweren Türen aufsperrte. Alsbald durchbrachen leises Stimmengemurmel und Schritte, die auf dem Marmorboden hallten, die Stille der Basilika.

Unter höchster Anspannung warteten alle Beteiligten auf das Eintreffen von Cesare Pantalone. Brassoni, der einen kleinen Kopfhörer im Ohr hatte, wurde von Colludi, der sich als Kameratourist verkleidet vor der Kirche postiert hatte, informiert, dass ein kleines Motorboot in der Nähe des Gebäudes angelegt hatte. Es war also so weit. Nervös warf er immer wieder einen

Blick auf die Eingangstür und überprüfte, ob seine Waffe im Halfter war.

Es war schon kurz nach zwei, und Pantalone war immer noch nicht erschienen.

Die Besucher der Kirche hatten bisher nichts von der Aktion mitbekommen und betrachteten in aller Ruhe den prachtvollen Innenraum des Bauwerks.

Plötzlich zupfte ein kleiner, etwa zehnjähriger Junge den Commissario am Ärmel.

»*Permette, Commissario?*«, fragte er und griff nach dem Bild.

Brassoni zog seinen Arm instinktiv zur Seite.

»*Come ti chiami,* wie heißt du?«, fragte er den Jungen verblüfft.

»Das tut nichts zur Sache«, meinte der Junge großspurig und überreichte dem Commissario einen Zettel.

Brassoni winkte Goldini zu sich und las ungläubig, was ihm Pantalone geschrieben hatte:

Übergeben Sie das Bild dem Jungen
Folgen Sie ihm nicht, und stellen Sie keine Fragen, sonst sehen Sie Signora Becker nie wieder
Wenn ich das Bild habe, erhalten Sie weitere Instruktionen, mit deren Hilfe Sie die Frau finden können

»Was machen wir jetzt?«, flüsterte Goldini ihm ins Ohr.

Brassoni war wie vor den Kopf geschlagen. Mit dieser Situation hatten sie nicht gerechnet.

Er beugte den Kopf zu Goldini und sagte ihm, die einzige Chance, Charlotte Becker lebend zurückzubekommen, sei, das Bild zu übergeben. Dann informierte er kurz den Vice Questore, der ihm zustimmte und seinen Segen gab.

»Keiner der Kollegen hat Pantalone bisher ausfindig gemacht. Er scheint nicht in der Nähe zu sein.«

Dann wandte er sich an den Jungen, überreichte ihm den falschen Picasso und sagte: »Richte deinem Boss aus, dass wir Signora Becker in spätestens einer Stunde lebend wiedersehen wollen. Sonst gnade ihm Gott!«

Der Junge grinste, packte das Bild und verschwand in Windeseile aus der Kirche.

Sofort wurden alle verfügbaren Kräfte alarmiert, die Augen nach dem Jungen offen zu halten.

Sie erhielten eine genaue Beschreibung des Kindes. Etwa eins dreißig groß, dunkelbraune Haare, braune Augen, weißes T-Shirt mit einem Schiff als Aufdruck, kurze blaue Hose, Sandalen. Und ein Gemälde unter dem Arm. Er konnte ja nicht einfach von der Bildfläche verschwinden.

Vor Ort zogen sich die restlichen Beamten aus der Basilika Santa Maria della Salute zurück.

Und das kleine Motorboot, das gegen vierzehn Uhr in der Nähe der Kirche angelegt hatte, war bloß ein harmloses Wassertaxi gewesen.

Luca Brassoni hingegen war dem Jungen auf dem Fuße gefolgt. Leider war der kleine Kerl blitzschnell.

»Er ist in einen Hauseingang gesprungen«, informierte ihn einer der Polizisten, die in der Nähe der Kirche postiert gewesen waren, über Funk.

Brassoni hörte es und lief umso eifriger. Mit jedem Schritt fluchte er lauter über die Hitze und seine mangelnde Kondition. Endlich war er an dem besagten Hauseingang, schlängelte sich durch den schmalen, offenen Flur und stürmte auf den Hinterausgang zu.

Der Hof war umsäumt von halbhohen Mauern. Der Junge musste darüber geklettert und durch das nächste Haus wieder verschwunden sein. Brassoni sah sich hastig um, entdeckte eine silberfarbige Tonne, die er vor die Mauer stellte und über die er mit einiger Mühe hinüberkletterte. Keine fünf Meter von der Mauer entfernt bellte ein großer schwarzer Hund. Er war angekettet, gebärdete sich aber wie ein Wilder, um sein Revier zu verteidigen.

Zum Glück hatte er eine schattige Hütte in der Ecke stehen und einen vollen Napf mit Wasser. Von dem Jungen keine Spur.

Brassoni lief vorsichtig an dem Hund vorbei und redete beruhigend auf ihn ein. Er war im Hinterhof eines Restaurants gelandet. Der Commissario betrat durch den Hintereingang die Küche des Lokals und wies sich den überraschten Angestellten durch seinen Dienstausweis aus.

»Haben Sie gerade eben einen kleinen Jungen mit einer kurzen blauen Hose hier durchlaufen sehen?«

Einer der Köche nickte und wies mit der Hand geradeaus durch den Raum.

»Hier lang ist er gelaufen, Commissario!«

Brassoni bedankte sich und konnte es sich nicht verkneifen, die Leute zu ermahnen, den Hund so bald wie möglich aus der Hitze zu holen.

»Er ist der Hund des Besitzers und wird gleich abgeholt«; rief der Koch ihm nach.

Brassoni hatte noch nie verstanden, wie man in einer Stadt wie Venedig einen Hund als Haustier halten konnte. Diese Hitze im Sommer, keine Wiesen, Bäume, Parks. Das war einfach nur Tierquälerei. Aber das war jetzt nicht seine Baustelle.

Vor dem Restaurant schaute er atemlos nach rechts und nach links. Er sah nur einige flanierende Passanten, der Junge blieb verschwunden. Erschöpft stützte er seine Hände auf die Knie und verharrte ein paar Minuten in dieser Position. Er versuchte, den Schmerz an seinem operierten Kreuzband zu unterdrücken. Als sein Funkgerät sich mit einem plärrenden Geräusch wieder meldete, zuckte der Commissario zusammen.

»Der Junge ist auf der anderen Seite des Kanals aufgetaucht. Ein Streifenpolizist hat ein Kind, auf das seine Beschreibung passt, durch die Calle Giustinian laufen sehen.«

»*Merde!*«, schimpfte Brassoni. Er hatte ihn verloren. So schnell konnte er die Verfolgung nicht mehr aufnehmen.

»Lasst ihn nicht aus den Augen. Er wird uns zu Pantalone führen!«, wies er die Kollegen an.

Der Junge musste über die Accademia-Brücke nach links in den Osten des San-Marco-Viertels gerannt sein. Wahrscheinlich befand sich dort irgendwo das Versteck von Cesare Pantalone.

Und von Charlotte Becker, der unglückseligen Professorenwitwe.

Kapitel 27

Brassoni entschloss sich, der Fährte weiterhin zu folgen. Es konnte doch nicht so schwer sein, diesen vermaledeiten Jungen ausfindig zu machen. Der Commissario konnte sich vorstellen, wie Pantalone das Kind geködert hatte. Ein armer Junge, dem Aussehen nach vielleicht ein Roma, treibt sich auf der Straße herum, bekommt von Pantalone den Auftrag, für fünfzig Euro in der Santa Maria della Salute einen Gegenstand abzuholen und sich dann so schnell es geht davonzumachen. Der Kleine musste sich in den Gassen Venedigs verdammt gut auskennen.

An dem Kiosk vor der Accademia-Brücke machte Brassoni einen kurzen Stopp und kaufte sich ein kaltes Getränk. Nach den ersten Schlucken ging es ihm gleich besser. Er warf die Dose in einen Papierkorb und beeilte sich, zur Calle Giustinian zu eilen, wo der Junge zuletzt aufgetaucht war. Als er schließlich dort ankam, wartete ein ratlos aussehender Streifenpolizist auf ihn.

»Commissario, er ist wie vom Erdboden verschwunden. Das Kind kann rennen wie der Wind. Als er mich sah, flüchtete er in einen Hauseingang. Ich bin ihm nach, konnte ihn aber nirgends entdecken. Er scheint jeden Schlupfwinkel zu kennen. Wahrscheinlich ist er durch ein Fenster oder einen Nebeneingang wieder raus.«

»Hatte er das Bild noch in der Hand?«, wollte Brassoni wissen.

Der Beamte überlegte einen Moment.

»Wenn Sie mich so fragen … Ich habe nicht genau darauf geachtet, aber ich glaube, er hat seine Hände frei bewegt. Er hat mir einen Stinkefinger gezeigt, wissen Sie … Und mit der anderen Hand hat er wohl auf alle Klingeln gedrückt und dann die Tür geöffnet.«

Brassoni verdrehte die Augen und sah den Mann ungläubig an.

»*Madonna,* und Sie haben nicht gesehen, ob er das Bild irgendwo abgelegt oder versteckt hat?«

Der Streifenpolizist zuckte mit den Achseln.

»*Scusi,* Commissario, ich weiß von nichts. Jedenfalls habe ich kein Gemälde hier in der Umgebung gefunden.«

Brassoni schüttelte gereizt den Kopf. Ging denn heute alles schief? Er griff zu seinem Handy und rief Maurizio Goldini an.

»Maurizio, schick mal ein paar Leute in die Calle Giustinian. Es wäre möglich, dass der Junge das Bild in einem der Häuser in der näheren Umgebung abgeliefert hat. Einer der *Carabinieri* hat ihn gesehen, aber das Duplikat vom Picasso war vermutlich nicht mehr bei ihm. Und komm bitte auch vorbei. Ich kann Unterstützung gebrauchen.«

Goldini versprach ihm, so schnell wie möglich zu kommen und die angeforderten Leute zu schicken.

Brassoni wandte sich noch einmal an den Streifenpolizisten, der unentschlossen in gebührendem Abstand zu dem Commissario stehen geblieben war.

»Zeigen Sie mir bitte das Haus, in dem das Kind verschwunden ist.«

Gehorsam ging der junge Mann voraus. Zwei Gassen weiter in dem verwinkelten Häusersystem blieb er vor einem Gebäude stehen, an dem so ziemlich aller Putz abgeblättert war.

»Dort müsste er hineingegangen sein.«

Der Streifenpolizist zeigte mit dem Finger auf die Haustür.

»Was heißt müsste?«, fragte Brassoni scharf.

Der Mann wiegte den Kopf verlegen hin und her.

»Na ja, es kann auch sein, dass er weitergerannt ist. Ich sah ihn schellen und wollte Verstärkung anfordern. Für einen kurzen Moment war ich abgelenkt, und da war er auch schon weg. Ich dachte, er wäre hineingegangen. Ich habe ebenfalls dort geklingelt und alle Bewohner befragt, die geöffnet haben. Keiner hat ihn gesehen.«

Brassoni war kurz vorm Explodieren. Aber er zählte im Stillen bis zehn und sagte sich, dass es sowieso nichts nutzen würde, den *Carabinieri* zur Schnecke zu machen. Er würde sich jetzt selbst einmal umsehen.

»Danke, äh ... wie war doch gleich Ihr Name?«

»Fausto Pentola, Signor Commissario.«

Zackig wie beim Militär schlug der Beamte die Hacken zusammen.

Brassoni verkniff sich ob des Nachnamens ein Schmunzeln. *Pentola* hieß Topf, irgendwie passend, dachte er.

»Schon gut, bleiben Sie in der Nähe, und informieren Sie die Kollegen, sobald sie eintreffen, ich schau mich in der Gegend noch mal um.«

Der Streifenpolizist nickte eifrig und machte ein würdevolles Gesicht, um zu zeigen, dass der Commissario sich auf ihn verlassen konnte. Dann ging er zurück in die Calle Giustinian, und Brassoni begann die Erforschung der restlichen Gassen bis zum Anleger San Samuele.

War es ein Zufall, dass auch die Wohnung des Professors in einer dieser Straßen lag? Aber welchen Zusammenhang sollte es geben? Wahrscheinlich war die Gegend einfach gut geeignet für ein ausgeklügeltes Versteck. Der Commissario hatte im Gefühl, dass Cesare Pantalone mit seinem Opfer hier irgendwo in der Nähe war.

Als er gerade seinen Blick über die Leute schweifen ließ, die das Vaporetto betreten hatten, das soeben seine Fahrt startete, stockte er und sah aus, als hätte er sich verschluckt.

Da saß der kleine Übeltäter inmitten einer Horde schwedischer Touristen. Unter dem Arm geklemmt hielt er das Bild. Brassoni rannte los, versuchte dem Fahrer zuzuwinken und ihn zum Umdrehen zu bewegen, aber es war zu spät. Er alarmierte hastig seine Kollegen, die sich an San Angelo, der nächsten Haltestation, postieren sollten. Jetzt konnte Ihnen der Junge nicht mehr entkommen. Sie würden ihn festnehmen und dazu bewegen, Ihnen zu verraten, wo Pantalone sich aufhielt. Das Katz-und-Maus-Spiel war der Commissario langsam leid. Die Zeit verstrich, keiner wusste, ob Charlotte Becker wirklich noch lebte.

Brassoni rannte zurück zu dem *Carabinieri* und traf dort gleichzeitig mit Goldini, Colludi und einem weiteren Beamten ein. Gemeinsam warteten sie auf die Nachricht, ob der Junge gefasst und vernehmungsfähig war.

Nach ein paar Minuten spannungsvollen Grübelns meldete sich Brassonis Funkgerät.

»Commissario, wir haben den Jungen. Er ist wohlauf, will uns aber nicht sagen, wo er hinwollte. Wir müssen seine Eltern verständigen, sofern es die gibt, und jemanden vom Jugendamt hinzuziehen, wenn Sie ihn weiter verhören wollen. Er ist strafunmündig. Aber es gibt eine kleine Überraschung – das Bild, das er dabeihatte, war nur ein leerer alter Holzrahmen. Er muss den gefälschten Picasso schon abgegeben haben.«

Ein Raunen ging durch die Männerrunde. Brassoni wischte sich seufzend den Schweiß von der Stirn.

»Also doch. Wir sind richtig hier. Irgendwo muss das Versteck sein. Ich schlage vor, wir teilen uns auf. Vielleicht gibt es irgendwo ein unbewohntes Haus oder eine leer stehende Wohnung. Seid vorsichtig und unternehmt nichts allein, falls ihr glaubt, Pantalones Versteck gefunden zu haben. Ispettore Colludi, Sie gehen mit dem Kollegen, und Goldini kommt mit mir. Wer etwas entdeckt, meldet sich bei den anderen!«

Und so nahm das Schicksal seinen Lauf.

Charlotte Becker fuhr aus dem Schlaf hoch. Sie wusste nicht, wovon sie wach geworden war und wie lange sie geschlafen hatte. Alle Glieder taten ihr weh. Die Matratze war alt und hart.

Irgendwo draußen knarrte eine Tür. Sie konnte Stimmen hören, die des Kidnappers und die eines kleinen Jungen. Was machte ein Kind hier in dem Versteck? Ihr Herz begann zu hämmern. Sie versuchte, ein wenig näher an die Tür heranzukommen, um besser zu verstehen, was gesagt wurde, aber seit dem Toilettengang hatte sie kaum noch Kraft in den Beinen.

»Du hast deine Sache gut gemacht!«, hörte sie ihren Entführer sagen.

Charlotte Becker konnte nicht fließend Italienisch sprechen, aber einiges sehr gut verstehen.

»Hier ist dein Geld. Und jetzt verschwinde und lass dich nie wieder blicken«, hörte sie den Mann sagen. Das Kind bedankte sich, dann vernahm sie wieder das Knarren der Tür und das Vorschieben eines Riegels. Als Nächstes hallten schwere Schritte auf dem Boden, allerdings nicht in ihre Richtung. Offensichtlich war der Entführer in ein anderes Zimmer gegangen.

Die Frau atmete auf. Sie hatte immer noch die Hoffnung, dass die Polizei das Versteck entdeckte und sie aus ihrer misslichen Lage befreite. Doch kurz darauf bewegten sich die Schritte auf ihr Verlies zu. Außerdem war es unüberhörbar, dass der Mann schlecht Luft bekam. Immer wieder hustete er und rang keuchend nach Atem.

Charlotte Becker wälzte sich so schnell sie konnte auf die Matratze zurück.

Eine Sekunde später öffnete sich ihre Tür, und ein helles Licht fiel in den Raum. Vor ihr stand der Kidnapper, in der Hand hielt er eine Taschenlampe, mit der er direkt in ihr Gesicht strahlte. Schützend hob die Frau beide Hände vor die Augen. Sie war immer noch gefesselt.

»*Attenzione,* Signora!«, dröhnte seine Stimme in den Raum.

»Meine Mission ist erfüllt. Ich habe das Bild und werde jetzt verschwinden. *Arrivederci!*«

Charlotte Becker hielt ungläubig inne und drehte vorsichtig den Kopf in seine Richtung.

»Aber …« Sie stockte. »… aber Sie müssen mich freilassen, Sie haben doch, was Sie wollten, bitte!«

Cesare Pantalone drehte die Taschenlampe zur Seite und warf ihr einen kalten Blick zu.

»Ich habe keine Zeit zu verlieren. Wenn du Glück hast, finden sie dich hier. Du hast es doch verdient, in einem Gefängnis zu leben. Du bist nicht besser als ich. Und jetzt halt die Klappe!«

Er riss ein neues Stück Klebeband von einer Rolle und verschloss ihr damit den Mund.

Charlotte Becker wehrte sich verzweifelt, konnte aber gegen den kräftigen Mann mit den stoppelkurzen roten Haaren nichts ausrichten. Verächtlich stieß er sie zur Seite, als er auf die Zimmertür zuging. Er warf keinen Blick zurück und verschloss die Kammer, ohne auf ihr Wimmern zu achten. In Todesangst versuchte die Frau, die Tür zu erreichen, um dagegenzuklopfen, aber nur wenige Schritte davor knickten ihre Beine weg. Tränen liefen über ihr Gesicht, sie musste aufgeben, sie war hier gefangen und würde hier sterben. So lag sie einige Minuten auf dem Boden.

Ein heftiger Knall ließ sie aufhorchen. Instinktiv rollte sie sich von der Tür weg. Dann hörte sie erneut ein Geräusch, so laut wie ein Schuss. Hatte die Polizei sie doch gefunden? War der Täter schon gefasst? Schließlich hörte sie Geschrei, Stimmen, die sie nicht identifizieren konnte. Doch, eine davon gehörte Cesare Pantalone. Charlotte Becker begann am ganzen Körper zu zittern. Was passierte da vorne? Wie konnte sie sich bemerkbar machen?

Der Lärm verebbte ein wenig und verlagerte sich von ihr weg. Ängstlich kauerte sie an der Wand. Dann hörte sie ganz klar jemanden rufen: »Polizei, bleiben Sie stehen. Ergeben Sie sich!«

Was als Nächstes kam, war weniger erfreulich und stammte von dem kahlköpfigen Commissario.

»Verflixt, er versucht mit dem Boot zu fliehen!«

Kapitel 28

Den verlassenen Palazzo zu finden war ein Wink des Schicksals gewesen. Brassoni und Goldini hatten ohne Erfolg zahlreiche Häuser in der Umgegend angesehen und ein ganzes Dutzend Passanten und Bewohner nach dem kleinen Jungen oder dem kräftigen rothaarigen Mann befragt. Niemandem war eine der beiden Personen aufgefallen. Ispettore Colludi und seinem Kollegen war es nicht anders ergangen. Sie wollten schon aufgeben, da lief Ihnen auf dem Weg zum Campo Pisani ein Mann mit Aktenkoffer und einem Bauplan in der Hand über den Weg, der es ziemlich eilig zu haben schien.

»*Scusi,* Signore!«, hielt Brassoni den Mann an und zeigte seine Dienstmarke. »Können Sie uns vielleicht helfen?«

Der Mann, der eine gepflegte graue Anzughose ohne Sakko trug, aber trotz der Hitze eine Krawatte umgebunden hatte, unterbrach den Commissario barsch.

»Nein, aber bestimmt können Sie mir helfen. Ich bin der Bauleiter des renovierungsbedürftigen Palazzo Contese ein paar Straßen weiter, direkt am Canal Grande. Wir sollen in einer Woche mit den Arbeiten beginnen, und ich wollte mir heute die Außenfassade noch einmal anschauen, aber irgendetwas stimmt da nicht. Ich hatte den Eindruck, dass Leute in dem Gebäude hausen, obwohl das doch verboten ist. Es lag Müll vor dem Haus. Vielleicht können Sie mal nachschauen und diesen Abschaum rausschmeißen?«

Brassoni und Goldini sahen sich mit großen Augen an.

»Wo genau liegt der Palazzo?«, wollte der Commissario wissen.

»Drüben, in der Nähe des Anlegers Giglio.«

»Waren Sie schon in dem Gebäude? Haben Sie einen Schlüssel?«

Der Bauleiter schüttelte den Kopf.

»Nein, nein, wie ich gemerkt habe, dass da was nicht stimmt, bin ich sofort wieder gegangen. Man weiß doch nie, wie diese Leute so drauf sind.«

Das könnte dein Glückstag gewesen sein, dachte Brassoni.

»Was ist jetzt, übernehmen Sie die Angelegenheit, oder muss ich mich an Ihre Dienststelle wenden?«, fragte der Bauleiter gereizt.

»Warten Sie bitte einen Moment, wir holen noch zwei Kollegen dazu, die Ihr Anliegen und Ihre Personalien aufnehmen. Wir kümmern uns darum.«

Brassoni informierte Colludi, dass sie einen Hinweis bekommen hätten und er und sein Kollege sofort zum Campo Pisani kommen sollten.

Dann nahm er Goldini beiseite und flüsterte ihm zu: »Es scheint als hätten wir die ganze Zeit auf der falschen Seite gesucht. Ich habe mich zu sehr daran festgebissen, dass der *Carabinieri* den Jungen zuletzt in der Calle Giustinian gesehen hat. Ich werde den Vice Questore anrufen und Unterstützung anfordern. Diesmal werden wir ihn kriegen. Er muss in diesem Palazzo sein.«

Goldini nickte.

»Das ist gut möglich. Das würde auch erklären, dass er mit dem Boot sein Versteck so gut erreichen konnte. Ich frage mich nur, warum wir nicht eher auf diesen Palazzo gestoßen sind.«

Brassoni winkte ab.

»Ach, Maurizio, in Venedig gibt es so viele renovierungsbedürftige Häuser. Früher oder später wäre das Gebäude mit auf der Liste gewesen. Ich hoffe, wir sind noch nicht zu spät.«

Sie ahnten noch nicht, wie nah sie an der Auflösung aller Rätsel waren.

15.45 Uhr am Palazzo Contese

Brassoni hielt die Waffe am Anschlag. Stück für Stück hatten sie sich dem Gebäude genähert und den Palazzo von der Straßenseite in Augenschein genommen. Auf dem Kanal waren Kollegen in einem versteckt liegenden Boot zur Observation abgestellt. Alles schien ruhig.

Die Fenster des Palazzos waren mit Holzlatten zugenagelt. Nach einer Viertelstunde Wartezeit entschied Brassoni in Absprache mit Roberto Morandi, das Haus zu stürmen.

Wenn das Haus Pantalones Versteck war und er sich bereits aus dem Staub gemacht hatte, hatten sie wenigstens noch die Chance, Charlotte Becker zu finden. Wenn er noch drinnen war, wurde es brandgefährlich.

Der Commissario wies die Spezialisten an, die Eingangstür durch eine kleine Sprengladung zu öffnen. Er versprach sich davon einen Überraschungseffekt und hoffte, Pantalone damit zu überrumpeln.

Alle hielten sich die Ohren zu, als der Mann der Spezialeinheit bis auf null runterzählte. Es gab einen gewaltigen Knall, die Haustür flog krachend auf den Boden und zerbarst in mehrere Teile. Zum Glück war das Gebäude nicht beschädigt worden. Brassoni huschte in einem toten Winkel in den Eingangsbereich und sicherte den Raum. Ihm folgten Goldini und zwei weitere Beamte der Spezialeinheit. Alle trugen kugelsichere Westen. Bevor sie sich weiter vor bewegen konnten, blitzte der erste Schuss aus einem der hinteren Räume auf, und Pantalone schrie etwas, was der Commissario nicht verstehen konnte.

Sie hatten ihn also aufgespürt. Brassoni duckte sich und rief: »Polizei, bleiben Sie stehen. Ergeben Sie sich!«

Erneut krachte ein Schuss und pfiff über die Polizeibeamten hinweg. Dann sahen sie eine massige Gestalt im Dunkeln durch den Gang weiter nach hinten zur Südseite des Palazzos rennen.

»Verflixt, er versucht mit dem Boot zu fliehen!«, brüllte Brassoni den anderen zu und sprang auf die Beine. Hektisch passierte er die vorderen Räume des Hauses, die Waffe immer im Anschlag. Der Commissario sah Pantalone jetzt von der Terrasse aus in ein Boot steigen. Auf dem Wasser hatten sich die Kollegen dem Palazzo bis auf wenige Meter genähert und zielten auf den Tatverdächtigen. Sie hatten den strikten Befehl, ihn nicht zu töten, damit die Geisel mit seiner Hilfe befreit werden konnte, falls er sie woanders versteckt hielt.

Brassoni erreichte keuchend den Außenbereich, verschanzte sich hinter einer Säule und rief dem Kidnapper zu:

»Wenn sie nicht sofort stehen bleiben, müssen wir schießen.«

Als Antwort sprang Cesare Pantalone, dem plötzlich bewusst geworden war, von wie vielen Polizisten er umzingelt war, wie ein wilder Stier aus dem Boot heraus geradewegs auf Brassoni zu. Der Commissario war so geschockt, dass er nicht gleich reagieren konnte. In Bruchteilen von Sekunden rammte Pantalone ihn und Goldini mit voller Wucht. Brassoni spürte einen stechenden Schmerz unterhalb seiner Rippe. Goldini schlug rückwärts auf dem Steinboden auf.

Noch bevor einer der anderen Beamten eingreifen konnte, lag auch der Kidnapper auf dem Boden. Der Commissario hatte keinen Schuss gehört und wusste nicht, was passiert war.

Dann sah er die blauen Lippen des Verbrechers und seine kalkweiße Haut.

Pantalone atmete schwer und war fast bewusstlos. Offenbar hatte er einen Herzinfarkt oder Asthmaanfall erlitten. Goldini und zwei weitere Beamte legten ihm Handschellen an und riefen umgehend einen Notarzt.

Brassoni tastete seine Rippen ab und diagnostizierte in Eigenregie, dass er sich nur eine Prellung zugezogen hatte. Goldini ging es auch gut. Keiner war ernsthaft verletzt worden.

Jetzt fehlte nur noch Charlotte Becker.

»Hierher, Commissario, wir haben sie gefunden«, teilte ihm Ispettore Colludi mit. Er hatte die Eisentür bereits geöffnet, die die Abstellkammer versperrte. Charlotte Becker war völlig erschöpft und verängstigt.

»Der Arzt soll sich zuerst um sie kümmern«, meinte Brassoni. »Wir sprechen später mit ihr.«

Als die Sanitäter Pantalone bald darauf auf eine Trage legten, öffnete er noch einmal die Augen, suchte Brassoni, winkte ihn zu sich heran und flüsterte: »Sie war's, das mit ihrem Mann.«

Brassoni nickte, denn so etwas hatte er schon länger vermutet. Er würde sich angemessen um das Entführungsopfer kümmern.

»Wer ist Ihr Auftraggeber, Pantalone? Wer sind die Hintermänner? Erleichtern Sie Ihr Gewissen. Wenn Sie das hier überleben, bleiben Sie bis ans Ende Ihrer Tage im Gefängnis.«

Cesare Pantalone schluckte schwer. Der Arzt hatte ihm inzwischen eine Sauerstoffmaske aufgesetzt, die er nun noch einmal mit schwacher Hand beiseiteschob.

»Er ist ein mächtiger Mann. Ich kann Ihnen seinen Namen nicht sagen. Er hat mit der Politik zu tun.«

Der Arzt mischte sich jetzt ein.

»So, das reicht. Wir müssen den Patienten jetzt zum Krankenhaus bringen. Sie können ihn verhören, wenn es ihm wieder besser geht.«

Brassoni gab sich damit vorerst zufrieden.

»Ist in Ordnung. Bringen Sie ihn weg!«

Er sah rüber zu Charlotte Becker, um die sich jetzt wieder der Notarzt kümmerte. Sie hatte Beruhigungsmittel und einen Tropf für ihren Kreislauf bekommen. Die Frau lag mit weit offenen Augen auf einer Trage. Ihre Knie und Ellenbogen waren aufgeschürft, das teure hellblaue Seidenkleid verschmutzt und an einigen Stellen zerrissen.

Brassoni trat an sie heran und musterte ihr zerschundenes Gesicht. Sie atmete ruhig ein und aus, die Wirkung der Medikamente begann schon einzusetzen. Sie blinzelte kurz gegen die Sonne, erkannte den Commissario und drehte den Kopf zur Seite.

»Signora Becker, es tut mir sehr leid, was Ihnen passiert ist. Trotzdem muss ich Sie fragen – was haben Sie mit dem Mord an Ihrem Mann zu tun? Pantalone hat da einige Bemerkungen gemacht …Und ich habe auch schon in diese Richtung nachgedacht. Also?«

Er sah, wie ihr die Tränen in die Augen traten. Er wollte sie nicht noch mehr aufregen als nötig, aber vielleicht war sie jetzt bereit zu reden.

»Er hat mich betrogen, immer und immer wieder. Die Wohnung in Venedig hat er ohne meine Zustimmung gekauft, obwohl das Geld dafür aus meinem Erbe stammte. Und unser Haus in München hatte er heimlich beliehen, um das Geld für Kunstgegenstände und sein Doppelleben auszugeben. Als ich nach und nach dahintergekommen bin, wusste ich, dass etwas passieren musste. Wie er dann mit dieser Evelyn Sanders nach Venedig reiste, fand ich in seinem Arbeitszimmer einen Namen und eine Telefonnummer auf einem Zettel, der ihm aus der Tasche gefallen sein musste. Er hatte sich dort notiert, dass dieser Mann ihm vor einiger Zeit einen Picasso angeboten hat, den er dem Guggenheim Museum verkaufen sollte.«

»Wie hieß dieser Mann?«, fragte Brassoni neugierig.

Charlotte Becker kaute nervös auf ihrer Unterlippe. Sie wog ab, ob Sie dem Commissario die ganze Wahrheit erzählen sollte.

»Er hieß Venturi, Pasquale Venturi.«

Brassoni atmete scharf ein. Das V, das Becker kurz vor seinem Tod auf den Boden geschrieben hatte, stand dann wohl für Venturi.

»Der Staatssekretär Venturi?«

»Ja, ich denke schon.«

Der Commissario pfiff durch die Zähne. Der Fall hatte wirklich ein Riesenausmaß. Er war gespannt, was der Vice Questore zu diesen Neuigkeiten sagen würde.

»Erzählen Sie bitte weiter. Was passierte dann?«, wollte er von ihr wissen.

»Ich war außer mir vor Ärger über Konstantins Verhalten und rief diese Nummer an. Ich wollte wissen, was da vor sich ging. Der Mann erzählte mir, dass Konstantin ihn und seine Freunde betrogen habe, dass er den echten Picasso habe verschwinden lassen. Ich konnte gar nicht glauben, was ich da hörte. Ich war so wütend, dass ich ihm gesagt habe, ich gäbe ihm eine größere Summe Geld, wenn sie meinen Mann aus dem Weg räumen. Ich war es einfach leid.«

»Sie haben diesen Verbrechern den Auftrag gegeben, Ihren Mann zu töten?«

Sie fing wieder an zu weinen.

»Ja, das ist wahr. Ich habe fünfzigtausend Euro auf ein Konto überwiesen. Mir war in dem Moment überhaupt nicht klar, dass das nicht nur ein Gedankenspiel war, sondern Realität werden würde.«

Brassoni war zufrieden, dass sich nun alle Fragen aufgeklärt hatten, aber die Frau tat ihm auch leid.

»Signora Becker, ich fürchte, man wird Sie wegen Anstiftung zum Mord anklagen. Vielleicht wird man Ihnen mildernde Umstände zubilligen, wer weiß. Jetzt werden Sie erst mal in ein Krankenhaus gebracht. Dort können Sie zur Ruhe kommen.«

Die Sanitäter hatten schon gewartet und rollten die Trage vorsichtig zum Ambulanzboot.

Brassoni bedankte sich bei allen beteiligten Kollegen und machte sich mit Goldini und Colludi zurück auf den Weg zur Questura. Die Vernehmungsprotokolle und Berichte mussten geschrieben werden. Der Commissario hoffte auch, dass es ein Ermittlungsverfahren gegen den Staatssekretär geben würde, wenn die Beweise reichten. Möglicherweise hatten die Kollegen seinen Namen inzwischen auch im Zusammenhang mit den Einzahlungen auf das Stiftungskonto identifiziert. Dann könnte man den gesamten illegalen Kunsthändlerring sprengen. Roberto Morandi begrüßte seine Polizeibeamten mit überschwänglichem Lob in der Questura. Er war froh, dass Ruhe und Sicherheit in Venedig wieder eingekehrt waren.

»Das haben Sie gut gemacht, gratuliere! Ein hervorragender Einsatz!«

Luca Brassoni und seine Kollegen betonten, dass der Erfolg eine Leistung des ganzen Teams gewesen sei. Jeder habe sein Bestes gegeben. Alle waren erleichtert, dass sowohl die Geisel als auch der Täter ohne größeren Schaden in Obhut genommen werden konnten.

Der Vice Questore nahm Brassoni nach der allgemeinen Ansprache ein Stück zur Seite.

»Mein lieber Commissario, ich darf Ihnen mitteilen, dass man inzwischen feststellen konnte, dass der Staatssekretär Pasquale Venturi die großen Geldsummen auf das Stiftungskonto eingezahlt hat, mit dem unter anderem Konstantin Becker bezahlt wurde. Ich werde mich persönlich dafür einsetzen, dass man diesem kriminellen Politiker das Handwerk legt. Aber diese Ermittlungen liegen nun nicht mehr in unserer Hand.«

Brassoni freute sich, dies zu hören. Es wäre unbefriedigend, die großen Tiere laufen zu lassen. Dann verabschiedete er sich höflich aus der Runde, denn er verspürte den Drang. Caruso endlich anzurufen.

Maria Grazia warf ihm vom Schreibtisch aus stolz eine Kusshand zu und erinnerte ihn an die Einladung zum Drink. Doch der Commissario entschuldigte sich mit Müdigkeit und der ganzen Aufregung.

»Ein andermal gerne. Aber heute Abend brauche ich Zeit für mich.«

Beleidigt verzog die schöne Chefsekretärin das Gesicht. Aber Brassoni war das im Moment egal.

Endlich in seinem Büro angekommen, griff er gleich zum Hörer und wählte Carusos Nummer.

»Pronto?«, meldete der sich mit belegter Stimme.

»Stefan, Luca hier. Ich wollte dir nur sagen, dass wir Charlotte Becker unversehrt befreien konnten. Den Umständen entsprechend geht es ihr gut. Und Cesare Pantalone haben wir auch festgenommen.«

Ein Seufzer der Erleichterung ging durch den Hörer.

»Danke, dass du mich sofort angerufen hast. Ich bin natürlich auch froh, dass dir nichts passiert ist.«

Luca Brassoni nahm sich Zeit, um seinem Cousin die Einzelheiten des heiklen Einsatzes zu erzählen. Caruso hörte gespannt zu, nur hin und wieder gab er ein betroffenes Brummen von sich. Dann kam der Commissario zu dem Teil der Geschichte, die Caruso den Boden unter den Füßen wegzog.

»Halt dich fest, was jetzt kommt, hättest du sicher nicht erwartet. Charlotte Becker hat ihren Mann umbringen lassen. Sie konnte seine Lügen und Demütigungen wohl nicht mehr ertragen. Also hat sie sich an Venturi gewandt und ihm Geld dafür gezahlt, dass sie Becker aus dem Weg räumen. Pantalone hat den Auftrag dann ausgeführt.«

Der Journalist schwieg einen Moment, um die Neuigkeit zu verdauen.

»Caruso, geht es dir gut?«, fragte Brassoni besorgt.

»Ja, natürlich, alles in Ordnung. Die Frau tut mir trotz allem leid, und ich denke auch an ihre kleine Tochter. Sie muss ohne Mutter und Vater aufwachsen. Francesco ist übrigens bei mir.«

Francesco war Stefans italienischer Kollege und fester Freund. Zeitweilig zumindest.

»Ah, das ist gut. Dann kannst du mit ihm noch einmal über alles sprechen. Das mit dem Kind ist schrecklich, das finde ich auch. Was hältst du davon, wenn wir uns morgen Nachmittag wieder einmal im Caffè Florian treffen? Sagen wir sechzehn Uhr?«

Caruso stimmte zu, und die beiden verabschiedeten sich herzlich.

Brassoni verbrachte noch zwei Stunden im Büro, dann entschied er, dass es an der Zeit war, nach Hause zu gehen und Feierabend zu machen.

Zu Hause zog er sich um, duschte kurz, nahm sich das Buch zur Hand, das er zuletzt gelesen hatte, einen französischen Krimi, und ging hinunter in den Garten. Dort zog er seine Schuhe aus, spürte das weiche Gras unter seinen Füßen und fühlte sich gleich ein wenig besser. Sein Gartenstuhl war neu und sehr bequem. Er las ein paar Minuten lang in seinem Buch, um sich zu entspannen, dann schrieb er zuerst seinem Vater eine SMS, in der er ihm vom Verlauf der Ermittlungen erzählte und sich für den nächsten Tag zu einem Telefonat mit ihm verabredete, danach schrieb er an Carla Sorrenti.

»Würde dich gerne wiedersehen. Was hältst du von heute Abend, zwanzig Uhr dreißig bei mir? Ich koche uns ein Risotto mit Garnelen. Oder etwas Bayrisches. Kennst du Wurstsalat und Grießnockerlsuppe? Kuss, Luca«

Kurze Zeit später piepte es. »Einverstanden, hört sich interessant an. Bin noch in der Gerichtsmedizin. Bringe Wein mit. Oder besser Bier? Bis gleich. Kuss, Carla.«

Danksagung

Mein Dank geht an Christina, Janina und Thomas für ihre Unterstützung, an Sam für die liebevolle Begleitung, an die wundervolle, inspirierende Stadt Venedig und natürlich an meine Lektorinnen vom Ullstein Verlag.